在"俗人"成为雅号的时刻，倒是值得冒被挖苦的风险，做一
回"雅士"的勾当。沉静地坐一会儿，到大厦之外的荒地上走
一趟，凭心神去追回被冷淡了的梦想，风吹雨洒，会看见天堂
尚远，而梦想未变。

. . .
●

有一次我梦见我放声高歌，歌声嘹亮响遏行云，而且是即兴的词曲，
但低吟高唱无不抑扬成调。

∵
∴

有一次我梦见走进一片树林，或者有或者只是我感到有——一
个声音在对我说："找找看，哪一棵树是你。"遍地的灌木葳
蕤泼洒，高大的乔木蔽日遮天，我摸摸这一丛，敲敲那一棵，
心想哪一棵回答说它是我，它就必定是我。

寂静的墙和寂静的我之间，野花膨胀着花蕾，

不尽的路途在不尽的墙间延展，有很多事要

慢慢对它谈，随手记下谓之写作。

• • •

没有什么能够证明爱情，

爱情是孤独的证明。

心灵间的呼唤与呼应、投奔与收留、袒露与理解，那便是心灵解放的号音，是和平的盛典是爱的狂欢。那才是孤独的摆脱，是心灵享有自由的时刻。

佛仅仅是信心，是理想，是
困境中的一种思悟，是苦难
里心魂的一条救路。

佛的光辉，当不在大雄宝殿
之上，而在他苦苦地修与行
的过程之中。

放下与执着

史铁生 著

插图珍藏版

湖南文艺出版社
HUNAN LITERATURE AND ART PUBLISHING HOUSE

博集天卷
CS-BOOKY

目录

C o n t e n t s

扶轮问路

坐轮椅竟已坐到了第三十三个年头，用过的轮椅也近两位数了，这实在是件没想到的事。一九八〇年秋天，"肾衰"初发，我问过柏大夫："敝人刑期尚余几何？"她说："阁下争取再活十年。"都是玩笑的口吻，但都明白这不是玩笑——问答就此打住，急忙转移了话题，便是证明。十年，如今已然大大超额了。

那时还不能预见到"透析"的未来。那时的北京城仅限三环路以内。

那时大导演田壮壮正忙于毕业作品，一干年轻人马加一个秃顶的林洪桐老师，选中了拙作《我们的角落》，要把它拍成电视剧。某日躺在病房，只见他们推来一辆崭新的手摇车，要换我那辆旧的，说是把这辆旧的开进电视剧那才真实。手摇车，轮椅之一种，结构近似三轮摩托，唯动力是靠手摇。一样的东西，换成新的，明显值得再活十年。只可惜，出院时新的又换回成旧的，那时的拍摄经费比不得现在。

不过呢，还是旧的好，那是我的二十位同学和朋友的合资馈赠。

其实是二十位母亲的心血——儿女们都还在插队，哪儿来的钱？那轮椅我用了很多年，摇着它去街道工厂干活，去地坛里读书，去"知青办"申请正式工作，在大街小巷里风驰或鼠窜，到城郊的旷野上看日落星出……摇进过深夜，也摇进过黎明，以及摇进过爱情但很快又摇出来。

一九七九年春节，摇着它，柳青骑车助我一臂之力，乘一路北风，我们去《春雨》编辑部参加了一回作家们的聚会。在那儿，我的写作头一回得到认可。那是座古旧的小楼，又窄又陡的木楼梯踩上去"咚咚"作响，一代青年作家们喊着号子把我连人带车抬上了二楼。"斯是陋室"——脱了漆的木地板，受过潮的木墙围，几盏老式吊灯尚存几分贵族味道……大家或坐或站，一起吃饺子，读作品，高谈阔论或大放厥词，真正是一个激情燃烧的年代。

所以，这轮椅殊不可以"断有情"，最终我把它送给了一位更不容易的残哥们儿。其时我已收获几笔稿酬，买了一辆更利远行的电动三轮车。

这电动三轮利于远行不假，也利于把人撂在半道儿。有两回，都是去赴苏炜家的聚会，走到半道儿，一回是链子断了，一回是轮胎扎了。那年代又没有手机，愣愣地坐着想了半晌，只好侧弯下身子去转动车轮，左轮转累了换只手再转右轮。回程时有了救兵，一次是陈建功，一次是郑万隆，骑车推着我走，到家已然半夜。

链子和轮胎的毛病自然好办，机电部分有了问题麻烦就大。幸有三位行家做我的专职维护，先是瑞虎，后是老鄂和徐杰，瑞虎出国走了，后二位接替上。直到现在，我座下这辆电动轮椅——此物之妙随后我会说到——出了毛病，也还是他们三位的事；瑞虎在国外找零件，老鄂和徐杰在国内施工，通过卫星或经由一条海底电缆，配合得无懈可击。

　　两腿初废时，我曾暗下决心：这辈子就在屋里看书，哪儿也不去了。可等到有一天，家人劝说着把我抬进院子，一见那青天朗照、杨柳和风，决心即刻动摇。又有同学和朋友们常来看我，带来那一个大世界里的种种消息，心就越发地活了，设想着，在那久别的世界里摇着轮椅走一走大约也算不得什么丑事。于是有了平生的第一辆轮椅。那是邻居朱二哥的设计，父亲捧了图纸，满城里跑着找人制作，跑了好些天，才有一家"黑白铁加工部"肯于接受。用材是两个自行车轮、两个万向轮并数根废弃的铁窗框。母亲为它缝制了坐垫和靠背。后又求人在其两侧装上支架，撑起一面木板，书桌、饭桌乃至吧台就都齐备。倒不单是图省钱，现在怕是没人会相信了，那年代连个像样的轮椅都没处买；偶见"医疗用品商店"里有一款，其昂贵与笨重都可谓无比。

　　我在一篇题为《看电影》的散文中，也说到过这辆轮椅："一夜大雪未停，事先已探知手摇车不准入场（电影院），母亲便推着那辆自制的轮椅送我去……雪花纷纷地还在飞舞，在昏黄的路灯下仿佛一群飞蛾。路上的雪冻成了一道道冰凌，母亲推得沉重，但母亲心里快乐……母亲知道我正打算写点儿什么，又知道我跟长影的一位导演有着通信，所以她觉得推我去看这电影是非常必要的，是一件大事。怎样的大事呢？我们一起在那条快乐的雪路上跋涉时，谁也没有把握，唯朦胧地都怀着希望。"

　　那一辆自制的轮椅，寄托了二老多少心愿！但是下一辆真正的轮椅来了，母亲却没能看到。

下一辆是《丑小鸭》杂志社送的，一辆正规并且做工精美的轮椅，全身的不锈钢，可折叠，可拆卸，两侧扶手下各有一金色的"福"字。

除了这辆轮椅，还有一件也是我多么希望母亲看见的事，她却没能看见：一九八三年，我的小说得了全国奖。

得了奖，像是有了点儿资本，这年夏天我被邀请参加了《丑小鸭》的"青岛笔会"。双腿瘫痪后，我才记起了立哲曾教我的"不要脸精神"，大意是：想干事你就别太要面子，就算不懂装懂，哥们儿你也得往行家堆儿里凑。立哲说这话时，我们都还在陕北，十八九岁。"文革"闹得我们都只上到初中，正是靠了此一"不要脸精神"，赤脚医生孙立哲的医道才得突飞猛进，在陕北的窑洞里做了不知多少手术，被全国顶尖的外科专家叹为奇迹。于是乎我便也给自己立个法：不管多么厚脸皮，也要多往作家堆儿里凑。幸而除了两腿不仁不义，其余的器官都还按部就班，便一闭眼，拖累着大伙儿去了趟青岛。

参照以往的经验，我执意要连人带那辆手摇车一起上行李车厢，理由是下了火车不也得靠它？其时全中国的出租车也未必能超过百辆，树生兄便一路陪伴。谁料此一回完全不似以往（上一次是去北戴河，下了火车由甘铁生骑车推我到宾馆），行李车厢内货品拥塞，密不透风，树生心脏本已脆弱，只好于一路挥汗谈笑之间频频吞服"速效救心"。

回程时我也怕了，托运了轮椅，随众人去坐硬座。进站口在车头，我们的车厢在车尾；身高马大的树纲兄背了我走，先还听他不紧不慢地安慰我，后便只闻其风箱也似的粗喘。待找到座位，偌大一个刘树纲竟似只剩下了一张煞白的脸。

《丑小鸭》不知现在还有没有？那辆"福"字牌轮椅，理应归功其首任社长胡石英。见我那手摇车抬上抬下着实不便，他自言自语道："有没有更轻便一点儿的？也许我们能送他一辆。"瞌睡中的刘树生急忙弄醒自己，接过话头儿："行啊，这事儿交给我啦，你只管报销就是。"胡石英欲言又止——那得多少钱呀，他心里也没底。那时铁良还在医疗设备厂工作，说正有一批中外合资的轮椅在试生产，好是好，就是贵。树生又是那句话："行啊，这事儿交给我啦，你去买来就是。"买来了，四百九十五块，一九八三年呀！据说胡社长盯着发票不断地咋舌。

这辆"福"字牌轮椅，开启了我走南闯北的历史。其实是众人推着、背着、抬着我，去看中国。先是北京作协的一群哥们儿送我回了趟陕北，见了久别的"清平湾"。后又有洪峰接我去长春领了个奖；父亲年轻时在东北林区待了好些年，所以沿途的大地名听着都耳熟。马原总想把我弄到西藏去看看，我说：下了飞机就有火葬场吗？吓得他只好请我去了趟沈阳。王安忆和姚育明推着我逛淮海路，是在一九八八年，那时她们还不知道，所谓"给我妹妹挑件羊毛衫"其实是借口，那时我又一次摇进了爱情，并且至今没再摇出来。少功、建功还有何立伟等一大群人，更是把我抬上了南海舰队的鱼雷快艇。仅于近海小试风浪，已然触到了大海的威猛——那波涛看似柔软，一旦颠簸其间，竟是石头般的坚硬。又跟着郑义兄走了一回五台山，在"佛母洞"前汽车失控，就要撞下山崖时被一块巨石挡住。大家都说"这车上必有福将"，我心说是我呀，没见轮椅上那个"福"字？一九九六年迈平请我去斯德哥尔摩开会，算是头一回见了外国。飞机缓缓降落时，我心里油然地冒出句挺有学问的话：这世界上果真是有外国呀！转年立哲又带我走了差不多半个美国，那时双肾已然怠工，我一路挣扎着看：大沙漠、大峡谷、大瀑布、大赌城……立哲是学医的，笑嘻嘻地闻一闻我的尿说："不要紧，味儿挺大，还能排毒。"其实他心里全明白。他所以急着请我去，就是怕我一旦"透析"就去不成了。他的哲学一向是：命，干吗用的？单是为了活着？

说起那辆"福"字轮椅就要想起的那些人呢？如今都老了，有的已经过世。大伙儿推着、抬着、背着我走南闯北的日子，都是回忆了。这辆轮椅，仍然是不可"断有情"的印证。我说过，我的生命密码根本是两条：残疾与爱情。

如今我也是年近花甲了，手摇车是早就摇不动了，"透析"之后连一般的轮椅也用着吃力。上帝见我需要，就又把一种电动轮椅舶来眼前，临时寄存在王府井的医疗用品商店。妻子逛街时看见了，标价三万五。她找到代理商，砍价，不知跑了多少趟。两万九？两万七？两万六，不能再低啦小姐。好吧好吧，希米小姐偷着笑：你就是一分不降我也是要买的！这东西有趣，狗见了转着圈儿地冲它喊，孩子见了总要问身边的大人：它怎么自己会走呢？据说狗的智力相当于四五岁的孩子，它们都还不能把这椅子看成是一辆车。这东西才真正是给了我自由：居家可以乱窜，出门可以独自疯跑，跳舞也行，打球也行，给条坡道就能上山。舞我是从来不会跳。球呢，现在也打不好了，再说也没对手——会的嫌我烦，不会的我烦他。不过呢，时隔三十几年我居然上了山——昆明湖畔的万寿山。

谁能想到我又上了山呢！

谁能相信，是我自己爬上了山的呢！

坐在山上，看山下的路，看那浩瀚并喧嚣着的城市，想起凡·高给提奥的信中有这样的话："我是地球上的陌生人，（这儿）隐藏了对我的很多要求""实际上我们穿越大地，我们只是经历生活""我们从遥远的地方来，到遥远的地方去……我们是地球上的朝拜者和陌生人"。

坐在山上，看远处天边的风起云涌，心里有了一句诗：嗨，希米，希米／我怕我是走错了地方呢／谁想却碰见了你！——若把凡·高的那些话加在后面，差不多就是一首完整的诗了。

坐在山上，眺望地坛的方向，想那园子里"有过我的车辙的地方也都有过母亲的脚印"；想那些个"又是雾罩的清晨，又是骄阳高悬的白昼……"想那些个"在老柏树旁停下，在草地上在颓墙边停下，又是处处虫鸣的午后，又是鸟儿归巢的傍晚……"想我曾经的那些个想："我用纸笔在报刊上碰撞开的一条路，并不就是母亲盼望我找到的那条路……母亲盼望我找到的那条路到底是什么？"

有个回答突然跳来眼前：扶轮问路。是呀，这五十七年我都干了些什么？——扶轮问路，扶轮问路啊！但这不仅仅是说，有个叫史铁生的家伙，扶着轮椅，在这颗星球上询问过究竟。也不只是说，史铁生——这一处陌生的地方，如今我已经弄懂了他多少。更是说，譬如"法轮常转"，那"轮"与"转"明明是指示着一条无限的路途——无限的悲怆与"有情"，无限的蛮荒与惊醒……以及靠着无限的思问与祈告，去应和那存在之轮的无限之转！尼采说"要爱命运"。爱命运才是至爱的境界。"爱命运"即是爱上帝——上帝创造了无限种命运，要是你碰上的这一种不可心，你就恨他吗？"爱命运"也是爱众生——设若那一种不可心的命运轮在了别人，你就会松一口气怎的？而凡·高所说的"经历生活"，分明是在暗示：此一处陌生的地方，不过是心魂之旅中的一处景观、一次际遇，未来的路途一样还是无限之问。

二〇〇七年十一月二十日

对话四则

/一 关于死/

M：你想过死吗?

S：想过，可是想不明白。大概活着的人都不可能想得明白。

M：不，我不是问死是怎么回事，我是说，你想没想过死?

S：你是说寻死，或者说自杀，但是你不忍心用这个词。用不着这样，想寻死不见得就是坏事，这说明一个人对生命的意义有着要求，否则的话他怎么活着都行。

M：从理性上讲我很理解，但是我没有过这样的亲身体验，我从来没有真的想要去死过。而你有过?

S：是的。不过这无法证明，因为我毕竟还活着。我只是曾经非常渴望过死，祈求过死。

M：因为什么事? 因为你的双腿瘫痪?

S：差不多，总归跟我的病有关，虽然并不总是这么直接。都是什么事说起来话长，但总之是因为我感到了绝望。

M：你这句话等于没说，当然是绝望。

S：比如说，你终于明白你再也站不起来了。比如说，才只有二十一岁，你却不能上大学，大学已经预先把你开除了；你也找不到正式工作，好像你已经到了退休的时候；差不多所有的人都会称赞你的坚强，但是有一个前提：你不要试图成为他们的女婿；如果你爱上了一个姑娘，你会发现最好的方式是离开她，否则说不定她比你还痛苦；你最好是做个通情达理的人，那样会安全些，那样你会得到好评，但是这样一来你就不知道为什么还要活着了；这就是绝望。如果你走运你会有一对爱你的父母，会有一些好朋友，但是你经常会在他们脸上看见深深的忧虑，你自然就会想，你活着是给他们带来的帮助多呢还是麻烦多呢？是安慰多呢还是愁苦多？这就是绝望。我知道，就在咱俩这样说着的时候，正有很多人处在这样的绝望中。

M：你是怎么从这样的绝望中摆脱出来的呢？你怎么没死？

S：别着急，早晚会死的。

M：少贫嘴。我是说，你怎么没自杀。

S：一点儿都不贫嘴。我听了卓别林的劝。

M：我跟你说正经的呢。

S：要是你正正经经地陷入了绝望，你不妨听听幽默大师的话。当然，使我没去自杀的原因很多，但是我第一次平心静气地放弃自杀的念头却是因为听了卓别林的劝，以后很多次都是这样。幸好有一天我去看了那场电影，什么名字我忘了，一个女人想自杀，但被卓别林扮演的那个角色发现了，女人很埋怨他，发了疯似的喊："你为什么不让我死？为什么不让我死！"卓别林慢悠悠不动声色地说："着什么急？早晚会死的。"

M：真是妙。

S：怪事，为什么他说了就"真是妙"，我说了就是"少贫嘴"呢？

M（笑）：你让我想想，嗯……

M：可能是这样，我在听他说这句话之前已经进入了幽默的心态，已经对幽默有了准备，卓别林这三个字就像一个信号把我带进了另一种思维方式，你自然而然就跳出了常规的逻辑。

S：就是就是，关键是你得进入幽默，关键是卓别林能把你领进幽默中去。在那之前我从来没想到过对于死还有这样一种态度。一般人们总是劝你坚强些，"别这么软弱，你应该坚强些"。你想，要是医生对病人说："别生病，健康些，你应该健康些。"这不是废话吗？

M：人家这是好意，我讨厌你这样对待人家的好意。

S：我也知道这是好意，事后我也后悔这样对待人家的好意，但是当我一心一意想死的时候我不在乎谁讨厌我。还有，还有人会这样劝你："别这么悲观，生活是多么美好，你要热爱生活。"如果生活一向只是美好，如果生活中压根儿没有悲哀没有丑恶没有绝望，活下去本来就不需要谁来劝，就像吃喝拉撒睡一样用不着谁来劝。比如说，被侮辱、被歧视、被不公平不平等地对待，而且这局面很可能坚如磐石至少在九十九年里无法动摇，这样的事让你碰上了，没让他碰上，你想死，他却用"生活是多么美好"来劝你活，当然他这也是好意，但是你不觉得他比我还讨厌吗？

M：还有些人，谈死色变。你一说到死，他就说"哎哎，老提什么死呀怪不吉利的"，或者说"嘘——别老这么悲观，要说死找没人的地方说去"，好像不知道死就是乐观，好像不说死就能不死了似的。

S：那倒不怎么讨厌，那不过是让死吓的。其实他知道人必有一死，这一事实吓得他不敢再想下去。很可能他还会找到一种自我安慰的方法："活着先说活着的事。"那么死呢？"咳，到时候再说。"这让人想起其他动物，除了人，其他动物都是这么任凭生死摆布的，并且对此毫无意见。

M：也许倒是人错了呢？想它又管什么用：顺其自然，也许倒是其他动物对了呢？

S：顺其自然大概不等于逆来顺受，人对生、对死都要求着意义。先不说这个，总而言之，要是我们一时弄不清是做人好还是做其他动物好，我们不妨只记住一个事实：我们是人，我们必不可免地得思考生和死的问题。就是说，无论我们赞成思考这一问题，还是禁止思考这一问题，还是设法逃避这一问题，我们都已经进入了这一问题，我们可以羡慕其他动物，但是从我们是了人的那一天起，我们就无法改变自己的种类了。况且，子非鱼，安知鱼不知生死乎？这有点儿像废话了。

M：还说卓别林吧，还说你是怎么听了他的劝的吧。

S：关键是卓别林先让你放了心，他不像很多人那样先劈头盖脸地反击、嘲笑或是企图粉碎你的愿望，他理解你的一切苦衷，他相信死也是人的一种权利，他和你站在一起维护你的这个权利，然后他只是提醒你：死神是最守信用的，他早晚会来的，你又何必这么着急呢？我真是长长地出了一口闷气，觉得轻松多了。死本来是绝望，但卓别林轻而易举地把它变成了一种希望。这希望有两层意思：一是说，要是你真的再没有力气了，你放心吧，那时候死神肯定会来搭救你；二是说，既然如此你何必不再试试呢？说不定你还能玩出什么花样来高兴高兴呢。可不是么？你活着已经苦到了头，你想死而死又是那么样地可靠，你还怕什么呢？你还会有什么损失呢？你就再试试呗。

M：摆脱死的诱惑就这么简单？

S：当然不会就这么简单。我只是说，要是别人或是你自己忽然想寻死，要是你还有可能劝劝别人或者是你自己，让我说，卓别林的劝法是最有效的劝法。至于彻底摆脱绝望摆脱死神的诱惑，可能只有两个办法，一是设法把自己变成傻瓜，一是在明白了过程就是目的之后。

/二　关于生/

M：上次你说，彻底摆脱死神的诱惑只有两个办法，一个办法是当傻瓜，一个办法就是得明白——过程就是目的。

S：是。

M：这么说，你是靠了后一种办法喽？

S：为什么？

M：我看你不像个傻瓜。

S：谢谢。我希望我没辜负你的恭维。

我还要补充一点。照我的理解，"傻瓜"一词绝不是指先天的弱智，而是指后天的麻木。弱智常常并不妨碍弱智者向他们不公正的命运要求意义。可是对生命意义的麻木不问，却可以使智力健全的生命仅仅为一种生理现象，而不是精神过程。

M：这样的人只是活着，无论怎样活着只要活着就够了，因此他们不会有烦恼得要去自杀的时候。可这又有什么不好呢？在烦恼和傻瓜之间，选择后者说不定是更明智的呢。

S：也许是吧，所以我说那也不失为一种活着的办法。

M：那你为什么不选择这种办法？

S：我试过，但是没成功。

M：在这点上咱俩倒是挺一样。我也试过，可是不行。我老是想，与其那样活着倒不如死了痛快。

S：亚当和夏娃吃了禁果，知道了善与恶，被逐出了伊甸园，再也回不去了。所谓"知道了善与恶"其实就是对生活有了价值判断，对生命的意义有了要求，所以我们跟亚当夏娃一样，也别想回去当傻瓜了。

《圣经》上说，亚当和夏娃被逐出伊甸园，人类历史从此开始。这说法真是妙极了。也就是说，从此开始他们才是人了，由此他们才有别于其他动物而成为人了。遗憾的是人们只注意到了这是痛苦的开始，而没看到这才有了人生欢乐的可能。人们应该理解上帝的好意。把那个伊甸园称为乐园实在荒唐，我相信那儿可能没有痛苦，但没有痛苦的地方肯定也没有欢乐。所以我想，还是别回到伊甸园去当那漫长的傻瓜吧。

M：所以你选择了第二个办法？

S：不如说是去寻找另外的办法，因为第二个办法不是现成的。但是，如果你相信死是一件不必着急的事，如果你又不想去当那个漫长的傻瓜，如果你诚心诚意地去找另外的办法，你就准能找到它，你找到的就准是它。

M：玄了。我看你是不是越说越玄了？你就直截了当地说吧，怎么会"过程就是目的"呢？

S：比如说踢足球，全场九十分钟常常才进一两个球，有时候甚至是零比零，那么目的是什么呢？就是过程，在这九十分钟的过程中证明和欣赏生命矫健、坚强、智慧和优美。其实要想多进球还不简单吗？只要越位不算犯规，大伙儿都上大门那儿等着去，要不干脆一开始就罚点球，保险进球多。可是那样就没意思了，没有了过程，就没有了趣味，没有了快乐。在真正的球迷看来，过程比目的要紧。

不久前意大利的世界杯赛，由于时差关系，很多场球我们只能看录像，那时胜败已定，但球迷们都避免先知道结果，并向知道了结果的人发出警告：不许说！因为令我们着迷的是过程，他们要在前途未卜的过程中享受激情，享受惊险，享受渴望，享受悲欢。

我还知道一些更高明的球迷，甚至不怕知道结果；无论结果如何，丝毫不影响他们的兴致，只要那过程是充满艰险和激情的，不管辉煌的还是悲壮的，他们依然会如醉如痴地沉浸在美的享受之中。问他们：谁赢了？他们可能会告诉你，但也可能他们记不清了，不过他们肯定能告诉你最好的球队是哪个，最好的球星是谁。如果他们告诉你得亚军的那个队实际上是最乏味的一个队，你用不着吃惊，因为他们是以过程来做判断的。

其实什么事都是这样。小说是这样，小说要是只写最后谁死了谁还活着，那就像人口普查了，没人爱看。科学怎么样？如果没有坎坷而欢欣的过程，人类想办到什么就办到了什么，人就差不多又要去当那个漫长的傻瓜了。生活也是，一场球赛九十分钟，一场生活就算它九十年，区别无非时间的长短罢了。上帝给人们设置了很多障碍，为的是展开一个过程，于是才能有趣味有快乐。

M：照此说来，生活是无须乎目的了？

S：不行，目的还非得有不可。如果都不想赢球，这场球还怎么踢下去呢？就像人活着没有理想，人可往哪儿走呢？没有了目的，过程一样没法展开。目的和理想的设置，我想，原就是为了引导出一个过程，我想，一个最最美好的理想或目的不如就让它处在那个望眼欲穿的位置上吧，这样才永远都有个奔头，创造着，欣赏着，乐此不疲。

　　M：但是你终于得到了什么呢？你总得能得到什么呀？总就是过程、过程、过程，总也达不到目的，你不觉得有点儿荒诞吗？

　　S：你得到了一个快乐的过程。就像一场球赛，你无论是输了还是赢了，只要你看重的是过程，你满怀激情地参与过程，生龙活虎不屈不挠地投入了过程，你在这过程的每一分钟里就都是快乐的。我发现这是划算的，胜负毕竟太短暂，过程却很长久，你干吗不去取得那长久的快乐呢？

　　况且胜利常常与上帝的情绪有关，上帝要是决心不喜欢你（比如说让你瘫痪了等等），你再怎么抗议也是白搭。但是，上帝神通再大也无法阻止你获取过程的欢乐。所以不如把那没有保证的胜利交给上帝去过瘾，咱们只用那靠得住的过程来陶醉。

　　M：嗯，有道理。我发现你确实不是傻瓜。

　　S：多谢多谢，我很喜欢你经常发现这一点。

　　M：我有时候也这么想，真的，人最终究竟能得到什么呢？未知是无限的，人类的希望无穷无尽，于是认识就永远没个完，永远不会到达终点，一个阶段的结束不过是又一个阶段的开始。也许你说对了，人要是不能从过程中体味幸福和欢乐，生命就成了一场荒诞的苦役，死就一直具有诱惑力。

　　S：这么聪明的话，我希望你还是留给我说。我要说什么来着？哦，对了——所以过程就是目的。我想给你念一段一个残疾朋友写给我的话：

"事实上你唯一具有的就是过程。一个只想（只想！）使过程精彩的人是无法剥夺的，因为死神也无法将一个精彩的过程变成不精彩的过程，因为坏运也无法阻挡你去创造一个精彩的过程，相反你可以把死亡也变成一个精彩的过程，相反坏运更利于你去创造精彩的过程。于是绝境溃败了，它必然溃败。你立于目的的绝境却实现着、欣赏着、饱尝着过程的精彩，你便把绝境送上了绝境。梦想使你迷醉，距离就成了欢乐；追求使你充实，失败和成功都是伴奏；当生命以美的形式证明其价值的时候，幸福是享受，痛苦也是享受。现在你说你是一个幸福的人你想你会说得多么自信，现在你对一切神灵鬼怪说谢谢你们给我的好运，你看看谁还能说不。"

M：嗯，这个人很能说。

但是意义呢？价值呢？目的要是不重要，为什么还有高尚和卑下之分呢？

S：道德的最高尚的原则，我想，就是使最多的人最大程度地获得自由、幸福、快乐的生命过程。只有更为高尚的目的才能引导出更为自由、更为幸福、更为快乐的过程。我看这用不着担心。如果为了展开过程我们需要设置目的，那么为了展开更为自由、幸福、快乐的过程，我们明显需要设置更为高尚的目的。你没想到再表扬我两句吗？

M：等你不只是说，而是去做的时候吧。

S：那我就听不到了。

M：为什么？

S：这件事在死之前是做不完的。

/三 职业·事业/

S：如果生命是一条河，我想，事业相当于一条船。在河上漂泊，你总是有一条船。

A：你的这条船就是写小说喽？

S：碰巧是这样。迄今为止这条船对我还合适。当然我也写别的，我也干些别的事。

A：活着就是为了事业吗？

S：正好相反。船是为了漂泊，漂泊不是为了船。事业是为了活着，是为了活得更有味道。

A：那你怎么理解，譬如："一切为了事业""把生命献给事业"这样的话呢？

S：我更相信这样的事实，譬如：他的事业，给了他无比的快乐。为事业而奋斗，他感到莫大的幸福。在事业中他找到了自己的位置，实现了自己的价值。

A：有人说，活着就是奉献。

S：这话不仅不美反而失实，而且细品很像是诉苦，像是抱屈，像是炫耀，仿佛从中受益的只是他人。这类少实事求是之心多哗众取宠之嫌的说道，不见得能保证长久的快乐。如果他注意到了自己从事业中享受了多少乐趣，也许能对"奉献"一词体会得更全面。如果他活着真的只有奉献，我想那是对"按劳分配"原则的违背；如果奉献是他自己选择的幸福方式，那么他已经得到了丰厚的报偿，他不会在喝彩与掌声中眉飞色舞，而更可能在人们钦佩的目光下稍稍有一点儿惭愧。一种是，把事业视为自己的幸福，它不仅仅意味着心血的付出，它更意味着精神的收获；另一种则把事业仅仅看成是付出，仅仅看成是为他人的利益而受苦受累——这意味着需要报答，可这希冀倘若落空呢，事业岂不成了一场折磨人的灾难么？

顺便说一句，在信念的领域里可以不考虑经济规律，但这绝不意味着按劳分配的原则应该废弃。

A：你是怎么选择了写作这条路的呢？听说你身体残疾后，也曾一度想去死？

S：不是一度，是几度。这方面的事，在和 M 的谈话中已经说过了。

后来我想再活一活试试，以观后效。一个人，不管他曾经与死神的关系多么密切，如果现在他想活下去试试，他总得做些事，否则不劳而食你会觉得羞耻，否则精神无以安顿你会觉得时间漫长有如徒刑。必须得干些事。

我先到一个街道生产组找了个工作。那不是正式工作，干一天拿一块钱，再无其他待遇；所得工资可以温饱，关键是自力更生了，没有活成个负数，这感觉让人踏实。生产组是一间低矮破旧的老房，成员多是家庭妇女、老头、老太太和残疾人，每天在昏暗的光线里画些美丽的图案兼而嬉笑怒骂；那也是生活，如果你能体会，那样的生活里也一样包含了深意。这感觉给人希望，生活从不轻易抛弃谁。老头老太太们都对我好，他们没有文化但有饱满的人情味，这感觉让人温暖，让人对生活多了信心。我自以为工作得努力，肯定对得起那份工作，这样感觉比占了便宜要舒服。当然，我还不满意，我想我说不定还能干些更有趣的事。人对快乐的要求没有个够，我以为这不是坏思想。

一开始我先自学了一年外语，但很快就发现既无资料可供我笔译，也没人要我去做口译，外语这东西不用就忘，于是浅尝辄止。

現在外语的用处多了，可我也老了，学不彻底就该火化了，下辈子再学吧。后来又学画彩蛋、画仕女图，虽第一批交货即通过验收，但毕竟不是兴趣所在，便又半途而废。那时周围的人都在学数理化准备考大学，我动了七八回心，终于明白人家不肯录取残疾人，就没去碰那个钉子。干什么呢？想了好久，想起我上学时作文一向有好分数，平时喜欢文学，心里又颇多感受，就试试写作吧。

选择一项事业（或者找一条能够载渡精神的船）的时候，应该想起兵书上的一句话：知己知彼，百战不殆。没有谁是为了失败而工作的，因为注定的失败不能引导出一个如醉如痴的过程。所谓知己，就是要知道自己的兴趣何在？自己的禀赋何在？如果你喜欢文学，可你偏偏不肯舍弃一个学化学的机会，且不说没有兴趣你的化学很难学好，即便你小有成就那也是你的悲剧。如果你是一个数学天才，比如说是一个潜在的陈景润，可你对此昏然不知偏要去当一个写小说的，结果多半不妙。所谓知彼，就是得知道客观条件允许你干什么。如果你热爱起足球的时候已经四十多岁，你最好安心做一个球迷，千万别学马拉多纳了。如果你羡慕三毛，你也有文学才能，但是你的双腿一动都不能动，你就不要向往撒哈拉，你不如写一写自己心中的沙漠。我一贯相信，每个人都有自己的所长，倘能扬长避短谁都能有所作为；相反如果弃长取短，天才也能成为蠢材，不信让陈景润与托尔斯泰调换一下工作试试看。对事业的选择，要根据"知己知彼"的原则，可别为"热门"或时髦所左右。

然后还得需要点儿勇气，需要冒一点儿风险，没有什么办法能保证你肯定有一条金光大道。我开始想写作的时候，人们提醒我说，你哪儿都去不了不能深入生活，你凭什么能干这一行呢？我自己心里也打鼓。可是我忍不住地想写。我有纸也有笔，还有好多想法，别人一天有二十四小时的生活，我一天也有二十四小时的生活，所有的生活一样都有品味不尽的深意，我就偷偷地写了一点儿，自己觉得还有希望，于是豁出去了，写！如果你看不出你的选择有什么不对头，你得豁得出去，你得敢于试试，一条道走到黑或者不撞南墙不回头。当然那时我已经在街道生活组挣着自己的饭钱了，我想我最不济是个零，不会是个负数了。

A：幸好你没撞到南墙。

S：到现在为止，我看我还不需要回头。

A：要是撞了呢？要是你撞着南墙呢？

S：要是你发现你确实不适合干某一行，你还得敢于回头，及时回头。这不丢人，事业不是为了撞南墙的，撞死在南墙下算不上勇敢。这方面你不行，你得相信在其他方面你未必都不行。

A：一开始你就相信，写小说你肯定行吗？

S：我只是认为我不见得不行。我没有把它当成一件只许成功不许失败的事来干。寻找也可以算一种事业。尝试也是一个有价值的过程。鉴于我们的选择无论多么科学多么慎重，我们仍有失败的可能，所以我们还是得把注重点从目的移向过程。

A：你很幸运。

S：你是指我的残疾？

A：别起哄，我是说能把这些事想得明白，这也是一种幸运。

S：不起哄，也许正因为命运让我有机会见识了绝境，这确实算得一种幸运。

A：你毕竟找到了你所感兴趣的事业，并不是谁都有这样的福气。

S：可是谁都有业余时间。现在的工作分配还不可能都根据个人的兴趣，可是挣完了饭钱还有不少时间，这些时间全凭个人调度。

A：你在事业上有过挫折吗？

S：我绝对认为我的智商适中。我好几次都认为我得改行了，根据"知己知彼"的原则想了又想，还是没改。我现在不大发愁写什么，可怎么能写得更好估计永远都是一个问题。

A：事业上的挫折，难道不给你带来苦恼吗？

S：当然。如果挫折不带来苦恼，成功也就不带来快乐了。

A：你怎么摆脱这样的苦恼呢？

S：一遍一遍地摆脱，没完没了地摆脱。一次一次地相信：船不是目的，河也不是，目的是诚心诚意尽心尽力地漂泊。

A：那也许是因为，你在事业上毕竟算个成功者。

S：我不起哄可是你起哄。成功与否完全是个度量标准的问题。

A：总归人家管你叫作家，不管我叫什么"家"。

S：那是因为很多事不大公道，现在"作家"这个头衔不值钱，发表几篇小说就算个"家"，比当别的"家"——比如科学家、哲学家、数学家——要省事得多。而且写小说容易出名，因为你写了，总得签上你的名。

A：我看你是得了便宜卖乖。

S：我料到您要这么说了。不过您说的也许不全错。

可是还是得说，千万别把事业当成一项赌注。尤其是我们残疾人，千万别以为成功了某项事业，你的一切艰难困苦就都迎刃而解了，根本没那回事。就算我像你说的那样是个事业的成功者吧，那么我以这个身份最想说的就是，事业的成功确实让人兴奋，但它不为人解决其余的问题，兴奋之后清静下来，一瞧：所有的问题都还在，一如既往。

A：可是对于残疾人来说，它至少可以解决工作问题。

S：你存心跟我作对，存心让我理屈词穷是不是？我得承认有这么回事，这样的事真让人遗憾。不过人大常委会很快就要通过一项《残疾人保障法》了，将明文规定残疾人与所有的人一样有工作的权利，以后谁不给残疾人工作谁就是违法。

我们还是说说法律以外的问题吧，有很多问题不见得是法律能管得了的。

A：什么问题，比如说？

S：比如说，对残疾人的歧视，这种歧视常常只流露在别人的眼睛里，法律管不了吧？可你怎么办？比如说，爱情问题，法律说你有结婚的权利，可你所爱的人（当然他或她也爱你）因为种种并不违法的外界压力而离开了你，你怎么办？这些问题并不因为你在事业上的成功就可以消失。比如说，孤独，自卑，沮丧，活着到底为了什么？我们在走向哪儿？人类的理想一向很完美，可人类的现实为什么总是不如人意？这样的问题永远都在那儿等着你，并不因为你成了什么"家"它们就云消雾散。千万别把事业的成功作为一项赌注，当成一笔全面幸福的保险金，千万别以为你一旦功成名就天下的倒霉事就都归了别人，幸福就都归了你，那样想你会失望的，到时候你的诸多奢望不能兑现绝没有谁给你赔偿，而且你还会因此而失去事业原本为你预备的快乐，那才真叫一败涂地呢。对于事业，我想还是"只问耕耘，不问收获"来得聪明，那样事业这条船才能一直载歌载舞载欢载乐。

我知道有一位残疾朋友，他一心要写小说，发誓不成功则成仁，什么事都不做，什么事都不屑于做，他说就是要有这样的决心和雄心，他说他相信成功和幸福必定会在某一天早晨成为事实。我不敢贸然说他不是天才，但我以为对于绝大多数不是天才的人来说，这么干挺危险。从我这个凡夫俗子的角度看，文学创作跟学外语大不相同，不是忍得几载寒窗苦就能行的，它需要自自然然地去体会生存这件事，然后需要不急不躁地去写。要紧的还不在这儿，要紧的是他不成功他会痛苦，他真的成功了他也见不到预期的那种幸福。还是那句话，事业是一条船，可船不是目的，船只有在航程中才给人提供创造的快乐和享受这快乐的机会。

A：我知道有一个人，他说他要是写不好小说他就一辈子不谈恋爱。

S：这可麻烦了。我总认为不会恋爱的人就不会写作。我总想，不懂得爱情的人可能懂得艺术吗？我总怀疑，要是漂泊不能吸引你，你跳到船上去干吗呢？依你看呢？

A：依我看你刚才贬低了学外语的。

S：对不起，要是有这样的事肯定不是出于恶意。

A：我以为对一个人来说，不管他干哪一行，他都应该对丰富多彩的生活葆有激情。任何事业都不应该把人弄成机器，事业的成功是一回事，人的成功是另外一回事。

S：这是我说的。

A：是我，是我说的。

S：是你替我说的。

A：你真矫情。

S：你也一样。

/四 关于平等/

M：《中国残疾人》上关于平等问题的讨论，你觉得怎么样？

S：好。

M：就一个字？怎么好？

S：怎么都好。这样的讨论本身就好，这讨论本身就是平等的一次实现。

M：你是说先不必期待一个放之四海而皆准的真理，先不必统一思想？

S：不是先不必，是永远不必。

M：那干吗要讨论？

S：那才要讨论。为什么讨论偏要以统一思想为目的呢？譬如平等，是意味着统一思想统一行动呢？还是说，每一种处境、每一种心绪都有被了解的机会（或权利）呢？是"非礼勿言"平等呢，还是"百花齐放"平等？

M：经过这样的讨论，不仅能使我们互相了解，也使每个人自己更了解自己了。

S：我曾经也像戈奇那样苦笑、尖刻、拍案而起过。现在嘛，我想我更赞成东野长峥的态度。我想我非常理解戈奇，我想东野长峥一定也是从那条愤怒的路上走过来的。我现在仍然相信那是美丽的愤怒，那是真正渴望平等的愤怒，那是真诚的哭喊和笑骂。我们不能做鬼我们也不要成仙，我们不忍受欺侮同样不忍受溺爱，我们看得出在过分的优待和小心的恭维后面，并非有意但确实还是非人的看待。我曾经写过，譬如说，一个人拉一辆车完全算不得什么光荣，但一只猴子拉一辆车却赢得满场的喝彩。要是我们听了类似的喝彩而不愤怒，甚至还洋洋自得，我们就很有危险沦为舞台上一道伪劣的风景。但是……

M："但是"后面大做文章。

S："但是"后面确实有文章可做。

M：当然当然。别愤怒，百花齐放。

S：也可以百花怒放。不过不保证肯定不是毒草。

我看，平等，这件事跟爱情差不多。平等很可爱，是你朝思暮想的情人，比如这么说。但是，不是你爱上谁谁就也得爱你。不是你渴望平等，人家就一定要把你平等相看。为此你拍案而起，得，人家没准儿更躲你远点儿，怕不留神"欺负"了你。人家跟你说话总得加着小心，那样你准保又要愤怒——难道跟残疾人说话就总得这么小心翼翼吗？你又要喊——残疾，给了我们什么特权！就这样，你越愤怒人家越把你另眼相看，越给你"特权"，然后你更加地愤怒，结果弄成了个怪圈，一圈一圈地转下来你离平等越远了。（顺便说一句，你把人家也弄进一个怪圈里去了——欺负你是欺负你，不欺负你还是欺负你。）我曾经就是这样，把自己和别人都弄到怪圈里去了。幸运的是我看见了这个怪圈，发现打破它的办法首先是放弃愤怒。从愤怒到放弃愤怒，不等于不会愤怒，不等于麻木，尤其不等于沾沾自喜于做一道伪劣的风景。

M：应该说，放弃对别人的愤怒，把那美丽的愤怒瞄准自己。

S：对对。因为，平等要是丢了，一定不是贼偷了，一定是自己糊里糊涂地忘了它在哪儿。平等，确实很像爱情，不可强求。强求有时可以成婚，但那婚姻中没有爱情。即使人家愿意送给你平等，但是送来的肯定不是平等。

M：不过，要是人家不认为你有爱的权利呢（还有工作的权利、学习的权利），你也放弃愤怒？

S：你是说有人在违法？那还用说？义不容辞，愤怒地把他送交法庭或诉诸舆论就是。不过我想，这样的局面并不是最难应付的局面。最难办的是人家并不违法，只是在心里看不起你，目光中流露着对你的轻视和可怜，你可有啥办法？

M：用行动，只有用行动消除他们的偏见！用我们的意志、作为、智慧，来消除他们的偏见。

S：好主意。好主意倒是好主意，可要是你的行动仅仅以他们的偏见为坐标，仅仅是根据那些偏见做出的反应，你还是有点儿像夺路而逃，逃进一种近乎复仇雪耻的勇猛中去了。但是这样的出逃，很可能急不择路而掉进什么泥沼里去。

我看过一本书，书中有段话，大意是这样：我们可以为了从高处鸟瞰风景的缘故而去爬一棵树，也可以由于有一头野兽在后面紧紧追赶的缘故而去爬一棵树。在这两种情形下我们都是在爬树，但动机却完全不同。前者，我们爬树是为了娱乐；后者，我们则是受恐惧的驱使。前者，我们要不要爬树完全是我们的自由；后者，我们喜不喜欢都得这样做。前者，我们可以寻找一棵最适合我们意图的树；后者，我们却无法选择，必须立刻就近爬上树去，也就是说由一头野兽替我们做出了选择。

M：这个比喻挺不错。平等的前提，非得是自由不可，心灵的自由。爹娘让你娶 A 小姐你无奈就娶了 A 小姐，这是包办婚姻；爹娘让你娶 A 小姐你一气之下就娶了 B 小姐，这其仍不是自由婚姻。关键是你到底爱不爱？爱谁？你是不是尊重和服从了自己的爱、自己的愿望和意志？当然，你还得像尊重自己一样地尊重 A 小姐和 B 小姐的意愿。

S：事业也是这样，一切都是这个逻辑。当我们摆脱了那头野兽，当那头野兽看见我们就逃而不是我们看见它就逃，当我们忘记了残疾，就是说我们自己心里先不受那残疾的摆布，那时，平等便悄然而至，不用怎么喊它，它自然就要光临。光临得既不鬼祟也不张扬。它光临的方式，主要不是从门外进来拜访你，而是从你心底涌起，并饱满地在那儿久住。

M：残疾，你相信真能忘记它吗？要是仍然有人因为残疾而歧视你呢？

S：法律管不了的事，只好由文明的慢慢发达来解决。有句俗话——听蝲蝲蛄叫还不种庄稼了吗？

M：你不是说，我们就不需要别人特殊的帮助吗？

S：请你相信我，至少我没那么大能耐。世界上可有一个人不需要别人的帮助吗？如果把帮助和蔑视混淆，那头野兽就又要掉头追来了，帮助，全是特殊的，没有统一型号。你个子矮，你要一双高跟鞋，我双腿瘫痪我不要高跟鞋，我要一辆轮椅和一些坡道，我们都不是孩子了，所以我们就不要谁再来摸摸我们的后脑勺儿，你说是不？

M：要不要你妻子摸一摸呢，有时候？

S：这另当别论。

一九八八年

康复本义断想

让不能行动的人重新可以行动，使不能工作的人重新能够工作，为丧失谋生能力的人提供生存保障，这无疑是非常重要的。但是，若仅此而已便只能算作修理和饲养，不能算作康复。（就像把一辆破汽车、一台坏机床修理好，就像在笼中养肥一只鸟儿。）康复的意思是指：使那些不幸残疾的人失而复得做人的全部权利、价值、意义和欢乐，不单是为了他们能够生存能够生产。

人来到这个世界上，不是为了完成一连串的生物过程，而是为了追寻一系列的精神实现；不是为了当一部好机器，而是为了创造幸福也享有幸福，倘有人说他不渴望幸福，方便的话我们可以给他一点儿教训，为了他竟敢说谎竟敢亵渎全人类的方向。（至于对幸福的不同理解，至于在通往幸福的路上必然散布着痛苦，那是另外的问题。）

正因为行动、工作和生存保障，可能提供给我们创造幸福并享有幸福的机会，它才是重要的，才可算作康复的步骤之一。但是，是不是一个能够行动、工作和生存的人，就一定能够如醉如痴地成为一个幸福的创造者和享有者呢？要回答这个问题，只需记起一件事就够了：一个身体健全且衣食住行都不愁的人，也可能自杀。

我曾在另一篇文章中谈到过自杀，我以为那是人类的一种光荣品质，是人与其他动物的一个分界。只有人会自杀，因为只有人才不满足于单纯的生物性和机器性，只有人才把怎样活着看得比活着本身更要紧，只有人在顽固地追问并要求着生存的意义，因而只有人创造出了灿烂的文明和壮丽的生活，于是人幸运地没有沦落到去街头随了锣声钻火圈。我不知道这值不值得人类骄傲，但我相信我们要以一个人的资格活下去就必得保持这种骄傲，所以我们的康复工作万万不能轻视了这种骄傲。

如果我们终于承认了残疾人也是人，如果我们终于相信了人不是为了活着而活着的动物，也不是为了生产而配置的机器——如果这样的前提已经确立，而我们要是还说："残疾人的就业问题尚且没有完全解决，哪还顾得上其他（譬如说残疾人的爱情问题）呢？"那么，要想证明我们的思维能力还是健全的，就只好把上述前提光明磊落地推翻。

上述前提当然不容推翻。应该推翻的，是对康复工作的某些简陋的理解，是无意之中仍然轻蔑了残疾人的人权的某些逻辑。譬如说，没有爱情的生活对于健全人来说是不人道的，那么同样的生活对于残疾人来说就应该是可以将就的吗？平等二字忽然到哪儿去了？

也许我们应该先来认真想想什么是人道主义了，虽然这四个字现在已经不太陌生。我们对它习惯的理解大约来源于这样一句话："救死扶伤，实行革命人道主义。"但是我们现在更想知道的是：我们从濒死中活了过来，我们的伤病已然治愈或已然固定为一种残疾，在这之后，人道主义对我们还有什么见教或效用？如果再没有了，便难免会得出一个骇人听闻的结论：没病没伤且衣食饱暖的活人，是无须人道主义的。也许现在倒是轮到我们来拯救人道主义了：人道主义不仅应该关怀人的肉体，最主要的是得关怀人的灵魂。把一个要死的人救活，把一个人的伤病治好，却听凭他的灵魂被捆缚被冷冻被晾干，这能算是人道吗？一面称赞着他们的身残志不残，一面漠视着他们爱的权利，这能算是人道吗？当一切健全人都赞美着爱的神圣，讴歌"生命诚可贵，爱情价更高"之时，我们却偏偏对残疾人说："你们的就业等等问题尚且艰难，怎么有时间来考虑你们的爱情问题呢？"这应该算是人道还是应该算作歧视？

有一种观点认为：人不能活着又怎么去爱呢？所以他们主张爱情问题当然要放在就业等等问题之后。但是还有一种观点认为：人不能去爱又怎么能活呢？看来，这绝不是先有鸡还是先有蛋式的争论，这乃是对于生命意义的不同理解。限于篇幅先不去论谁是谁非，然而我们有理由相信，一个懂得爱并且可以爱的人，自会不屈不挠地活着并且满怀激情地创造更美的生活；一个懂得爱却不能去爱的人，多半是活不下去的；而一个既不懂得爱也得不到爱的人，即便可以活下去，但是活得像个什么却不一定。

人道主义指引下的康复事业，是要使残疾人活成人而不是活成其他，是要使他们热爱生命迷恋生活，而不是在盼死的心境下去苦熬岁月。所以我以为爱情问题至少是与就业问题同等重要的。生与爱原本是一码事。如果偏要问先迈左腿还是先迈右腿的话，回答是：没了这条腿你休想迈动那条腿——你残疾了你就知道了。况且渴望前行的不是腿，而是人，人之不存，腿将焉附？

我有时候担心，我们费力救活的人，会不会是（或者将会不会是）一个不愿活下去的人？我们隆而重之送去的轮椅，会不会倒为一个孤苦难耐的人提供了寻死的方便？如果爱情对于残疾人来说总是可望而不可即的，总是望而生羡生畏生惭生叹的事，如果他们总是被告知，爱情不是你们生活之必需，而是可有可无的奢侈品，——那么上述担心绝不是多余的。

自杀并不一定就是软弱，常常倒是一种坚定的抗议，是鲜活可爱的心向生命要求意义的无可奈何的惨烈方式。要是我们说"不自由毋宁死"，大概谁都会赞同，但是不能爱者恰似奴隶的身份。要是我们说"人活着不能没有理想"，大概没有谁会反对，可是爱情正是理想之一种，甚或是一切美好理想之动因。没有人无缘无故地想死，一个为得不到爱情权利而死的人，至少不比无缘无故地活着更值得嘲笑。照理说上帝是公正的，他应该在给每一个人生命的同时也给每一个人爱情的权利，要是上帝也有错误也有疏忽，让我们原谅他并以康复工作来帮他纠正和弥补吧。

所幸，使一个人愿意活着比使一个人活着，重要得多，也有效得多。正像人人说过的那样：是不断地给一个人输血呢，还是设法恢复他自身的造血功能？美好的爱情可以使人愿意活，渴望活，并焕发出千百倍创造生活的力量。还能说这是不如就业重要的事么？

生命的意义当然不只是爱情，但爱情无疑是生命的最美好的意义之一。倘此言不错的话，现在该说说具体事了：为了一切残疾人都可能享有美好的爱情，康复工作应该给他们什么帮助？也许有人会提醒我们注意："健全人也未必都能享有美好的爱情。"但我想这是另外一个问题，我们必须要求一切人都有机会站到起跑线上来。大概又会有人说了："这太容易了，没人不让残疾人站到爱情的起跑线上来。"这让我想起一位康复工作者的话，他说："让残疾人与健全人站到同一条起跑线上，这本身就不平等。为了平等，残疾人必须要得到一些特殊的帮助。"这话对极了。

譬如说，为性功能有缺憾的残疾人，提供性科学咨询和性工具，这事使得使不得？

爱情不等于性、性也不等于爱情，但是世所公认：美好的爱情必须要有美满的性生活，而美满的性生活，当然必得是出于爱情。至少，在我们梦寐以求着美好爱情的时候，我们得有机会商量商量这个不可低估的性问题。

一对真诚相爱的男女，如果因为性方面的缺憾而难成眷属或终至离异，实在是太大的悲剧。其悲尤其在于，我们不见得没有办法使其得到弥补，只因为我们一直没来得及想想办法，或者因为我们稀里糊涂地有着一张薄脸皮。幸亏多少人多少代的痛苦终于在今天化作清醒，确认此事与脸皮无关，悲剧多半还是出于毫无道理的旧观念，还是因为对人道主义的理解太肤浅。

性生活是美好的还是丑恶的？是丑恶的为什么大家都不放弃？是美好的，为什么一谈及便把一些人羞杀、把另一些人气死？为什么残疾人的婚姻问题已受到一定程度的重视，而性康复工作却羞羞答答地迟迟不能开展？（出了一些有关书籍，也总是吞吞吐吐像在撒谎，躲躲闪闪像在造着一个谣言。）莫非残疾人结婚单是为了找一个帮工的和壮胆的，并无获得婚姻的全面幸福的必要？为什么可以为肢残者提供拐杖和轮椅，却不能为性功能缺憾者提供性工具、性咨询，以及其他有助于性生活美满的方法？

如果认为这些事是淫秽的、是低级的、是流氓，那可真是天大的误会。淫秽和低级不是因为涉及了性器官，而是因为这种涉及既非为着科学也不是出于爱情。流氓的特征也不在于发生了性行为，而在于他们以强迫和欺骗侮辱了别人并且也亵渎了性。倘一谈及性便想到淫秽和流氓，我们的出处可真惨到头了。流氓不是性知识造就的，倒常常是因为缺乏性知识，缺乏对爱与性的理解，缺乏人道主义精神，甚至可能因为他们自己就生活在不够人道的境遇中。(譬如得不到异性的爱，以至于过度的性饥渴使他们忽然不能自制。)

总之，在爱情的引导下，无论多么丰富多彩的性行为都是正当的、美妙的、高尚的。为挚爱的夫妻提供任何利于性生活美满的指导和器具，都应该是必要的、人道的和理直气壮的。

有性功能缺憾的残疾人，仍然有性要求和享受性欢乐的能力，这已为医学专家们所证明。如果性咨询和性器具有利于他们弥补缺憾，从而使爱情更全面地实现，我们不赶紧做起来还等什么？

在我们做着上述呼吁的同时，我们当然应该懂得，性生活的美满主要不是技术问题，而差不多是个艺术问题，就是说，那不能单是肉体的接洽，必须是精神的结合，是心灵的贴近与奉献。没有真诚的家，温暖的肉体也可变成冰冷的机器。而在倾心的爱慕之下，满怀的激情便会驱动起美妙的想象力，使残损的肉体也变得丰盈，使人造的器具也有了生命，一个平素拘谨的人也可能忽然有了艺术灵感，创造出无穷的令人销魂的形式。那时，就连上帝也要惭愧，也要感谢我们原谅了他的过错和弥补了他的疏忽。

最后我想我们还应该冷静。在我们热烈追求爱情的幸福之时，在我们绝不放弃我们应有的权利之时，残疾的朋友们，我们还得冷静。如果我们的残疾导致我们爱情的破裂（这是可能的，不仅仅因为性，还因为许多其他缘故），我们这些从死神近旁溜达过来的人，想必应该有了不太小气的准备：我们何苦不再全力地做些事，以期后世残疾者以及全人类不要像我们这样活得艰难？

一九八九年

随笔十三

/一/

我曾想过当和尚，羡慕和尚可以住进幽然清静的寺庙里去。但对佛学不甚了了，又自知受不住佛门的种种戒律，想一想也就作罢。何况出家为僧的手续也不知如何办理，估计不会比出国留学容易。

那时我正度着最惶茫潦倒的时光。插队回来双腿残废了，摇着轮椅去四处求职很像是无聊之徒的一场恶作剧，令一切正规单位的招工人员退避三舍。幸得一家街道小作坊不嫌弃，这才有一份口粮钱可挣。小作坊总共三间低矮歪斜的老屋，八九个老太太之外，几个小伙子都跟我差不多，腿上或轻或重各备一份残疾。我们的手可以劳作，嗓子年青，梦想也都纷繁，每天不停地唱歌，和不停地在仿古家具上画下美丽的图案。在那儿一干七年。十几年后我偶然在一家星级饭店里见过我们的作品。

小作坊附近，曲曲弯弯的小巷深处有座小庙，废弃已久，僧人早都四散，被某个机关占据着。后来时代有所变迁，小庙修葺一新，又有老少几位僧徒出入了，且唱经之声隔墙可闻。傍晚，我常摇了轮椅到这小庙墙下闲坐，看着它，觉得很有一种安慰。单是那庙门、庙堂、庙院的建筑形式就很能让人镇定下来，忘记失学的怨愤，忘记失业的威胁，忘记失恋的折磨，似乎尘世的一切牵挂与烦恼都容易忘记了……晚风中，孩子们鸟儿一样地喊叫着游戏，在深巷里荡起回声，庙院中的老树沙啦沙啦摇动枝叶仿佛平静地看这人间，然后一轮孤月升起，挂在庙堂檐头，世界便像是在这小庙的抚慰下放心地安睡了。我想真不如出家为僧，粗茶淡饭暮鼓晨钟，与世无争地了此一生。

摇了轮椅回家，一路上却想，既然愿意与世无争地度此一生，又何必一定要在那庙里？在我那小作坊里不行么？好像不行，好像只有住进那庙里去这心才能落稳。为什么呢？又回头去看月下小庙的身影，忽有所悟：那庙的形式原就是一份渴望理解的申明，它的清疏简淡朴拙幽深恰是一种无声的宣告，告诉自己也告诉别人，这不是落荒而逃，这是自由的选择，因而才得坦然。我不知道那庙中的僧徒有几位没有说谎，单知道自己离佛境还差得遥远，我恰是落荒而逃，却又想披一件脱凡入圣的外衣。

而且从那小庙的宣告中，我也听出这样的意思：入圣当然可以，脱凡其实不能，无论僧俗，人可能舍弃一切，却无法舍弃被理解的渴望。

/二/

有一回我发烧到摄氏四十点三度，躺在急诊室里好几天，高烧不退。我一边呻吟并且似乎想了一下后事的安排，一边惊异地发现，周围的一切景物都蒙上了一层沉暗的绿色，幸而心里还不糊涂，知道这不过是四十点三度在捣鬼。几天后，烧退了，那层沉暗的绿色随之消失，世界又恢复了正常的色彩。那时我想，要是有一种动物它的正常体温就是四十点三度，那么它所相信的真实世界，会不会原就多着一层沉暗的绿色？这是一种猜测，站在人的位置永远无法证实的猜测。便是那种动物可以说话，它也不能向我们证实这一猜测的对还是错，因为它不认为那发绿的世界有什么不正常，因为它不可能知道我们所谓的正常到底是什么状态，因为它跟我们一样，无法把它和我们的两种世界做一番比较。

对于色盲者来说，世界上的色彩要少一些——比如说，不是七种而是五种。但为什么不可能是这样：世界上的色彩本不是七种而是九种，因为我们大家都是色盲呢？

我总猜想，在我们分析太阳的光谱时，是否因为眼睛的构造（还有体温呀，心率呀，血压呀等等因素）而事先已被一种颜色（比如沉暗的绿色）所蒙蔽所歪曲了？当然这猜想又是永远无法证实的，因为我们不管借助什么高明的仪器，最终总归是要靠眼睛去做结论；而被眼睛所蒙蔽的眼睛，总也看不出眼睛对眼睛的蒙蔽。

那么听觉呢？那么嗅觉和味觉呢？那么人的一切知觉以及由之发展出来的理性呢？况且，人类的知觉说不定会像色盲一样有着盲点呢？我们凭什么说我们可以发现一个纯客观的世界呢？

/三/

一度，我曾屡屡地做一个大同小异的梦，梦见我的病好了，我的腿又能走了，能跑能跳而且腿上又有了知觉。因为这样的梦做得太多，有一回我在这梦里问这梦里的别人："这回我不是又在做梦吧？"别人说："不是，这怎么会是梦呢？当然不是。"我说："那怎么证明？你怎么能给我证明这一次不是梦呢？"别人于是就给我证明，"你看太阳，不是还在天上？""你看这树叶不是绿的么？你听，不是还有风？""你再看这河，水不是还在流着么？"……虽种种证明完全不合逻辑，但在梦中我却一一信服，于是激动得流泪，心想这一回到底不是梦了，到底是真的了。可这么一激动，就又醒了，看着四周的黑夜，心里无比懊恼。懊恼之余我想：要是在梦中可以怀疑是不是梦，那么醒了也该怀疑是不是醒吧？要是在梦中还可以做梦，为什么醒来就不可以再醒来呢？

我还常常做些离奇古怪的梦。有一次我梦见一个周身闪耀着灵光的人对我说："知道你的病因是什么吗？"我问："什么？"他说："你的脊髓里颠倒了八小时。"于是我相信我的病因可算找到了。有一次我梦见走进一片树林，或者有或者只是我感到有——一个声音在对我说："找找看，哪一棵树是你。"遍地的灌木葳蕤泼洒，高大的乔木蔽日遮天，我摸摸这一丛，敲敲那一棵，心想哪一棵回答说它是我，它就必定是我。有一次我梦见我放声高歌，歌声嘹亮响遏行云，而且是即兴的词曲，但低吟高唱无不抑扬成调。有一次，我梦见，我把右腿卸下来装在左胯上，再把左腿卸下来装在右胯上，于是我就能行走如初了。我也做过周游世界的梦，做过发财的梦，做过被称之为"春梦"的那种梦。我相信弗洛伊德们肯定会找到这些梦的原因，不过我对此没有多少兴趣。日有所思，夜有所梦，总归跑不出这个逻辑。让我感兴趣的是，梦中全不顾什么逻辑和规矩，单是跟着愿望大胆地走去。

你无论做什么样的离奇古怪的梦，你都不会在梦中感到这太奇怪，这太不可思议，这根本不可能，你会顺其自然地跟随着走下去。而这些事或这些念头要是放在白天，你就会羞愧不已、大惊失色、断然不信、踟蹰不前。这是为什么？很可能是这样：从人的本性来看，并无任何"奇怪"可言；就人的欲望来说，一切都是正当。所谓奇怪或不正当，只是在这个现实世界的各种规矩的衬照下才有的一种恐惧。

/四/

写作（这里主要指小说和散文）成为少数人的职业，我总感觉有点儿荒唐。因而我想"专业作家"可能是一种暂时现象。世界上那么多人，凭什么单要听你们几个人叨唠？人间那么多幸福快乐困苦忧伤，为什么单单你们几个人有诉说的机会？几十亿种生活，几十亿种智慧和迷惑，为什么单单选取你们的那一点点向大家公布？我觉得这事太离谱儿。

小说或散文若仅仅是一处商业性的娱乐场所倒也罢了，总归不能人人都开办游乐场。但文学更要紧的是生命感受的交流，是对存在状态的察看，是哀或美的观赏，是求一条生路似的期待，迷途的携手或孤寂的摆脱，有人说得干脆那甚至是情爱般的袒露、切近、以命相许、海誓山盟。这可是少数几个人承担得起的么？

作家都自信道出了世事众生的真相，即便夸张、变形、想象、虚构、拼接、间离……但他们必说那是真或是本质的真。虽对真的检查见仁见智，但有一条肯定：自命虚假的作品绝无。然而人间浩瀚复杂瞬息万变，几位职业作家能看见多少真呢？有一副旧对子：百行孝当先／万恶淫为首。据说有位闲人给上下联各添了十二个字：百行孝当先，论心不论迹，论迹贫家无孝子／万恶淫为首，论迹不论心，论心自古无完人。迹可察，但心可度么？我还听一位"文革"中遭拷打而英勇未屈者说过：要是他们再打我一会儿我可能就叛变了，我已经受不住了正要招认，偏这时他们打累了。我有时候猜测：那个打手一定是累了么？还是因为譬如说他与某个女人约会的时间到了？当然还可能是其他原因，无穷无尽的可能性，只要当事人不说，真相便永无大白之日。还是那句话，要是成千上万的人只听几个人说（且是小！说，是散！文），能听见多少真呢？充其量能听见他们几个人自己的真也就难能可贵了。

扬言写尽人间真相，其实能看全自己的面目已属不易。其实敢于背地里毫不规避地看看自己，差不多就能算得圣人。记得某位先哲有话："语言，与其认为是在说明什么，不如说是在掩盖什么。"形单影只流落于千差万别的人山人海中，暴露着肉身尚且招来羞辱，还敢赤裸起心魂么？自亚当、夏娃走出伊甸园人类社会于是开始之日，衣服的作用便有两种：御寒和遮羞；语言的作用也便有两种：交流和欺瞒。孤独拓展开漫漫岁月，同时亲近与沟通成为永远的理想。在我想来，爱情与写作必也是自那时始，从繁衍种类和谋求温饱的活动中脱颖而出——单单脱去遮身的衣服还不够，还得脱去语言的甲胄让心魂融合让差别在那一瞬间熄灭，让危险的世界上存一处和平的场所。可能是罗兰·巴特说过，写作者即恋人。所以有人问我，你理想中的小说（或散文）是什么？我想了又想，发现我的理想中并没有具体的作品，只有一种姑妄名之的小说环境或曰创作气氛，就像年轻恋人的眼前还没有出现具体的情人却早有了焦撩着的爱的期待。于是我说，在我的理想中甚至是思念里，写小说（或写散文）应该是所有人的事，不是职业尤其不是几个人的职业，其实非常非常简单那是每一个人的心愿，是所有人自由真诚的诉说和倾听。所有人，如果不能一同到一个地方去，就一同到一种时间里去，在那儿，让心魂直接说话，在那儿没有指责和攻击当然也就无须防范和欺瞒，在那儿只立一个规矩：心魂有袒露的权利，有被了解的权利，唯欺瞒该受轻蔑。

所以我希望"职业作家"是暂时现象。我希望未来的写作是所有人的一期假日，原不必弄那么多技巧，几十亿种自由坦荡的声音是无论什么技巧也无法比拟的真实、深刻、新鲜。我希望写作是一块梦境般自由的时间，有限的技巧在那儿死去，无限的心思从那儿流露，无限的欣赏角度在那儿生长。当然当然，良辰一过我们还得及时醒来，去种地，去打铁，上下班的路上要遵守交通规则。

/五/

我最早喜欢起小说来，是因为《牛虻》。那时我大约十三四岁，某一天午睡醒来颇有些空虚无聊的感受，在家中藏书寥寥的书架上随意抽取一本来读，不想就从午后读到天黑，再读到半夜。那就是《牛虻》。这书我读了总有十几遍，仿佛与书中的几位主人公都成了故知，对他们的形象有了窃自的描画。后来听说苏联早拍摄了同名影片，费了周折怀着激动去看，结果大失所望。且不说最让我难忘的一些情节影片中保留太少，单是三位主要人物的形象就让我不能接受，让我感到无比陌生：琼玛过于漂亮了，漂亮压倒了她高雅的气质；蒙泰尼里则太胖，太臃肿，目光也嫌太亮，不是一颗心撕开两半的情状；牛虻呢，更是糟，亚瑟既不像书中所说有着女孩儿般的腼腆纤秀，而列瓦雷士也不能让人想起书中所形容的"像一头美洲黑豹"。我把这不满说给其他的《牛虻》爱好者，他们也都说电影中这三个人的形象与他们的想象相去太远，但他们的想象又与我的想象完全不同。回家再读一遍原著，发现作者对其人物形象的描写很不全面，很朦胧，甚至很抽象。于是我明白了：正因为这样，才越能使读者发挥想象，越能使读者根据自己的经验去把各个人物写真，反之倒限制住读者的参与，越使读者与书中人物隔膜、陌生。"像一头美洲黑豹"，谁能说出到底是什么样呢？但这却调动了读者各自的经验，牛虻于是有了千姿百态的形象。这千姿百态的形象依然很朦胧，不具体，而且可以变化，但那头美洲黑豹是一曲鲜明的旋律，使你经常牵动于一种情绪，想起他，并不断地描画他。

在已有的众多艺术品类中，音乐是最朦胧的一种，对人们的想象最少限制的一种，因而是最能唤起人们的参与和创造的一种。求新的绘画、雕塑以及文学，可能都从音乐得了启发，也不再刻意写真写实，而是看重情绪、节奏、旋律，追求音乐似的效果了。过去我不大理解抽象派绘画，去年我搬进一套新居，挺宽绰，空空的白墙上觉得应该有一幅画，找了几幅看看觉得都太写实，太具体，心绪总被圈定在一处，料必挂在家里每天看它会有囚徒似的心情。于是想起以往看过的几幅抽象派画作，当时不大懂，现在竟很想念，我想在不同的日子里跟它们会面，它们会给我常新的感觉，心绪可以像一个囚徒的改过自新。

听觉原就比视觉朦胧，因而音响比形象更能唤起广阔的想象。比听觉更朦胧的，是什么？是嗅觉。将来可否有一种嗅觉交响乐呢？当然那不能叫交响乐，或许可以叫交味乐？把种种气味像音符一样地编排，幽眇或强烈地散发，会怎么样？准定更美妙，浮想联翩，味道好极了！

/六/

几年前美术馆有过一次别开生面的"现代艺术展"，我因行动不便，没能去看。听说最令人惊诧不解的一份作品是：一个人（作者本人），坐在小板凳上，双脚浸在水盆里，默默然旁若无人地洗脚。有看过的人回来说："什么玩意儿，越玩越邪乎了！早知这样不如上澡堂子看去。"

我却接受这份作品，心绪因之漫展得辽远，无以名状地感动。为什么会这样，连自己也一时猜不透，是不是也中了邪？慢慢想，似乎有一点儿明白。

我先是想到自己也有类似的时候，无论是生命中的什么滋味，一尝到极端便无以诉说，于是从繁杂的世界回到属于自己的一隅，做着必要的凡俗之事，思绪却东奔西走，但无以诉说的事恰恰指向了现实的绝境，思绪走投无路便可能开出一块艺术的心境，看见生命的危惧，看见不屈不死的渴望，于是看见上帝的恩赐和生活的原状，感动着但是镇定了，镇定了又不想麻木，种种滋味依然处在极端，但一改愤世嫉俗的故习，转而追随了审美的逻辑。

其次我想到这是为什么？——把几颗粗糙平凡随处可以捡到的石子，似乎排布随意地粘在一只素雅的瓷盘上，就使人有了艺术的感受；把几片凋零枯焦并不珍奇的落叶装在精美的镜框里，就产生了审美价值；把农舍门窗上的剪纸陈列在美术馆里，人们就更加看见它们的魅力。原因肯定很多。但我想，至关重要的是发现者的态度。在那石子、落叶、剪纸和瓷盘、镜框、美术馆之间，是发现者的态度，弥漫着发现者坎坷曲回的心路，充溢着发现者迷茫但固执的期盼，从而那里面有了从苦难到赞美的心灵历史。任何一种东西，原本并没有美在其中，万物之间也并没有美的关系，是人发现了美。美，其实是人对世界、对生命的一种态度。在那石子、落叶、剪纸和瓷盘、镜框、美术馆的关系中，便蕴藏了发现者的这类态度。而真正的欣赏也得是一种发现。基于欣赏者的态度而有的一种发现，或者基于这种发现而生长的一种态度。当我们看着这些作品，我们发现了什么呢？除了发现发现者所发现的，更重要的发现是，我们还发现了发现者与其作品的关系，我们感动的其实是发现者的态度，其实是再发现时我们所持的态度。于是我们也成为发现者，甚至成为有更多发现的发现者，思绪万千。要是你没能发现发现者的态度，没能发现一个孤独的洗脚者和周围高雅堂皇的建筑和各怀心事的人群之间的关系，那当然就不如去路边看石子和到澡堂子里去看洗浴了。

有一种叫作"接受美学"的东西，我想没准儿就是这么回事。

其实什么叫艺术品呢？真是没有一定之规。莫扎特就一定是？但是听不懂他的人从中毫无所得。冬日北风中的一声叫卖就一定不是？但有人却从中听见人生辽阔的存在。常听说某种艺术被称为空间艺术，某种艺术被称为时间艺术，我想这说法不算恰当。艺术从来就不是发生在空间和时间，而是发生在更高的一维，发生于众生之精神寻觅的网脉一样的遭遇和联结之上，如何地遭遇联结恐怕专属于神的作为，人呢，借助了时空去接近她。但时空常又阻碍了这种接近，这才有无羁无绊的沉思默想跳出在时空之上，无中生有地开辟一条朝圣之路。

/七/

为什么往事，总在那儿强烈地呼唤着，要我把它们写出来呢？

为了欣赏。人需要欣赏，生命需要被欣赏。就像我们需要欣赏我们的爱人，就像我们又需要被爱人欣赏。

重现往事，并非只是为了从消失中把它们拯救出来，从而使那部分生命真正地存在；不，这是次要的，因为即便它们真正存在了终归又有什么意义呢？把它们从消失中拯救出来仅仅是一个办法，以便我们能够欣赏，以便它们能够被欣赏。在经历它们的时候，它们只是匆忙，只是焦虑，只是"以物喜，为己悲"，它们一旦被重现你就有机会心平气和地欣赏它们了，一切一切不管是什么，都融化为美的流动，都凝聚为美的存在。

成为美，进入了欣赏的维度，一切才都有了价值和意义。说生命的终极价值和意义是美，仿佛有点儿无可奈何。我们可以把社会的价值和意义发现得很清晰，很具体，很实在或很实用。可是生命呢？如果一切清晰、具体、实在和实用的东西都必然要毁灭，生命的意义难道还可以系之于此吗？如果毁灭一向都在潜伏着一向都在瞄准着生命，那么，生命原本就是无用的热情，就是无目的的过程，就是无法求其真而只可求其美的游戏。

所以，不要这样审问小说——"到底要达到什么？""到底要说明什么？""到底要解决什么？""到底要完成什么？""到底要探明什么？""到底要判断什么？""到底怎么办？"小说只是让我们欣赏生命这一奇丽的现象，这奇丽的现象里包含了上述的"到底"和"什么"，但小说不负责回答它。小说只给我们提供一个机会，一个摆脱真实的苦役，重返梦境的机会：欣赏如歌如舞如罪如罚的生命之旅吧。由一个亘古之梦所引发的这一生命之旅，只是纷纭的过程，只是斑斓的形式。这足够了。

我每每看见放映员摆弄着一盘盘电影胶片，便有一种神秘感，心想，某人的某一段生命就在其中，在那个蛋糕盒子一样的圆圆的铁盒子里，在那里面被卷作一盘，在那儿存在着，那一段生命的前因后果同时在那儿存在了，那些历程，那些焦虑、快乐、痛苦，早都制作好了，只等灯光暗下来放映机转起来，我们就知道是怎么回事了。于是我有时想，我的未来可能也已经制作好了，正装在一只铁盒子里，被卷作一盘，上帝正摆弄他，未及放映，随着时光流逝斗转星移，我就一步步知道我的命运都是怎么回事了。于是我又想，有一天我死了，我一生的故事业已揭晓，那时我在天堂或在地狱看我自己的影片：哈！这不是我吗？哈，我知道我都将遇到什么，你们看吧，我过了二十一岁我就要一直坐在轮椅上，然后我在一家小作坊干了七年，然后我开始学写作……不信你们等着瞧。我常想，要是有那样的机会，能够那样地看自己的一生，我将会被自己感动，被我的每一种境遇所陶醉。

/八/

Y跟我说，有一回他和几个朋友慕名去见一位精通预测（或曰算命）的大师，大师的本领果然不凡，虽与Y和Y的几个朋友素昧平生，却把Y的几个朋友以往的际遇推算得准确至极。算对了以往再算未来，Y的几个朋友前途各异，因而有的喜形于色，有的掩饰不住忧虑。轮到Y时，Y退却，扭头溜掉。Y说，他原是想看个稀罕，并未认真，不料那大师真的名不虚传。Y说，这一下他倒害怕了。我问："怕什么？"Y说："因为他算得太准。把什么都算出来，我往下可还活的什么劲儿呢？就像下棋，每一步都已了然，再下还有什么趣味？"

Y对命运的态度，依我看，比那位大师更高明。

虽然多数的算命属骗钱糊口的勾当（其实这类勾当很多，不止于算命），但我相信有些算命或对命运的预测是有道理的，确凿灵验。是什么道理，我当然不知道。但对天气预报既然可以有所信赖，地震预报虽不灵验者多但仍在提倡，为什么不能尝试其他方面的预测呢，比如命运？

但我也有如Y的一种忧虑：倘终于未来的一切都了如指掌，人生就怕十分的乏味了。除此忧虑外，我还有一份顽固的糊涂：可预测，但可预防么？

如果单单是预测得准确而无法预防，是喜事便好，是祸事呢？岂不倒白白赔进去额外的惊吓与苦恼？所以碰上算命的，我总是请他报喜不报忧，真与不真我并不计较。常言道"笑比哭好"，有一份美梦可做，显见得不是坏事。这美梦越是做得长久，我便越是快慰得长久，假如这美梦在我死前一直不被揭穿，我岂不是落得了一生的好运道？揭穿了也不怕，还可以再为自己预算出一些好运，不断地为自己筹措虚渺的美景良辰，使自己总有美梦可做，至死方休。这么说，肯定会有人以为大谬不然，嗤之以鼻。换一个说法也许就好了：人活着，总是要心怀美丽的理想。人是最喜欢沉醉于虚渺的动物，而且这不是坏品质。

命运，要是不单可以预测，还可以预防，因而可以避祸，那当然最好不过。可是我想，预测仅仅是旁观因而不影响世界原有的结构，预防却是干预，预防之举必定会改变原有的世界，因之原有的预测也就不再准确。那么在这个已经掺进了预防已经改变了的世界中，还可以继续预测和预防么？也就是说，可以预测那些预测么？可以预防那些预防么？假定可以。那么肯定会出现对预测的预测，对预测的预测的预测……对预防的预防的预防……如此无穷地循环，结果必是谁也无从预测，谁也无法预防，或者是大家整日都在忙于预测和预防，再无其他事做。只有一个办法可以拯救预测和预防，那就是只给少数人以预测和预防的特权（人数越少效果越好），就像只给少数人以高官厚禄的机缘。但少数的特权给谁——这可以预测和预防么？倘可预测，便说明命运的不可预防；若可预防，还不又是争权夺利似的争斗？

/九/

早听人说过特异功能的神奇，不敢不信，但未目睹，总还是心存疑忌。前不久终于有缘亲眼看了一回，一位赫赫有名的特异功能大师离我不足两米之距，只见他把我们刚刚吃饭时用过的两只不锈钢餐叉并在一起，握在掌心，吹一口气，揉捏片刻轻轻一拧，当啷一声掷于桌面，两只餐叉已是麻花般缠绞在一起。在场的人或惊叫，或目瞪口呆。我定了定神，看看四周的世界，心中竟一阵阵恐惧。怕什么？世界原来藏着秘密，在被认为不可能藏着秘密的地方藏着秘密，世界就很是一个阴谋家似的可怕。我于是懂得，当"地球是圆的地球是围绕太阳转着"的消息第一次发布时，反对者绝不是出于嫉恨，而是出于恐惧。

对特异功能的神奇，还是不相信者居多，这情有可原，因为多数人没有机会亲眼看看。但听说，也有人对此取"不信、不听、不看"的态度，还自称是对科学的捍卫，是反迷信的义举，这真是更为特异的逻辑。不信，那是不信者的自由；不听，则已有盗铃之嫌；不看呢，才真是可怕的迷信了。有人说，现代最大的迷信是科学自己，说得痛快！任何思想、逻辑、认识世界的方法，要是醉在自己的成功上，自负得以至封闭，都有望愚昧蛮横成一头暴君。

对特异功能（还有气功）的神奇，又有人持另一种拜倒的态度：相信那是能使人类千古梦想终得实现的力量，是拯救众生脱离困苦的佛光，是最最最伟大的宗教。我真是不信，同时我相信又一头暴君正在发育成长。

我相信气功和特异功能的神奇力量的确凿。我相信它的效用越是确凿，就越说明它是科学，是潜科学；我相信它越是有神奇的力量，就说明它越不是宗教，宗教一向是在人力的绝境上诞生。我相信困苦的永在，所以才要宗教。我相信，人们不愿承认末日的必来，和不愿承认困苦的永在，乃是所有救世哲学难于自圆的病根。

譬如说佛的宏愿，那不可能是一种事实，那永远只是一个理想；佛以一个美丽的理想，帮助众生与困苦打交道罢了。因为：倘一人不能成佛，众生便未得度。众生若都成佛，世间便无差别和矛盾，也就同于死寂。若从死寂中再升华出一个更高明的世界，也只是有了更高明的差别和矛盾，于是又衍生出众生更为高明的困苦和更为高明的佛。佛很可能一向就是位媒人，经他介绍，众生才得与困苦相识，并天荒地老永不分离。

/十/

我这样理解真善美："有物混成，先天地生。"自然，就是真，真得不可须臾违抗。知人之艰难但不退而为物，知神之伟大却不梦想成仙，让爱燃烧可别烧伤了别人，也无须让恨熄灭，唯望其走向理解和宽容；善，其实仅指完善自我，但自我永无完善。因而在无极的路上走，如果终于能够享受快慰也享受哀伤，就看见了美。

但我也发现荒诞：走在街上，坐在家中，或匆匆奔赴一个约会，或津津有味地做一篇文章……这样的时候我的眼睛常常跳到屋顶上、树梢上、天空的各种颜色里，俯瞰自己，觉得下面这个中年男子真是乖张。这家伙自以为是在奔赴约会，其实呢，不过是一步步去会见死亡；自以为献身一项有益的事业，其实很可能只是自寻烦恼和无事忙；自以为有一份使命，其实说不定正高歌猛进在歧途上。但这样想过却不能放弃，目光从天际回来，依然沉湎于既往的荒唐。

但什么是歧途和荒唐？谁能告诉我，怎样才不是歧途和荒唐？

也许，人，就是歧途。因为人是欲望的化身，没有欲望也就没有人。因为欲望不能停留，否则也就不是欲望。因为"地上本没有路，走的人多了也便成了路"。因为在无路之地举步，本无法保证那是正道。所以倒是歧途养育了我们这种动物。

人，未必就高于其他动物。见一头牛被奴役，便可想到人也在被命运奴役。见一匹鹿自由快乐地消磨光阴，便可想到，人的一切所为，也正是为了快乐地消磨由一生光阴铸成的歧途。就像坐着长途的列车，空洞的时间难熬，便玩着扑克牌，玩呀玩呀，那煎熬的时间就在快乐中过去了，注目再看时，好了，到了，大家散伙下车，扑克牌再无意义了。当然，把扑克牌换成书也行，换成沉思也行，换成辩论和正义的战斗也都行。

那么，比如鹿，比如鱼和鸟，它们"快乐地消磨"的方式，凭什么说一定低于人的方式呢？很怪。唯有想到自己是人这一无可争辩的事实时，才相信自己的方式的必要性。万物平等。人为自己留一颗骄傲的心，人为自己设置美丽的理想，只是更利于"快乐地消磨"罢了，绝不是说人可以傲视一只坦然而飞的鸟，或一条安然入梦的鱼。

也许上帝设计了这歧途是为了做一个试验：就像我们放飞一群鸽子，看看最后哪只能回来。或者是对他的孩子们的一次考验：把他们放进龌龊中去，看看谁回来的时候还干净。

/十一/

在电视中见过这样一个节目：数名影剧中的反角演员一起登台，向观众祝贺节日，和大家一起欢度佳节。主持人说：人们总是更关注正面角色的演员，但是别忘了他们（摄像机便逐一地对准这一群或"可怕"或"可憎"的面孔），没有他们的合作就没有戏，他们和正面角色的演员一样功不可没。台下鼓掌。然后他们中的一位说：在戏里我们都是坏蛋，在生活里（看看他的一群伙伴），其实咱们都是好人。台下又鼓掌，表达对他们的感谢。这时候我心里似乎惊喜，似乎温暖，似乎一切梦想都接近实现。

坐在电视机前，眼睛再看不见其他节目，我想象一个剧团因为没有了反角演员而面临散伙的窘境。我想，那时所有的正角演员一定都被发动起来，求贤似渴般地去寻找反角演员，就像刘玄德三顾茅庐，就像萧何月下追韩信，甚至就像一条要沉没的船发出着求救信号，甚至就像一群迷途者在呼唤上帝的指引。据说，一个真正的英雄在打败了所有的敌人之后，忽然感到无比的恐慌，忽然看不见了生命的价值，因而倒成了一个真正的失败者。

世界大舞台，舞台小世界。设若世界上没有了歧途全剩下正道，设若世界上没有了反面角色单留无数英雄豪杰，人类大约也就是一个面临散伙的大剧团，想必我们也得呼唤救星一样地呼唤反面角色，久旱祈雨般地祈求天降歧途。幸好不是这样，幸好上帝深谙戏剧之要义，便是在小世界幕落之后，也还在大舞台上为我们准备了无路之地，待我们去踏出正道也踏出歧途。

有幸踏出正道的当然是好人。谁去踏出歧途呢？不幸踏住歧途的在这大舞台上便被称作坏蛋。（说明一下：歧途者，并不单指山野间的歧途，还指心理和灵魂的歧途。）这就显得不大公平。步入歧途已然不幸，还要被大家轻蔑和唾骂；走上正道已经交得好运，还要追加恭维和赞美。但从戏剧的进展和效果考虑，非如此而不可，唾骂和赞美原是演出歧途和正道的方法。

当然法律还是法律，不可松懈，正如演员不可擅自篡改剧作的编排。我只希望，在世界大舞台上，也有正反角色共度佳节的机会。

在坏蛋被惩处的地方，让我们记起角色后面的那个演员，从而在人的意义上，在灵魂的神殿前，呈上一份平等的追悼和理解，想起我们的大剧团所以没散伙的一个原因。

/十二/

我的一位朋友的儿子，小名儿叫老咪。老咪六七岁的时候，他的哥哥十二三岁。十二三岁的哥哥正处在好奇心强烈的年纪，奇思异想迭出不穷，有一个问题最吸引他：时间，时间是从什么时候开始的？他把这个问题去问他爹，他爹回答不出。他再把这问题去问老师，老师也摇头。于是哥哥把它当作一个难倒成年人的法宝，见哪个狂妄之徒胆敢卖弄学问，就把这问题问他，并窃笑那狂徒随即的尴尬。

但有一天老咪给这问题找到了精彩的答案。那天哥哥又向某人提问："时间，你知道吗，是从什么时候开始的？"这时老咪正睡眼蒙眬地瞄准马桶撒尿，一条闪亮的尿线叮咚地激起浪花，老咪打个冷战，偷眼去望墙上的挂钟，随之一字一板泰然答道："从一上弦就开始了。"语惊四座。这老咪将来做得哲人。

我生于1951年。但在我，1951年却在1955年之后发生。1955年的某一天，我记得那天日历上的字是绿色的，时间，对我来说就始于这个周末。在此之前1951年是一片空白，1955年那个周末之后它才传来，渐渐有了意义，才存在。但1955年那个周末之后，却不是1955年的一个星期天，而是1951年冬天的某个凌晨——传说我在那个凌晨出生，我想象那个凌晨，于是1951年的那个凌晨抹杀了 1955 年的一个星期天。那个凌晨，4 点 57 分我来到人间（有出生证为证），奶奶说那天下着大雪。但在我，那天却下着 1956 年的雪，我不得不用 1956 年的雪去理解 1951 年的雪，从而 1951 年的冬天有了形象，不再是空白。然后是 1958 年，这年我上了学，这一年我开始理解了一点儿太阳、月亮和星星的关系。而此前的 1957 年呢，则是 1964 年时才给了我突出的印象，那时我才知道一场"反右"运动大致的情况，因而 1957 年下着 1964 年的雨。再之后有了公元前，我知道了并设想着远古的某些历史，而公元前中又混含着对 2001 年的幻想，我站在今天设想远古又幻想未来，远古和未来在今天随意交叉，因而远古和未来都刮着现在的风。

我理解，博尔赫斯的"交叉小径的花园"是指一个人的感觉、思绪和印象，在一个人的感觉、思绪和印象里，时间成为错综交叉的小径。他强调的其实不是时间，而是作为主观的人的心灵，这才是一座迷宫的全部。

/十三/

有很多回，有很多事，我冥思苦想，似有所得，并为之欣喜，但忽一日却从书中发现，我所想到的前人早已想到了，不免为之沮丧。

我是不是白想了呢？

没有，我没有白想。

我想到了我才明白了前人的所想，前人的所想才真正存在。如果我没想到，即便我读到前人的所想我也不会理解，前人的所想也就等于无。

所以我知道了：凡我想到的前人都想到了，凡我没想到的也就等于没有前人的所想。

看来亘古至今，人们是在反复地问着和回答着同一个问题，不得不这样。人们轮班地来做同一个猜谜游戏。结束之后是开始。

一九九二年七月二十三日

三月留念

活着的事，大抵在两个方面：务实与务虚。缺其一，便可算得残疾。譬如一个家，家徒四壁势必难以为继，便是笃爱如牛郎织女者，也是"你耕田来我织布"地需要务实。但"生命诚可贵，爱情价更高"，若爱情没了，万贯家财很可能只是内战的火药捻；爱情，即务虚的一面。

现在的中国，是空前地务实起来了；市场经济正在淘汰着懒汉和清谈家，这真是个好兆头，没有人不盼望她从此富强。但这并不是说，她过去就多么地理解务虚，连年的文打武斗多不过是虚误罢了；爱情呀，人性呀，人道主义呀，都曾一度做过被唾弃的角色，可见务虚的方面也是多么荒芜。

辩论先务实还是先务虚，先谋生计还是先有爱的追寻，先增加财富还是先提高文明水平，似乎都是无聊的逻辑。房子有了而找不到爱情，或新娘来了再去借钱盖屋，都是极不幸的局面。为什么不能舍生忘死地爱着，同时又废寝忘食地建设家园呢？虚实相济才是好文章，才有最新最美的图画。

务实与务虚绝不相互抵触。劳累了一天，人们需要娱乐；奔波了一生，人们向它要求意义；作为五十亿分之一，每个人都有孤独和困苦，都希望这个世界上充满善意和爱情。在参天的大厦下和飞奔的轿车里，这些东西会不期而至么？好像不会；名和利都可能会这样，唯善意和爱情是不能不由期盼来催生的。

在"俗人"成为雅号的时刻，倒是值得冒被挖苦的风险，做一回"雅士"的勾当。沉静地坐一会儿，到大厦之外的荒地上走一趟，凭心神去追回被冷淡了的梦想，风吹雨洒，会看见天堂尚远，而梦想未变。于是，虽得不住"俗人"的雅号，反惹一身"雅士"的俗气，心里也不计较了，觉着往前走去似乎有了底气。

多年的虚误，让理想背了黑锅。但理想的性质注定它不会吊死在一棵树上，注定它要发展和不可泯灭。说不要理想，那是可以理解的，因为不要理想正也是一种对理想的寻求，但凡活着总是要往前走的，不可抹杀的时空保障了这一点；说不要理想，其实只是在发展着理想和丰富着前途。但说不要理想，毕竟是说错了。原本想说的很可能是：不要再清谈，不要再虚误吧。

《三月风》到了百期，可喜可贺。"三月风"是一派好风，是虚实相济、催化务实的劳作也催化务虚的梦想的风。三月风后，好天气就来了。

一九九三年一月二十日

"嘎巴儿死"和"杂种"

　　"他妈的"算得国骂，标题上的这两句至少算得京骂。流行于北京一带的千骂万骂当中，这两骂可谓悠久。

　　"嘎巴儿死"是指向人的终点，是诅咒人的结束简单而快捷，未及挣扎且不隆重，像一只坚果的破裂或一盏电灯的关闭，"嘎巴儿"一声即告完成。我先后在医院里住过两年，见过很多种拖拖拉拉的死法，气管切开、静脉切开、鼻饲、导便……弄到体无完肤尊严扫地还是一死；颇似蹩脚的剧作，不知戛然而止之妙，偏喜好狗尾续貂。我当然不反对医病救命，而是总想不通：为什么"嘎巴儿死"不是祝福倒是诅咒？有一次我的隔壁住进一位危重病人，医生护士昼夜抢救，各种仪器"嘀嘀嗒嗒叽叽咕咕"响了好多天。得便我问护士，他怎样？护士说毫无希望，他差不多是一棵树了。我问："还要多久？"护士说："十年八年也说不定，凭现在的医学技术，植物人可以活很久。"同病房的一个老人叹道："这可是真是何苦，倒不如嘎巴儿死了吧。"这是我第一次听见有人为"嘎巴儿死"翻案，那老人的叹声中明显带出祝福的意味。这让我茅塞顿开。何以大批的诅咒总是指向死呢？死是一件必来的事，公平到每个人都无望逃脱，那么"嘎巴儿死"是最少折磨、最少损耗（包括最少麻烦别人）的一种，在诸多死途里它是最多善意的，加之它的可遇而不可求，它便是一种祝福。死即必来，咒死就真是多余。真正诅咒应该指向生，比如"活受罪"，比如"万寿无疆"。活受罪尚可有死来拯救，"万寿无疆"呢，则简直回头无岸。活上万年，不消说必是亲人早去故友无存了（难怪"万岁爷"总是称孤道寡），更何况这孤苦绵绵无绝期！所以我想，人们是把"嘎巴儿死"和"万寿无疆"的位置弄颠倒了；前者当是善意的祝福，后者才为恶毒的诅咒。

再说"杂种"。这一回是指向人的起点，是讥笑某人被创造时就疏忽了纯粹，骨血里和形象上既不肖祖宗，心性就更难免被异族外种所污染。大汉族一向自珍自傲，万事都讲究正宗，讲究国粹，何况乎种；因而视"杂种"为大逆大辱。但是纯种何在呢？查《辞海》，汉族一条释曰："中国的主体民族，由古代华夏族和其他民族长期逐渐混血而成。""混血"乃"杂种"之尊谓罢了，这样看，"汉族"原本都是"杂种"。再看《简明不列颠百科全书》，其中竟云："现代人是史前期以来种族间不断杂交的结果。"这回干脆而且平等——现在活着的人全是杂种。用不着尴尬，这样一来倒好了，"杂种"二字先难成骂；彼此彼此，何骂之有？然后平心细想，这俩字不仅非骂，倒像恭维。杂交优势早为遗传学所证实，所以从生理上着想，"杂种"必是更强健、更坚韧、更美丽，真个是何乐不为？而涉及科学、文化、宗教信仰，就更见出杂种的伟大。禅是不是？马列主义是不是？可以说出很多，甚至很可能说到底会发现纯粹早已绝迹，有能力不被淘汰的东西都难免是"杂种"；而且哪一路"杂种"倘若满足不图再杂，就差不多是自寻淘汰。前几天我应约写了一篇短文，其中有这么一段话："散文与小说之间的界线越来越模糊了。这是件好事。既不必保护散文的贞操，也用不着捍卫小说的领土完整，因为放浪的野合或痛苦的被侵犯之后，美丽而强健的杂种就要诞生了。这杂种势必要胜过它的父母。"纯而又纯乃是灭亡的先兆，谓之"纯种"乃窃盼其衰微以至僵死。"杂种"倒是一份恭维，谓之"杂种"乃赞美其壮丽而且昌隆。

　　现在如果不能，将来我想也许——"杂种"可作为见面时的问候（以代替"您吃了吗"），"嘎巴儿死"可作为临别时的祝愿，骂人时用"万寿无疆"。

一九九三年四月十四日

随笔三则

/一 女人/

我在读一位女作家的散文时，曾写下过一段感想：

尤其今天，要经常听听女人的声音，因为，这个世界被男性的思考和命令弄得很有些颠三倒四不知所归了。

我从小到大总相信真理在女人一边。不是以为，是相信。这信心，可能是因为母亲，也可能是因为爱情。无论因为母亲还是因为爱情，终归都是因为艺术。女人的心绪、情怀和魂牵梦萦的眺望，本身就是艺术之所在。比如，一个孩子落生时，一个疲惫的男人回家时，这时候，艺术的来路和归途尤其见得清楚。

我想，这不是以男人为坐标来看艺术，这是在雄心勃勃的人类忽然坠入迷茫的图景中发现了艺术。

因而与女人相反的倒也不是男人，我说的是男性，是勃勃雄心之中对自然和家园的淡忘。我有时想起贾宝玉，很赞成他的悲哀，即对女人也会男性化的悲哀，其实呢，那是实际功利驱逐了美丽梦想时的悲哀，是呆板的规则泯灭痴心狂相时的悲哀。

/二　强人/

常常听人说起"女强人"，而且语气中透露着贬斥。"女人"原是个美好的字眼（男人和女人都会这样认为），何以中间加一个强字竟变得不受欢迎呢？难道纤柔的女人更强健些不好么？脆弱的女人更坚强些不好么？慈爱的女人们（或者女人们的慈爱）更强大些不好么？以及女人们的痴情更强烈些难道有什么不好么？

说真话，我也不喜欢"女强人"，甚至这三个字的形象和发音也让我感到冰冷与失望。

因而我想，那个"强"字绝不是指示着强健、坚强、强大或者强烈。而是暗示着"强"字另一方面的作用——强迫、强暴、强行、强制、强词夺理、强加于人，等等。那是指女性的"强人"。强人者，强盗也，"只听一声呼哨，林中跳出一伙强人挡住去路"。不过，强盗的行径并非只限于夺人财物和性命，夺人自由、夺人意志、夺权夺利夺名者也是，或者更是。但这类的"夺"大多不加一声呼哨，进行得隐蔽，理所当然甚至堂而皇之地便告完成。所以如此，因为这类的"夺"常扮一副"给"的假象，比如越俎代庖，比如包办代替，比如以一个大脑的辛劳令所有的思想都放假，貌似替人受累，实则夺人自由和意志。识别"给"与"夺"的办法，是看有没有一个"强"字在里头，强给和强夺其实毫无二致。但是被强夺者可以去官府鸣冤，被强给者却有苦难言。但有苦难言之后，便有"女强人"一词被创造出来，稍泄被夺之愤。

那么，为何只有"女强人"一词，却没有"男强人"之说呢？男人们万万不可窃喜，这绝不意味着表彰，这实在是绝大的耻辱。言外之意大约是说：男人嘛还用说么——都是强人！或者更甚：男人竟与强人同义，这"强"唯在女人身上才需要特别地指出。可能言重了，但这实在说明了一向占统治地位的男性文化究竟是怎样一种图景，它是以强治物以强治世以强治人说到底是一个以强凌弱的强权文化。

所以贾宝玉的希望寄托在女人身上。所以贾宝玉的悲哀（如果女人也要成为"强人"）就更可理解。

/三 水 绿色 和平/

女人的形神，让人想到水，想到绿色，想到和平。

水、绿色、和平，是生命之根本，是地球独一无二的美丽与辉煌之根本。

但今天，在我们脚下在我们眼前和四周，水、绿色、和平正日益变得珍稀。而仇恨、战争却一刻未停，狂妄自大的男性文化借助科学的成功正越发地狂妄着。

科学的成功给我们带来了很多好东西：舒适、方便、富足、长寿……但同时也给了我们至少两件坏东西：不可遏制的享乐欲，和为此不可阻挡地掠夺自然。我不是圣徒，我很可能倒是个享乐主义者，人何必苦着自己呢？但是我在享乐中常常也想：人类的享乐可该有个止境么？如果没有，这地球是难免有一天被人类掠夺个干净的，剩一片沙漠埋无数白骨。

有人把人口增长的失控比喻为地球的癌症，这比喻形神俱似非常恰当。癌症，就是一个本来和谐的生理结构中，忽然有一种细胞不可控制地猛增，以致杀死了别人也迎来了自己的末日。我常以为，癌症，是上帝给全人类（并不是仅仅给比如吸烟者）的一种警告。

癌症未了，又来了艾滋病。如果癌症是上帝对人口增长失控的一种警告，艾滋病就很像是对享乐主义的一种警告了。（顺便说一句，我见过此病有用"爱滋"二字的，那肯定用错了，那病绝非因爱滋生，而恰是因无爱的享乐所致，滥交和吸毒难道是爱么？）把无止境的享乐比喻为地球的艾滋病，也是形神俱似十分地恰当。艾滋病是在贪婪的享乐中破坏了人体的自身免疫系统，使人失去了抗病和自身修复能力而致死。同样，因为人类无节制的享乐，地球上的水正在被污染，森林和草原正在急剧减少，生态平衡（自然界的和平）正在人类疯狂的开发（旷日持久的一场对自然的战争）中无可挽回地毁坏着，致使地球生了病而且因其抗病和自身修复能力的丧失而越病越重了。我这样想：水、绿色、生态平衡，也许正是地球的自身免疫系统吧。

我们应该听清上帝的警告。就像一个在战场上胜利的或失败的男人那样想一想我们都干了什么。就像一个从市场上回家去的男人那样，想一想，我们是不是带回来钱财就够了？我们听清了上帝的警告——很可能女人会告诉我们：我们不光需要物质财富，我们还需要爱情，需要美的梦想和家园，需要清澈的水，需要茁壮的绿色，需要和平需要人与人的和平需要人与万物的和平……因而我们不光需要科学我们还需要艺术，我们需要站在男性的雄心遭受挫折的地方回首来路和眺望归途。这是女人传达给我们的上帝的启示。因为女人的心绪、情怀，和魂牵梦萦的眺望，本身就是艺术之所在。

一九九三年九月二十日

爱情问题

/一/

有人说，世界上，每分每秒都有贝多芬的乐曲在奏响在回荡，如果真有外星人的话，他们会把这声音认作地球的标志（就像土星有一道美丽的环），据此来辨认我们居于其上的这颗星星。这是个浪漫的想象。何妨再浪漫些呢？若真有外星人，外星人爷爷必定会告诉外星人孙子，这声音不过是近二百年来才出现的，而比这声音古老得多的声音是"爱情"。爱情，几千年来人类以各种发音说着、唱着、赞美着和向往着它，缠绵激荡片刻不息。因此，外星人爷爷必定会纠正外星人孙子：爱情——这声音，才是银河系中那颗美丽星星的标志呢。

/二/

但，爱情是什么？爱情，都是什么呢？

　　大约不会有人反对：美满的爱情必要包含美妙的性（注：本文中的"性"意指性吸引、性行为、性快乐），而美满的性当然要以爱情为前提。因为世上还有一种叫作"友爱"的情感，以及一种叫作"嫖娼"和一种叫作"施暴"的行为。因而大约也就不会有人反对：爱情不等于性，性也不能代替爱情。如同红灯区里的男人或女人都不能代替爱人。

　　这差不多能算一种常识。

　　问题是：那个不等同于性的爱情是什么？那个性所不能代替的爱情，是什么？包含性并且大于性的那个爱情，到底是怎么一种事？

/三/

　　也许爱情，就是友爱加性吸引？

　　就算这机械的加法并不可笑，但是，为什么你的异性朋友不止十个，而爱人却只有一个（或同时只有一个）呢？因为只有一个对你产生性吸引？是吗？

　　也许有人是。可我不是。我不是而且我相信，像我这样不止从一个异性那儿感受到吸引的人很多，像我这样不止被一个美丽女人惊呆了眼睛和惊动了心的男人很多，像我这样公开或暗自赞美过两个以上美妙异性的人肯定占着人类的多数。

　　证明其实简单：你还没有看见你的爱人之时你早已看见了异性的美妙，你被异性惊扰和吸引之后你才开始去寻找爱人。你在寻找一个事先并不确定的异性做你的爱人，这说明你在选择。你在选择，这说明对你有性吸引力的异性并不只有一个。那么，选择的根据是什么？若仅仅是性，便没有什么爱情发生，因而那是动物界司空见惯的事件与本文无关。你的根据当然是爱情。

但是爱情是什么眼下还不知道。

现在只知道了一件事：性吸引从来不是一对一的，从来是多向的，否则物种便要在无竞争中衰亡。

/四/

我读过一篇小说，写一对恋人（或夫妻）出门去，走在街上、走进商店、坐上公共汽车和坐进餐厅里，女人发现男人的目光常常投向另外的女人（一些漂亮或性感的女人），于是她从扫兴到愤怒终至离开了那男人。这篇小说明显是嘲讽那个男人，相信他不懂得爱情和不忠于爱情。

但该小说作者的这一判断只有一半的可能是对的，只有一半的可能是，那个男人尚未走出一般动物的行列。另外一半的可能是那个女人不懂爱情。首先她没弄清性与爱的分别，性是多指向的，而性的多指向未必不可以与爱的专一共存。其次她把自己仅仅放在了性的位置上，因为只有在这个位置上她与另外那些女人才是可比的。第三，那男人没有因为众多的性吸引而离开她，她可想过这是为什么吗？她显然没想过，因为倒是她仅仅为了性妒忌而离开了她的恋人或丈夫。

恋人们或夫妻们，应该承认性吸引的多向性，应该互相允许（公开或暗自）赞赏其他异性之魅力。但是！但是恋人们或夫妻们，可以承认和允许多向的性行为么？不，当然不，至少我不，至少当今绝对多数的人都——不！这，是为什么？这是一个最严重也最有价值的问题。

/五/

毫无疑问，是因为爱情，因为必须维护爱情的神圣与纯洁，因为专一的爱情才受到赞扬。但是，这就有点儿奇怪，这就必然引出两个不能含混过去的问题：

一是，爱情既然是一种美好的情感，为什么要专一？为什么只能对一个人？为什么必须如此吝啬？为什么这吝啬或自私倒要受到赞扬，和被誉为神圣与纯洁？

二是，性吸引既然是多向的，为什么性行为不应该也是多向的？为什么性行为要受到限制，而且是以爱情（神圣与纯洁）的名义来限制？为什么对性的态度，竟是对爱情忠贞与否的（一个很重要的）证明？为什么多向的性吸引可与爱情共存，而多向的性行为便被视为对爱情的不忠？

/六/

先说第二个问题。

这不忠的观念，可能是源于早先的把爱情与婚姻、家庭混为一谈，源于婚姻、家庭所关涉的财产继承。所以这不忠，曾经主要是一个经济问题，现在则不过是旧观念的遗留问题。这不无道理。但，这么简单么？那么在今天，爱情已不等同于婚姻、家庭，已常常与经济无涉，这不忠的观念是否就没有了基础就很快可以消逝了呢？或者这不忠的观念，仅仅是出于动物式的性争夺，在宽厚豁达和更为进步的人那儿已不存在？

我知道一位现代女性，她说只要她的丈夫是爱她的，她丈夫的性对象完全可以不限于她，她说她能理解，她说她自己并不喜欢这样但是她能理解她的丈夫，她说"只要他爱我，只要他仍然是爱我的，只要他对别人不是爱，他只爱我"。可是，当那男人真的有了另外的性对象而且这样的事情慢慢多起来时，这位现代女性还是陷入了痛苦。不，她并不推翻原来的诺言，她的痛苦不是因为旧观念的遗留，更不是性忌妒，而是一个始料未及的问题："可我怎么能知道，他还是爱我的？"她说，虽然他对她一如既往，但是她忽然不知道为什么他还是爱她的。她不知道在他眼里和心中，她与另外那些女人有什么不同。她不知道为什么她不是与另外那些女人一样，也仅仅是他的一个性对象？她问："什么能证明爱情？"一如既往的关心、体贴、爱护、帮助……这些就是爱情的证明么？可这是母爱、父爱、友爱、兄弟姐妹之爱也可以做到的呀？但是爱情，需要证明，需要在诸多种爱的情感中独树一帜表明那不是别的那正是爱情！

什么，能证明爱情？

/七/

曾有某出版社的编辑，约我就爱情之题写一句话。我想了很久，写了：没有什么能够证明爱情，爱情是孤独的证明。

这句话很可能引出误解，以为就像一首旧民谣中所表达的愿望，爱情只是为了排遣寂寞。（那首旧民谣这样说：小小子儿，坐门墩儿，哭着喊着要媳妇儿。要媳妇儿干吗呀？点灯说话儿，吹灯就伴儿，早上起来梳小辫儿。）不，孤独并不是寂寞。无所事事你会感到寂寞，那么日理万机如何呢？你不再寂寞了但你仍可能孤独。孤独也不是孤单。门可罗雀你会感到孤单，那么门庭若市怎样呢？你不再孤单了但你依然可能感到孤独。孤独更不是空虚和百无聊赖。孤独的心必是充盈的心，充盈得要流溢出来要冲涌出去，便渴望有人呼应他、收留他、理解他。孤独不是经济问题也不是生理问题，孤独是心灵问题，是心灵间的隔膜与歧视甚或心灵间的战争与戕害所致。那么摆脱孤独的途径就显然不能是日理万机或门庭若市之类，必须是心灵间戕害的停止、战争的结束、屏障的拆除，是心灵间和平的到来。心灵间的呼唤与呼应、投奔与收留、袒露与理解，那便是心灵解放的号音，是和平的盛典是爱的狂欢。那才是孤独的摆脱，是心灵享有自由的时刻。

但是这谈何容易，谈何容易！

让我们记起人类社会是怎样开始的吧。那是从亚当和夏娃偷吃了禁果于是知道了善恶之日开始的，是从他们各自用树叶遮挡起生殖器官以示他们懂得了羞耻之时开始的。善恶观（对与错、好与坏、伟大与平庸与渺小，等等），意味着价值和价值差别的出现。羞耻感（荣与辱，扬与贬，歌颂与指责与唾骂，等等），则宣告了心灵间战争的酿成。这便是人类社会的独有标记，这便是原罪吧。从那时起，每个人的心灵都要走进千万种价值的审视、评判、褒贬乃至误解中去（枪林弹雨一般），每个人便都不得不遮挡起肉体和灵魂的羞处，于是走进隔膜与防范，走进了孤独。但从那时起所有的人就都生出了一个渴望：走出孤独，回归乐园。

那乐园就是，爱情。

/八/

寻找爱情，所以不仅仅是寻找性对象，而根本是寻找乐园，寻找心灵的自由之地。这样看来，爱情是可以证明的了。自由可以证明爱情。自由或不自由，将证明那是爱情或者不是爱情。

自由的降临要有一种语言来宣告。文字已经不够，声音已经不够，自由的语言是自由本身。解铃还须系铃人。孤独是从遮掩开始的，自由就要从放弃遮掩开始。孤独是从防御开始的，自由就要从拆除防御开始。孤独是从羞耻开始的，自由就要从废除羞耻开始。孤独是从衣服开始，从规矩开始，从小心谨慎开始，从距离和秘密开始，那么自由就要从脱去衣服开始，从破坏规矩开始，从放浪不羁开始，从消灭距离和泄露秘密开始……（我想，相视如仇一定是爱的结束，相敬如宾呢，则可能还不曾有爱。）

性行为是一种语言。在爱人们那儿，袒露肉体已不仅仅是生理行为的揭幕，更是心灵自由的象征；炽烈地贴近已不单单是性欲的催动，更是心灵的相互渴望；狂浪的交合已不只是繁殖的手段，而是爱的仪式。爱的仪式不能是自娱，而必得是心灵间的呼唤与应答。爱的仪式，并不发生在一个与世隔绝的孤岛，爱的仪式是百年孤独中的一炬自由之火。在充满心灵战争的人间，唯这儿享有自由与和平。这儿施行与外界不同甚或相反的规则，这儿赞美赤身裸体，这儿尊敬神魂颠倒，这儿崇尚礼崩乐坏，这儿信奉敞开心扉。这就是爱的仪式。爱的表达。爱的宣告。爱的倾诉。爱之祈祷或爱之祭祀。

/九/

君王与嫔妃、嫖客与娼妓、爱人与爱人，其性行为之方式的相同点想必很多，那是由于身体的限制。但其性行为之方式的不同点肯定更多，因为，就便是相同的行动也都流溢着不同的表达，那是源自心灵的创造。

譬如哭，是忧伤还是矫情，一望可知。譬如笑，是欢欣还是敷衍，一望可知。譬如西门庆和查泰莱夫人的情人，其境界的大不同一读可知。这很像是人们用着相同的文字，而说着不同的话语。相同的文字大家都认得，不同的话语甚至不能翻译。

顺便想到：什么是淫荡呢？在不赞成禁欲的人看来，并没有淫荡的肉身，只有淫荡的心计。只要是爱的表达（譬如查泰莱夫人与其情人），一切礼崩乐坏的作为都是真理，并无淫荡可言。而若有爱之外的指向（譬如西门庆），再规范再八股的行动也算流氓。

/十/

性是爱的仪式，爱情有多么珍重，性行为就要多么珍重。好比，总不能在婚礼上奏哀乐吧，总不能为了收取祭品就屡屡为亲娘老子行葬礼吧。仪式，大约有着图腾的意味，是要虔敬的。改变一种仪式，意味着改变一种信念，毁坏一种仪式就是放弃一种相应的信念。性行为，可以是爱的仪式，当然也可以是不爱的告白。

这就是为什么，对性的态度，是对爱情忠贞与否的一个重要证明。这就是为什么，性要受到限制，而且是以爱情的名义。

爱情，不是自然事件，不是荒野上交媾的季节。爱情是社会事件，在亚当夏娃走出伊甸园之后发生，爱情是在相互隔膜的人群里爆发出的一种理想，并非一种生理的分泌。所以性不能代替爱情。所以爱情包含性又大于性。

/ 十一 /

再说第一个问题：爱情既然是美好的感情，为什么要专一为什么不该多向呢？为什么不该在三个以至一万个人之间实现这种感情呢？好东西难道不应该扩大倒应该缩小到只是一对一？多向的爱情，正可与多向的性吸引相和谐，多向的性行为何以不能仍然是爱的仪式呢？那岂不是在更大的范围里摆脱孤独么？岂不是在更大的范围里敞开心扉，实现心灵的自由与和平？这难道不是更美好的局面？

不能说这不是一个美好的理想。这差不多与世界大同类似，而且不单是在物质享有上的大同。在我想来，这更具有理想的意味。至少，以抽象的逻辑而论，没有谁能说出这样的局面有什么不美和不好。若有不美和不好，则必是就具体的不能而言。问题就在这儿，不是不该，而是不能。不是理想的不该，不是逻辑的不通，也不是心性的不欲，而是现实的不能。

为什么不能？

非常奇妙：不能的原因，恰恰就是爱情的原因。简而言之：孤独创造了爱情，这孤独的背景，恰恰又是多向爱情之不能的原因。倘万众相爱可如情侣，孤独的背景就要消失，于是爱情的原因也将不在。孤独的背景即是我们生存的背景，这与悲观和乐观无涉，这是闭上眼睛也能感受到的事实，所以爱情应当珍重，爱情神圣。

倘有三人之恋，我看应当赞美，应当感动，应当颂扬。这与所谓第三者绝无相同，与群婚、滥交、纳妾、封妃更是天壤之别。唯其可能性微乎其微。更别说四。

/十二/

我知道有一位性解放人士，他公开宣称他爱着很多女人，不是友爱而是包含性且大于性的爱情，他的宣称不是清谈，他宣称并且实践。这实践很可能值得钦佩。但不幸，此公还有一个信条：诚实。（这原不需特别指出，爱情嘛，没有诚实还算什么？）于是苦恼就来了，他发现他走进了一个二律背反的处境：要保住众多爱情就保不住诚实，要保住诚实就保不住众多爱情。因为在他众多地诚实了之后，众多的爱人都冲他嚷：要么你别爱我，要么你只爱我一个！于是他好辛苦：对Ａ瞒着Ｂ，对Ｂ瞒着Ｃ，对Ｃ瞒着ＡＢ，对Ｂ瞒着ＡＣ……于是他好荒唐：本意是寻找自由与和平，结果却得到了束缚和战争，本意要诚实结果却欺瞒，本意要爱结果他好孤独。他说他好孤独，我想他已开始成人。他或者是从动物进化成人了，或者是从神仙下凡成人了，总之他看见了人的处境。这处境是：心与心的自由难得，肉与肉的自由易取。这可能是因为，心与心的差别远远大于肉与肉的差别，生理的人只分男女，心灵的人千差万别。这处境中自由的出路在哪儿？我想无非两路：放弃爱情，在欺瞒中去满足多向的性欲，麻醉掉孤独中的心灵，和，做爱情的信徒，知道她非常有限，因而祈祷因而虔敬，不恶其少恶其不存，唯其存在，心灵才注满希望。

/十三/

不过真正的性解放人士，可能并不轻视爱，倒是轻视性。他们并不把性与爱联系在一起，不认为性有爱之仪式的意义，为什么吃不是爱的告白呢？性也不必是。性就是性如同吃就是吃，都只是生理的需要与满足，爱情嘛，是另一回事。这不失为一个聪明的主张。你可以有神圣的专注的爱情，同时也可以有随意的广泛的性行为，既然爱与性互不相等，何妨更明朗些，把二者彻底分割开来对待呢？真的，这不见得不是一个好主意，性不再有自身之外的意义，性就可以从爱情中解放出来，像吃饭一样随处可吃，不再引起其他纠葛了。但是，爱，还包含性么？当然包含，爱人，为什么不能也在一块儿吃顿饭呢？爱情的重要是敞开心扉不是吗，何须以敞开肉体做其宣布？敞开肉体不过是性行为一项难免的程序，在哪儿吃饭不得先有个碗呢？所以我看，这主张不是轻视了爱，而是轻视了性，倘其能够美满就真是人类的一次伟大转折。

但是这样，恐怕性又要失去光彩，被轻视的东西必会变得乏味，唾手可得的东西只能使人舒适不能令人激动，这道理相当简单，就像绝对的自由必会葬送自由的魅力。据说在性解放广泛开展的地方，同时广泛地出现着性冷漠，我信这是真的，这是必然。没有了心灵的相互渴望，再加上肉体的沉默（没有另外的表达），性行为肯定就像按时的服药了。假定这不重要，但是爱呢？爱情失去了什么没有？

爱情失去了一种最恰当的语言。这语言随处滥用，在爱的时候可还能表达什么呢？还怎么能表达这不同于吃饭和服药的爱情呢？正所谓"假作真时真亦假，无为有处有还无"了。爱情，必要有一种语言来表达，心灵靠它来认同，自由靠它来拓展，和平靠它来实现，没有它怎么行？而且它，必得是不同寻常的、为爱情所专用的。这样的语言总是要有的，不是性就得是其他。不管具体是什么，也一样要受到限制，不可滥用，滥用的结果不是自由而是葬送自由。

既然这样，作为爱的语言或者仪式，就没有什么别的东西能够优于性。因为，性行为的方式，天生酷似爱。其呼唤和应答，其渴求和允许，其拆除防御和解除武装，其放弃装饰和袒露真实，其互相敞开与贴近，其互相依靠与收留，其随心所欲及轻蔑规矩，其携力创造并共同享有，其极乐中忘记你我刹那间仿佛没有了差别，其一同赴死的感觉但又一起从死中回来，曾经分离但现在我们团聚，我们还要分离但我们还会重逢……这些形式都与爱同构。说到底，性之中原就埋着爱的种子，上帝把人分开成两半，原是为了让他们体会孤独并崇尚爱情吧。上帝把性和爱联系起来，那是为了，给爱一种语言或一个仪式，给性一个引导或一种理想。上帝让繁衍在这样的过程里面发生，不仅是为了让一个物种能够延续，更是为了让宇宙间保存住一个美丽的理想和美丽的行动。

/十四/

可为什么，性，常常被认为是羞耻的呢？我想了好久好久，现在才有点儿明白：禁忌是自由的背景，如同分离是团聚的前提。

这是一个永恒的悖论。

这是一切"有"的性质，否则是"无"。

我们无法谈论"无"，我们以"有"来谈论"无"。

我们无法谈论"死"，我们以"生"来谈论"死"。

我们无法谈论"爱情"，我们以"孤独"来谈论"爱情"。

一个永恒的悖论，就是一个永恒的距离，一个永恒孤独的现实。

永恒的距离，才能引导永恒的追寻。永恒孤独的现实，才能承载永恒爱情的理想。所以在爱的路途上，永恒的不是孤独也不是团聚，而是祈祷。

祈祷。

一切谈论都不免可笑，包括企图写一篇以"爱情问题"为题的文章。某一个企图写这样一篇文章的人，必会在其文章的结尾处发现：问题永远比答案多。除非他承认：爱情的问题即是爱情的答案。

一九九三年十二月二十八日

神位　官位　心位

有好心人劝我去庙里烧烧香，拜拜佛，许个愿，说那样的话佛就会救我，我的两条业已作废的腿就又可能用于走路了。

我说："我不信。"

好心人说："你怎么还不信哪？"

我说："我不相信佛也是这么跟个贪官似的，你给他上供他就给你好处。"

好心人说："哎哟，你还敢这么说哪！"

我说："有什么不敢？佛总不能也是'顺我者昌，逆我者亡'吧？"

好心人说："哎哟哎哟，你呀，腿还想不想好哇？"

我说："当然想。不过，要是佛太忙一时顾不上我，就等他有工夫再说吧，要是佛心也存邪念，至少咱们就别再犯一个拉佛下水的罪行。"

好心人苦笑，良久默然，必是惊讶着我的执迷不悟，痛惜着我的无可救药吧。

我忽然心里有点儿怕。也许佛真的神通广大，只要他愿意就可以让我的腿好起来？老实说，因为这两条枯枝一样的废腿，我确实丢失了很多很多我所向往的生活。梦想这两条腿能好起来，梦想它们能完好如初，二十二年了，我以为这梦想已经淡薄或者已经不在，现在才知道这梦想永远都不会完结，一经唤起也还是一如既往地强烈。唯一的改变是我能够不露声色了。不露声色但心里却有点儿怕，或者有点儿慌：那好心人的劝导，是不是佛对我的忠心所做的最后试探呢？会不会因为我的出言不逊，这最后的机缘也就错过，我的梦想本来可以实现但现在已经彻底完蛋了呢？

果真如此么？

果真如此也就没什么办法：这等于说我就是这么个命。

果真如此也就没什么意思：这等于说世间并无净土，有一双好腿又能走去哪里？果真如此也就没什么可惜：佛之救人且这般唯亲、唯利、唯蜜语，想来我也是逃得过初一逃不过十五。

果真如此也就没什么可怕：无非又撞见一个才高德浅的郎中，无非又多出一个吃贿的贪官或者一个专制的君王罢了。此"佛"非佛。

当然，倘这郎中真能医得好我这双残腿，倾家荡产我也宁愿去求他一次。但若这郎中偏要自称是佛，我便宁可就这么坐稳在轮椅上，免得这野心家一日得逞，众生的人权都要听其摆弄了。

我既非出家的和尚，也非在家的居士，但我自以为对佛一向是敬重的。我这样说绝不是承认刚才的罪过，以期佛的宽宥。我的敬重在于：我相信佛绝不同于图贿的贪官，也不同于专制的君王。我这样说也绝不是拐弯抹角的恭维。在我想来，佛是用不着恭维的。佛，本不是一职官位，本不是寨主或君王，不是有求必应的神明，也不

是可卜凶吉的算命先生。佛仅仅是信心，是理想，是困境中的一种
思悟，是苦难里心魂的一条救路。

这样的佛，难道有理由向他行贿和谄媚么？烧香和礼拜，其实
都并不错，以一种形式来寄托和坚定自己面对苦难的信心，原是极
为正当的，但若期待现实的酬报，便总让人想起提着烟酒去叩长官
家门的景象。

我不相信佛能灭一切苦难。如果他能，世间早该是一片乐土。
也许有人会说："就是因为你们这些慧根不足、心性不净、执迷不悟
的人闹得，佛的宏愿才至今未得实现。"可是，真抱歉——这逻辑岂
不有点儿像庸医无能，反怪病人患病无方么？

我想，最要重视的当是佛的忧悲。常所谓"我佛慈悲"，我以为
即是说，那是慈爱的理想同时还是忧悲的处境。我不信佛能灭一切
苦难，佛因苦难而产生，佛因苦难而成立，佛是苦难不尽中的一种
信心，抽去苦难佛便不在了。佛并不能灭一切苦难，即是佛之忧悲
的处境。佛并不能灭一切苦难，信心可还成立么？还成立！落空的
必定是贿赂的图谋，依然还在的就是信心。信心不指向现实的酬报，
信心也不依据他人的证词，信心仅仅是自己的信心，是属于自己的
面对苦难的心态和思路。这信心除了保证一种慈爱的理想之外什么
都不保证，除了给我们一个方向和一条路程之外，并不给我们任何
结果。

所谓"证果"，我久思未得其要。我非佛门弟子，也未深研佛学
经典，不知在佛教的源头上"证果"意味着什么，单从大众信佛的
潮流中取此一意来发问："果"是什么？可以证得的那个"果"到底
是什么？是苦难全数地消灭？还是某人独自享福？是世上再无值得

忧悲之事？还是某人有幸独得逍遥，再无烦恼了呢？

苦难消灭自然也就无可忧悲，但苦难消灭一切也就都灭，在我想来那与一网打尽同效，目前有的是原子弹，非要去劳佛不可？若苦难不尽，又怎能了无烦恼？独自享福万事不问，大约是了无烦恼的唯一可能，但这不像佛法倒又像贪官庸吏了。

中国信佛的潮流里，似总有官的影子笼罩。求佛拜佛者，常抱一个极实惠的请求。求儿子，求房子，求票子，求文凭求户口，求福寿双全……所求之事大抵都是官的职权所辖，大抵都是求官而不得理会，便跑来庙中烧香叩首。佛于这潮流里，那意思无非一个万能的大官，且不见得就是清官，徇私枉法乃至杀人越货者竟也去烧香许物，求佛保佑不致东窗事发抑或银铛入狱。若去香火浓烈的地方做一次统计，保险：因为灵魂不安而去反省的、因为信心不足而去求教的、因为理想认同而去礼拜的，难得有几个。

我想，这很可能是因为中国的神位，历来少为人的心魂而设置，多是为君的权威而筹谋。"君权神授"，当然求君便是求神，求官便是求君了，光景类似于求长官办事先要去给秘书送一点儿礼品。君神一旦同一，神位势必日益世俗得近于衙门。中国的神，看门、掌灶、理财、配药，管红白喜事，管吃喝拉撒，据说连厕所都有专职的神来负责。诸神如此地务实，信徒们便被培养得淡漠了心魂的方位；诸神管得既然全面，神通广大且点滴无漏，众生除却歌功颂德以求实惠还能何为？大约就只剩下吃"大锅饭"了。"大锅饭"吃到不妙时，还有一句"此处不养爷"来泄怨，还有一句"自有养爷处"来开怀。神位的变质和心位的缺失相互促进，以致佛来东土也只热衷俗务，单行其"慈"，那一个"悲"字早留在西天。这信佛的潮流里，最为高渺的祈望也还是为来世做些务实的铺陈——今生灭除妄念，来世可入天堂。若问：何为天堂？答曰：无苦极乐之所在。但无苦怎么会有乐呢？天堂是不是妄念？此问则大不敬，要惹来斥责，是慧根不够的征兆之一例。

电视剧《北京人在纽约》，曾引出众口一词的感慨以及嘲骂："美国也（他妈的）不是天堂。"可，谁说那是天堂了？谁曾告诉你纽约专门儿是天堂了？人家说那儿也是地狱，你怎么就不记着？这感慨和嘲骂，泄露了国产天堂观的真相：无论急于今生，还是耐心来世，那天堂都不是心魂的圣地，仍不过是实实在在的福乐。福不圆满，乐不周到，便失望，便怨愤，便嘲骂，并不反省，倒运足了气力去讥贬人家。看来，那"无苦并极乐"的向往，单是比凡夫俗子想念得深远：不图小利，要中一个大彩。

就算天堂真的存在，我的智力还是突破不出那个"证果"的逻辑：无苦并极乐是什么状态呢？独自享福则似贪官，苦难全消就又与集体服毒同效。还是那电视剧片头的几句话说得好，那儿是天堂也是地狱。是天堂也是地狱的地方，我想是有一个简称的：人间。就心魂的朝圣而言，纽约与北京一样，今生与来世一样，都必是慈与悲的同行，罪与赎的携手，苦难与拯救一致地没有尽头，因而在地球的这边和那边，在时间的此岸和彼岸，都要有心魂应对苦难的路途或方式。这路途或方式，是佛我也相信，是基督我也相信，单不能相信那是官的所辖和民的行贿。

还有"人人皆可成佛"一说，也作怪，值得探讨。怎么个"成"法儿？什么样儿就算"成"了呢？"成"了之后再往哪儿走？这问题，我很久以来找不到通顺的解答。说"能成"吧，又想象不出成了之后可怎么办，说"永远不能成"吧，又像是用一把好歹也吃不上的草料去逗引着驴儿转磨。所谓终极发问、终极关怀，总应该有一个终极答案、终极结果吧？否则岂不荒诞？

最近看了刘小枫先生的《走向十字架上的真理》，令我茅塞顿开。书中讲述基督性时说：人与上帝有着永恒的距离，人永远不能成为上帝。书中又谈到，神是否存在？神若存在，神便可见、可及乃至可做，难免人神不辨，任何人就都可能去做一个假冒伪劣的神了；神若不存在，神学即成扯淡，神位一空，人间的造神运动便可顺理成章，肃贪和打假倒没了标准。这可如何是好？我理解那书中的意思是说：神的存在不是由终极答案或终极结果来证明的，而是由终极发问和终极关怀来证明的，面对不尽苦难的不尽发问，便是神的显现，因为恰是这不尽的发问与关怀可以使人的心魂趋向神圣，使人对生命取了崭新的态度，使人崇尚慈爱的理想。

"人人皆可成佛"和"人与上帝有着永恒的距离"，是两种不同的生命态度，一个重果，一个重行，一个为超凡的酬报描述最终的希望，一个为神圣的拯救构筑永恒的路途。但超凡的酬报有可能是一幅幻景，以此来维护信心似乎总有悬危。而永恒的路途不会有假，以此来坚定信心还有什么可怕！

这使我想到了佛的本义，佛并不是一个名词，并不是一个实体，佛的本义是觉悟，是一个动词，是行为，而不是绝顶的一处宝座。这样，"人人皆可成佛"就可以理解了，"成"不再是一个终点，理想中那个完美的状态与人有着永恒的距离，人即可朝向神圣无止地开步了。谁要是把自己披挂起来，摆出一副伟大的完成态，则无论是光芒万丈，还是淡泊逍遥，都像是搔首弄姿。"烦恼即菩提"，我信，那是关心，也是拯救。"一切佛法唯在行愿"，我信，那是无终的理想之路。真正的宗教精神都是相通的，无论东方还是西方。任何自以为可以提供无苦而极乐之天堂的哲学和神学，都难免落入不能自圆的窘境。

一九九四年二月二日

记忆迷宫

人们越来越多地使用电脑写作了。人们夸奖"386"比"286"好、"486"比"386"更好，那情形很像是在夸奖这个人比那个人更聪明。就像智力比赛，所谓"更聪明"即是说：运算（理解）的速度更快，存储（记忆）的信息更多，以及表达得更准确和联想的范围更宽广。于是有一个可笑的问题提出：用"486"写作，会比用"286"写得更好吗？这个可笑的问题甚至不用回答。但与这个问题同样可笑的逻辑却差不多通行，比如：要是我们写得不及某人，我们首先会怪罪我们的大脑不及某人。

如果作品的美妙和作者的智商不成正比，如果我们的文学止步不前而世界上仍在不断涌现出伟大的作家，我们主要应该怪罪什么呢？如果"486"并没有写出比"286"更有新意更有魅力的作品，大家都明白，是坐在"486"前面敲打键盘的那个人不行。如果一个智商很高的大脑却缺乏创造力，只能不断地临摹前人和复制生活，其原因何在呢？

我看过一位哲学家写的一篇谈"电脑与灵魂"的文章，其中有这样一段话：

> 躯体和灵魂之间的模糊分别通常是理解为躯体与心灵，或者大脑与心灵之间的分别。研究这分别的一个途径是问：大脑是否能够做到心灵所能做的一切……
>
> 当然，目前更受注目的一个问题是电子计算机（电脑）是否有人……一样的能力……假如电子计算机能做到的跟人一样，则我们也只不过是电子计算机而已；也就是说，我们的存在也并不独特。从这个角度看，我们其实正在问"人是否存在"——一个与传统问题"神是否存在"有同样重要性的问题。

显然，大脑做不到心灵所能做到的一切。心灵比大脑广阔得多，深远得多，复杂得多。甚至所谓无限，我想其实也只是就心灵的浩渺无边而言。我们生存的空间有限，我们经历的时间有限，但我们心灵的维度是无限的。在电脑方兴未艾突飞猛进的时代，我们更容易发现，人的独特之处，究其根本不在于大脑，不在于运算得更快和记忆得更牢，而在于心灵的存在。浩渺无边的心灵，是任何大脑和电脑所无能比拟的。再高超的电脑也是人的造物，再聪明的大脑如果没有心灵隐于其后，也只近似传声筒或复印机。恰恰是心灵的浩渺无边，使人的大脑独具创造力，使文学成为必要，使创作能够永恒，使作家常常陷入迷茫也使作家不断走进惊喜。大脑不能穷尽心灵，因此我们永远为心灵所累不得彻底解脱，也因此，我们的创作才有了永无穷尽的前途。

所以，如果"486"写得不如"286"，我们应该怀疑的是：在"486"前面，"人是否存在"？键盘噼噼啪啪地敲响着，当然不能怀疑一个血肉之躯的存在，也不能怀疑一个正常大脑的存在，但我们有理由怀疑心灵是否存在？就是说，聪明的电脑或者聪明的大脑是否联通了心灵，其运作是否听命于心灵？心灵不在，即是人的不在，一台聪明的电脑或大脑便是人或上帝的一次盲目投资。当然，并不否定聪明的作用，但写作如果仅仅是大脑对大脑的操作，则无论是什么级别的大脑都难免走入文学的穷途。文学的无穷天地，我想可以描述为：大脑对心灵的巡察、搜捕和缉拿归案。聪明对于写作是一件好事，正如侦探的本事高超当然更利于破案，但侦探如果单单乐意走进市场而不屑于巡察心灵，我们就可能只有治安和新闻，而没有文学了。

心灵是什么呢？以及，心灵在哪儿？

我记得有一位哲学家（记不住他的名字）写过一本书（也记不住它的题目），书中问道："我在哪儿？"胳膊是我的，"我"在胳膊里么？但没有了胳膊，却依然故"我"。腿呢？也一样，"我"也不在腿里。那么"我"在心脏或大脑里了？但是把心脏或大脑解剖开来找吧，还是找不到"我"。虽然找不到，但若给心脏或大脑上加一个弹孔，"我"便消失。

"我"，看来是一个结构，心灵是一个结构，死亡即是结构的消散或者改组。那么这个结构都包含什么呢？设想把一个人所有不致命的器官都摘除，怎样呢？这个人很可能就像一棵树或者一株草了。健全的生理就能够产生心灵么？那么把一个生理健全的人与世隔绝起来，隔绝得完全彻底，他的心灵还能有什么呢？心灵并不像一个容器，内容没有了容器还可以存在，不，心灵是一个结构，是信息的组织，是与信息共生共灭的。所以，心灵的构成当然不等于生理的构成，心灵的构成正是"天人合一"，主观与客观的共同参与，心灵与这个世界同构。世界是什么？如果世界不能被我们认识穷尽，我们一向所说的世界到底是什么呢？我想，这世界，就重叠在我们的心灵上。虽然我们不能穷尽它，但是它就在那儿，以文学的名义无止无休地诱惑着我们，召唤着我们。

我在写一篇小说的时候，发现了一个悖论：

> 我是我的印象的一部分
> 而我的全部印象才是我

我没有用"记忆"，而是用了"印象"。因为往日并不都停留在我的记忆里，但往日的喧嚣与骚动永远都在我的印象中。因为记忆，只是阶段性的僵死记录，而印象是对全部生命变动不居的理解和感悟。记忆只是大脑被动的存储，印象则是心灵仰望神秘时，对记忆的激活、重组和创造。记忆可以丢失，但印象却可使丢失的生命重新显现。一个简单的例证是：我们会忘记一行诗句，但如果我们的心绪走进了那句诗的意境，我们就会丝毫不差地记起它；当然那得是真正的诗句。一个众所周知的例证是：普鲁斯特在吃玛德莱小点心时，一瞬间看遍了自己的一生。如普鲁斯特一样的感受，几乎我们每个人都有过。

但是，印象中的往事是否真实呢？这也许就先要问问：真实是什么？当我们说"真实"的时候，这"真实"可能指的是什么？

我想引用我正在写着的一部小说中的一段话：

> 当一个人像我这样，坐在桌前，沉入往事，想在变幻不住的历史中寻找真实，要在纷纷纭纭的生命中看出些真实，真实

便成为一个严重的问题。真实便随着你的追寻在你的前面破碎、分解、融化、重组……如烟如尘，如幻如梦。

我走在树林里，那两个孩子已经回家。整整那个秋天，整整那个秋天的每个夜晚，我都在那片树林里踽踽独行。一盏和一盏路灯相距很远，一段段明亮与明亮之间是一段段黑暗与黑暗，我的影子时而在明亮中显现，时而在黑暗中隐没。凭空而来的风一浪一浪地掀动斑斓的落叶，如同掀动着生命的印象。我感觉自己就像是这空空的来风，只在脱落下和旋卷起斑斓的落叶之时，才能捕捉到自己的存在。

往事，或者故人，就像那落叶一样，在我生命的秋风里，从黑暗中飘转进明亮，从明亮中逃遁进黑暗。在明亮中的，我看见他们，在黑暗里的我只有想象他们，依靠那些飘转进明亮中的去想象那些逃遁进黑暗里的。我无法看到黑暗里他们的真实，只能看到想象中他们的样子，随着我的想象他们飘转进另一种明亮。这另一种明亮，是不真实的么？当黑暗隐藏了某些落叶，你仍然能够想象它们，因为你的想象可以照亮黑暗可以照亮它们，但想象照亮的它们并不就是黑暗隐藏起的它们，可这是我所能得到的唯一的真实。即便是那些明亮中的，我看着它们，它们的真实又是什么呢？也只是我印象中的真实吧，或者说仅仅是我真实的印象。往事，和故人，也是这样，无论他们飘转进明亮还是逃遁进黑暗，他们都只能在我的印象里成为真实。

真实并不在我的心灵之外，在我的心灵之外并没有一种叫作真实的东西原原本本地待在那儿。真实，有时候是一个传说甚至一个谣言，有时候是一种猜测，有时候是一片梦想，它们在心灵里鬼斧神工地雕铸我的印象。而且，它们在雕铸我的印象时，顺便雕铸了我。否则我的真实又是什么呢，又能是什么呢？这些印象的累积和编织，那便是我了。

所有的小说，也许都可以说是记忆的产物，因为没有记忆便不可能有小说。但这样类推的话，我们也可以说没有乐器便没有音乐，没有刀斧便没有雕塑，没有颜料便没有图画，没有地球便没有人类。如此逻辑不失为真理，但如此真理也不失为废话。有意义的问题是：记忆，在创作者那儿，发生了什么？相关的问题是：为什么会发生？相似的问题是：我们为什么要写作？

记忆，在创作者那儿已经面目全非，已经走进另一种存在。我又要引一段我曾写过的话：

我生于 1951 年。但在我，1951 年却在 1955 年之后发生。1955 年的某一天，我记得那天日历上的字是绿色的，时间，对我来说就始于这个周末。在此之前 1951 年是一片空白，1955 年那个周末之后它才传来，渐渐有了意义，才存在。但 1955 年那个周末之后，却不是 1955 年的一个星期天，而是 1951 年冬天的某个凌晨——传说我在那个凌晨出生，我想象那个凌晨，于是 1951 年的那个凌晨抹杀了 1955 年的一个星期天。那个凌晨，4 点 57 分我来到人间（有出生证为证），奶奶说那天下着大雪。但在我，那天却下着 1956 年的雪，我不得不用 1956 年的雪去理解 1951 年的雪，从而 1951 年的冬天有了形象，不再是空白。然后是 1958 年，这年我上了学，这一年我开始理解了一点儿太阳、月亮和星星的关系。而此前的 1957 年呢，则是

1964 年时才给了我突出的印象，那时我才知道一场"反右"运动大致的情况，因而 1957 年下着 1964 年的雨。再之后有了公元前，我知道了并设想着远古的某些历史，而公元前中又混含着对 2001 年的幻想，我站在今天设想远古又幻想未来，远古和未来在今天随意交叉，因而远古和未来都刮着现在的风。

我理解，博尔赫斯的"交叉小径的花园"是指一个人的感觉、思绪和印象，在一个人的感觉、思绪和印象里，时间成为错综交叉的小径。他强调的其实不是时间，而是作为主观的人的心灵，这才是那迷宫的全部。

这已经不能说是记忆了，这显然也不是大脑猎奇的企图所致。这样的重组或者混淆，以及重组和混淆的更多可能性，乃是大脑去巡察心灵的路径，去搜捕和缉拿心灵的作为。昆德拉说（大意）："没有发现，就不能算得好小说。"我想，写作肯定不是为了重现记忆中的往事，而是为了发现生命根本的处境，发现生命的种种状态，发现历史所不曾显现的奇异或者神秘的关联，从而，去看一个亘古不变的题目：我们心灵的前途，和我们生命的价值，终归是什么？

这样的发现，是对人独特存在的发现，同时是对神的独特存在的发现。

这样的发现肯定是永无终结的，因为，比如说我们的大脑永远巡察不尽我们的心灵，比如说我们的智力永远不能穷尽存在的神秘，比如说存在是一个无穷的运动我们永远都不能走到终点，比如说我们永远都在朝圣的途中但永远都不能走到神的位置。也就是说，我们对终极的发问，并不能赢得终极的解答和解决。就像存在是一个永恒的过程一样，生命的意义是一个永恒的问题。比如艺术，谁能给它一个终极的解答么？比如爱，谁能给它一个终极的解决，从而给我们一个真正自由和博爱的世界？自由和爱永远是一个问题。自由和爱，以问题的方式而不是以答案形态，叠入我们的心灵。要点在于：这样的问题，有，还是没有？有和没有，即是神的存在和不存在，即是心灵的醒悟或者迷途。这差不多就是我们为什么要写作的理由了。

　　记忆给了我们这样的方便。

一九九四年四月十二日

无答之问或无果之行

现今，信徒们的火气似乎越来越大，狂傲风骨仿佛神圣的旗帜，谁若对其所思所行稍有疑虑或怠慢，轻则招致诅咒，重则引来追杀。这不免让人想起"红卫兵"时代的荒唐，大家颂扬和憧憬的是同一种幸福未来，却在实行的路途上相互憎恨乃至厮杀得英雄辈出，理想倒乘机飘离得更加遥远。很像两个孩子为一块蛋糕打架，从桌上打到桌下，打到屋外再打到街上，一只狗悄悄来过之后，理想的味道全变。

很多严厉的教派，如同各类专横的主义，让我不敢靠近。

闻佛门"大肚能容"可"容天下难容之事"，倍觉亲近，喜爱并敬仰，困顿之时也曾得其教益。但时下，弄不清是怎么一来，佛门竟被信佛的潮流冲卷得与特异功能等同。说：佛就是最高档次的特异功能者，所以洞察了生命的奥秘。说：终极关怀即是对这奥秘的探索，唯此才是生命的根本意义，生命也才值得赞美。说：若不能平息心识的波澜，人就不可得此功能也就无从接近佛性。言下之意生命也就失去价值，不值得赞美。更说：便是动着行善的念头，也还是掀动了心浪，唯善恶不思才能风息浪止，那才可谓佛行。如是之闻，令我迷惑不已。

从听说特异功能的那一天起，我便相信其中必蕴藏了非凡的智识，是潜在的科学新大陆。当然不是因为我已明了其中奥秘，而是我相信，已有的科学知识与浩瀚的宇宙奥秘相比，必仅沧海一粟，所以人类认识的每一步新路必定难符常规；倘不符常规即判定其假，真就是"可笑之人"也要失笑的可笑之事了。及至我终于目睹了特异功能的神奇，便更信其真，再听说它有多么不可思议的能力，也不会背转身去露一脸自以为是的嘲笑。嘲笑曾经太多，胜利的嘲笑一向就少。

但是——我要在"但是"后面小做文章了。（其实大小文章都是做于"但是"之后，即有所怀疑之时。）但是！我从始至今也不相信特异功能可以是宗教。宗教二字的色彩不论多么纷繁，终极关怀都是其最根本的意蕴。就是说，我不相信生命的意义就是凭借特异功能去探索生命的奥秘。那样的话它与科学又有什么不同？对于生命的奥秘，你是以特异功能去探索，还是以主流科学去探索，那都一样，都还不是宗教不是终极关怀，不同的只是这探索的先进与落后、精深与浅薄，以及功效的高低而已。而且这探索的前途，依"可笑之人"揣想，不外两种：或永无止境，或终于穷尽。"永无止境"比较好理解，那即是说：人类的种种探索，每时每刻都在限止上，每时每刻又都在无穷中；正因如此，才想到对终极的询问，才生出对终极的关怀，才要问生命的意义到底何在。而"终于穷尽"呢，总让人想不通穷尽之后又是什么？就便生命的奥秘终于了如指掌，难道生命的意义就不再成为问题么？

我总以为，终极关怀主要不是对来路的探察，而是对去路的询问，虽然来路必要关心，来路的探察于去路的询问是有助的。在前几年的文学寻根热时，我写过几句话："小麦是怎么从野草变来的是一回事，人类何以要种粮食又是一回事。不知前者尚可再从野草做起，不知后者则所为一概荒诞。"这想法，至今也还不觉得需要反悔。人，也许是猴子历经劳动后的演变，也许是上帝快乐或寂寞时的创造，也许是神仙智商泛滥时的发明，也许是外星人纵欲而留下的野种，也许是宇宙能量一次偶然或必然的融合，这都无关宏旨，但精神业已产生，这一事实无论其由来如何总是要询问一条去路，或者总是以询问去路证明它的存在，这才是关键。回家祭祖的路线并不一定含有终极关怀，盲流的家园可以是任意一方乐土，但精神放逐者的家园不可以不在生命的意义。生命的意义若是退回到猴子或还原为物理能量，那仿佛我们千辛万苦只是要追究"造物主"的错误。"道法自然"已差不多是信徒们的座右铭，但人，不在自然之中吗？人的生成以及心识的生成，莫非不是那浑然大道之所为？莫非不是"无为无不为"的自然之造化？去除心识，风息浪止，是法自然还是反自然，真是值得考虑。（所谓"不二法门"，料必是不能去除什么的，譬如心识。去除，倒反而证明是"二"。"万法归一"显然也不是寂灭，而是承认差别和矛盾的永在，唯愿其和谐地运动，朝着真善美的方向。）佛的伟大，恰在于他面对这差别与矛盾，以及由之而生的人间苦难，苦心孤诣沉思默想；在于他了悟之后并不放弃这个人间，依然心系众生，执着而艰难地行愿；在于有一人未度他便不能安枕的博爱胸怀。若善念一动也违佛法，佛的传经布道又算什么？若是他期待弟子们一念不动，佛法又如何传至今天？佛的光辉，当不在大雄宝殿之上，而在他苦苦地修与行的过程之中。佛的轻看佛法，绝非价值虚无，而是暗示了理论的局限。佛法的去除"我执"，也并非是取消理想，而是强调存在的多维与拯救的无限。

（顺便说一句：六祖慧能得了衣钵，躲过众师兄弟的抢夺，星夜逃跑……这传说总让我怀疑。因为，这行动似与他的著名偈语大相径庭。既然"菩提本无树，明镜亦非台。本来无一物，何处染尘埃"，倒又怎么如此地看重了衣钵呢？）

坦白说，我对六祖慧能的那句偈语百思而不敢恭维。"本来无一物"的前提可谓彻底，因而"何处染尘埃"的逻辑无懈可击，但那彻底的前提却难成立，因为此处之"物"显然不是指身外之物以及对它的轻视，而是就神秀的"身为菩提树，心如明镜台"而言，是对人之存在的视而不见，甚至是对人之心灵的价值取消。"本来无一物"的境界或许不坏，但其实那也就没有好歹之分，因为一切都无。一切都无是个省心省力的办法，甚至连那偈语也不必去写，宇宙就像人出现之前和灭绝之后那般寂静，浑然一体了无差异，又何必还有罗汉、菩萨、佛以及种种境界之分？但佛祖的宏愿本是根据一个运动着的世界而生，根据众生的苦乐福患而发，一切都无，佛与佛法倒要去救助什么？所救之物首先应该是有的吧，身与心与尘埃与佛法当是相反相成的吧，这才是大乘佛法的入世精神吧。所以神秀的偈语，我以为更能体现这种精神，"身为菩提树，心如明镜台。时时勤拂拭，莫使染尘埃"，这是对身与心的正视，对罪与苦的不惧，对善与爱的提倡，对修与行的坚定态度。

也许，神秀所说的仅仅是现世修行的方法，而慧能描画的是终极方向和成佛后的图景。但是，"世上可笑之人"的根本迷惑正在这里：一切都无，就算不是毁灭而是天堂，那天堂中可还有差别？可还有矛盾？可还有运动么？依时下信佛的潮流所期盼的，人从猴子变来，也许人还可变到神仙去，那么神仙即使长生是否也要得其意义呢？若意义也无，是否就可以想象那不过是一棵树、一块石、一座坚固而冷漠的大山、一团随生随灭的星云？就算这样也好，但这样又何劳什么终极关怀？随波逐流即是圣境，又何必念念不忘什么"因果"？想来这"因果"的牵念，仍然是苦乐福患，是生命的意义吧。

当然还有一说：一切都无，仅指一切罪与苦都无，而福乐常在，那便是仙境便是天堂，便是成佛。真能这样当然好极了。谁能得此好运，理当祝贺他，欢送他，或许还可以羡慕他。可是剩下的这个人间又将如何？如果成佛意味着独步天堂，成佛者可还为这人间的苦难而忧心么？若宏愿不止，自会忧心依旧，那么天堂也就不只有福乐了。若思断情绝，弃这人间于不闻不问，独享福乐便是孜孜以求的正果，佛性又在哪儿？还是地藏菩萨说得好："地狱不空，誓不成佛。"我想这才是佛性之所在。但这样，便躲不过一个悖论了：有佛性的誓不成佛，自以为成佛的呢，又没了佛性。这便如何是好？佛将何在？佛位，岂不是没有了？

或许这样才好。佛位已空，才能存住佛性。佛位本无，有的才是佛行。这样才"空"得彻底，"无"得真诚，才不会执于什么衣钵，为着一个领衔的位置追来逃去。罗汉呀、菩萨呀，那无非标明着修习的进程，若视其为等等级级诱人的宝座，便难免又演出评职称和晋官位式的闹剧。佛的本意是悟，是修，是行，是灵魂的拯救，因而"佛"应该是一个动词，是过程而不是终点。

修行或拯救，在时空中和在心魂里都没有终点，想必这才是"灭执"的根本。大千世界生生不息，矛盾不休，运动不止，困苦永在，前路无限，何处可以留住？哪里能是终点？没有。求其风息浪止无扰无忧，倒像是妄念。指望着终点（成佛、正果、无苦而极乐），却口称"断灭我执"，不仅滑稽，或许就要走歪了路，走到为了独享道遥连善念也要断灭的地步。

还是不要取消"心识"和"执着"吧——可笑如我者作如此想。因为除非与世隔绝顾自逍遥，魔性佛性总归都是一种价值信奉；因为只要不是毁灭，灵魂与肉身的运动必定就有一个方向；因为除了可祝贺者已独享福乐了之外，再没见有谁不执着的，唯执着点不同而已。有执着于爱的，有执着于恨的，有执着于长寿的，有执着于功名的，有执着于投奔天堂的，有执着于拯救地狱的，还有执着于什么也不执着以期换取一身仙风道骨的……想来，总不能因为有魔的执着存在，便连佛的执着也取消吧，总不能因为心识的可能有误，便连善与恶也不予识别，便连魔与佛也混为一谈吧。

佛之轻看心识，意思大概与"生命之树常青，理论永远是灰色的"相似。我们的智力、语言、逻辑、科学或哲学的理论，与生命或宇宙的全部存在相比，是有限与无穷的差距。今天人们已经渐渐看到，因为人类自许为自然的主宰，自以为科学技术的不断发展便可引领我们去到天堂，已经把这个地球榨取得多么枯瘪丑陋了，科学的天堂未见，而人们心魂中的困苦有增无减。因此，佛以其先知先觉倡导着另一种认识方法和生活态度。这方法和态度并不简单，若要简单地概括，佛家说是：明心见性。那意思是说：大脑并不全面地可靠，万勿以一（一己之见）概全（宇宙的全部奥秘），不可妄尊自大，要想接近生命或宇宙的真相，必得不断超越智力、逻辑、理论的局限，才能去见那更为辽阔奥渺的存在；要想创造人间的幸福，先要尊法自然的和谐，取与万物和平相处的态度。这当然是更为博大的智慧，但可笑如我者想，这并非意味着要断灭心识。那博大的智慧，是必然要经由心识的，继而指引心识，以及与心识通力合作。就像大学生都曾是从小学校里走出来的，而爱因斯坦的成就虽然超越了牛顿但并不取消牛顿。超凡入圣也不能弃绝了科学技术，最简单的理由就是芸芸众生并不个个都能餐风饮露。这是一个悖论，科学可以造福，科学也可以生祸，福祸相倚，由是佛的指点才为必要。语言和逻辑呢，也不能作废，否则便是佛经也不能读诵。佛经的流传到底还是借助了语言文字，经典的字里行间也还是以其严密的逻辑令人信服、教人醒悟。便是玄妙的禅宗公案，也仍然要靠人去沉思默解，便是"非常道"也只好强给它一个"非常名"，真若不流文字，就怕那智慧终会湮灭，或沦为少数慧根丰厚者的独享。这又是一个悖论，语言给我们自由，同时给我们障碍，这自由与障碍之间才是佛的工作，才是道的全貌。最要紧的是：倘在此心识纷纭、执着各异的世界上，一刀切地取消心识和执着，料必要得一个价值虚无的麻木硕果，以致佛魔难分，小术也称大道，贪官也叫公仆，恶也作佛善也作佛，佛位林立单单不见了佛性与佛行。

心识加执着，可能产生的最大祸患，怕就是专制也可以顺理成章。恶的心识自不必说，便是善的执着也可能如此。比如爱，"爱你没商量"就很可能把别人爱得痛苦不堪，从而侵扰了他人的自由和权利。但这显然不意味着应该取消爱，或者可爱可不爱。失却热情（执着）的爱早也就不是爱了。没有理性（心识）的爱呢，则很可能只是情绪的泛滥。美丽的爱是要执着的，但要使其在更加博大的维度中始终不渝，这应该是佛愿的指向，是终极的关怀。

心识也好，智慧也好，都只是对存在的（或生命奥秘的）"知"，不等于终极关怀。而且！智慧的所"见"也依然是没有止境，佛法的最令人诚服之处，就在于它并不讳言自身的局限，和其超越、升华的无穷前景。若仅停留于"知"，并不牵系于"愿"付诸"行"，便常让人疑惑那是不是借助众生的苦难在构筑自己的光荣。南怀瑾先生的一部书中的一个章节，我记得标题是"唯在行愿"，我想这才言中了终极关怀。终极关怀都是什么？论起学问来令人胆寒，但我想"条条大路通罗马"，千头万绪都在一个"爱"字上。"断有情"，也只是断那种以占有为目的或以奉献求酬报的"有情"，而绝不是要把人断得麻木不仁，以致见地狱而绕行，见苦难而逃走。（话说回来，这绕行和逃走又明显是"有情"未断的表征，与地藏菩萨的关怀相比，优劣可鉴。）爱，不是占有，也不是奉献。爱只是自己的心愿，是自己灵魂的拯救之路。因而爱不要求（名、利、情的）酬报；不要求酬报的爱，才可能不通向统治他人和捆绑自己的"地狱"。地藏菩萨的大愿，大约就可以归结为这样的爱，至少是始于这样的爱吧。

但是，我很怀疑地藏菩萨的大愿能否完成。还是老问题：地狱能空吗？矛盾能无吗？困苦能全数消灭吗？没有差别没有矛盾没有困苦的世界，很难想象是极乐，只能想象是死寂。——我非常渴望有谁能来驳倒我，在此之前，我只好沿着我不能驳倒的这个逻辑想下去。

有人说：佛法是一条船，目的是要渡你去彼岸，只要能渡过苦海到达彼岸，什么样的船都是可以的。对此我颇存疑问：一是，说彼岸就是一块无忧的乐土，迄今的证明都很无力；二是"到达"之后将如何？这个问题似在原地踏步，一筹莫展；三是，这样的"渡"，很像不图小利而要中一个大彩的心理，怕是聪明的人一多，又要天翻地覆地争夺不休。

所谓"断灭我执"，我想根本是要断灭这种"终点执"。所谓"解脱"，若是意味着逃跑，大约跑到哪儿也还是难于解脱，唯平心静气地接受一个永动的过程，才可望"得大自在"。彼岸，我想并不与此岸分离，并不是在这个世界的那边存在着一个彼岸。当地藏菩萨说"地狱不空，誓不成佛"时，我想，他的心魂已经进入彼岸。彼岸可以进入，但彼岸又不可能到达，是否就是说：彼岸又不是一个名词，而是动词？我想是的。彼岸、普度、宏愿、拯救，都是动词，都是永无止境的过程。而过程，意味着差别、矛盾、运动和困苦的永远相伴，意味了普度的不可完成。既然如此，佛的"普度众生"以及地藏菩萨的大愿岂不是一句空话了？不见得。理想，恰在行的过程中才可能是一句真话，行而没有止境才更见其是一句真话，永远行便永远能进入彼岸且不弃此岸。若因行的不可完成，便叹一声"活得真累"，而后抛弃爱愿，并美其名为"解脱"和"得大自在"——人有这样的自由，当然也就不必太反对，当然也就不必太重视，就像目送一只 UFO 离去，回过头来人间如故。

还有一种意见，认为：说到底人只可拯救自己，不能拯救他人，因而爱的问题可以取消。我很相信"说到底人只可拯救自己"，但怎样拯救自己呢？人不可能孤立地拯救自己和把自己拯救到一个与世隔绝的地方去。世上如果只有一个人，或者只有一个生命，拯救也就大可不必。拯救，恰是在万物众生的缘缘相系之中才能成立。或者说，福乐逍遥可以独享，拯救则从来是对众生（或曰人类）苦乐福患的关注。孤立一人的随生随灭，细细想去，原不可能有生命意义的提出。因而爱的问题取消，也就是拯救的取消。

当然"爱"也是一个动词，处于永动之中，永远都在理想的位置，不可能有彻底圆满的一天。爱，永远是一种召唤，是一个问题。爱，是立于此岸的精神彼岸，从来不是以完成的状态消解此岸，而是以问题的方式驾临此岸。爱的问题存在与否，对于一个人、一个族、一个类，都是生死攸关，尤其是精神之生死攸关。

一九九四年五月二十四日

墙下短记

一些当时看去不太要紧的事却能长久扎根在记忆里。它们一向都在那儿安睡，偶尔醒一下，睁眼看看，见你忙着（升迁或者遁世）就又睡去，很多年里它们轻得仿佛不在。千百次机缘错过，终于一天又看见它们，看见时光把很多所谓人生大事消磨殆尽，而它们坚定不移固守在那儿，沉沉地有了无比的重量。比如一张旧日的照片，拍时并不经意，随手放在哪儿，多年中甚至不记得有它，可忽然一天整理旧物时碰见了它，拂去尘埃，竟会感到那是你的由来也是你的投奔；而很多郑重其事的留影，却已忘记是在哪儿和为了什么。

近些年我常常想起一道墙，碎砖头垒的，风可以吹落砖缝间的细土。那道墙很长，至少在一个少年看来是很长，很长之后拐了弯，拐进一条更窄的小巷里去。小巷的拐角处有一盏街灯，紧挨着往前是一个院门，那里住过我少年时的一个同窗好友。叫他 L 吧。L 和我能不能永远是好友，以及我们打完架后是否又言归于好，都不重要，重要的是我们一度形影不离，流动不居的生命有一段就由这友谊铺筑成。细密的小巷中，上学和放学的路上我们一起走，冬天和夏天，风声或蝉鸣，太阳到星空，十岁也许九岁的 L 曾对我说，他将来要娶班上一个（暂且叫她作 M 的）女生做老婆。L 转身问我："你呢，想和谁？"我准备不及，想想，觉得 M 确是漂亮。L 说他还要挣很多钱。"干吗？""废话，那时你还花你爸的钱呀？"少年之间的情谊，想来莫过于我们那时的无猜无防了。

我曾把一件珍爱的东西送给 L。一本连环画呢，还是一个什么玩具？已经记不清。可是有一天我们打了架，为什么打架也记不清了，但丝毫不忘的是：打完架，我又去找 L 要回了那件东西。

老实说，单我一个人是不敢去要的，或者也想不起去要。是几个当时也对 L 不大满意的伙伴指点我、怂恿我，拍着胸脯说他们甘愿随我一同前去讨还，再若犹豫就成了笨蛋兼而傻瓜。就去了。走过那道很长很熟悉的墙，夕阳正在上面灿烂地照耀，但在我的记忆里，走到 L 家的院门时，巷角的街灯已经昏黄地亮了。这只可理解为记忆的作怪。

站在那门前，我有点儿害怕，身旁的伙伴便极尽动员和鼓励，提醒我：倘掉头撤退，其卑鄙甚至超过投降。我不能推卸罪责给别人：跟 L 打架后，我为什么要把送给 L 东西的事告诉别人呢？指点和怂恿都因此发生。我走进院中去喊 L，L 出来，听我说明来意，愣着看一会儿我，让我到大门外等着。L 背着他的母亲，从屋里拿出那件东西交在我手里，不说什么，就又走回屋去。结束总是非常简单，咔嚓一下就都过去。

我和几个同来的伙伴在巷角的街灯下分手，各自回家。他们看看我手上那件东西，好歹说一句"给他干吗"，声调和表情都失去来时的热度，失望甚或沮丧料想都不由于那件东西。

　　我贴近墙根独自往回走，那墙很长，很长而且荒凉，记忆在这儿又出了差误，好像还是街灯未亮、迎面的行人眉目不清的时候。晚风轻柔得让人无可抱怨，但魂魄仿佛被它吹离，飘起在黄昏中再消失进那道墙里去。捡根树枝，边走边在那墙上轻划，砖缝间的细土一股股地垂流……咔嚓一下所送走的，都扎根进记忆去酿制未来的问题。

　　那很可能是我对于墙的第一种印象。

　　随之，另一些墙也从睡中醒来。

　　几年前，有一天傍晚"散步"，我摇着轮椅走进童年时常于其间玩耍的一片胡同。其实一向都离它们不远，屡屡在其周围走过，匆忙得来不及进去看望。

　　记得那儿曾有一面红砖短墙，墙头插满锋利的碎玻璃碴儿，我们一群八九岁的孩子总去搅扰墙里那户人家的安宁，攀上一棵小树，扒着墙沿央告人家把我们的足球扔出来。那面墙应该说藏得很是隐蔽，在一条死巷里，但可惜那巷口的宽度很适合做我们的球门，巷口外的一片空地是我们的球场。球难免是要踢向球门的，倘临门一脚踢飞，十之八九便降落到那面墙里去。墙里是一户善良人家，飞来物在我们的央告下最多被扣压十分钟。但有一次，那足球学着篮球的样子准确投入墙内的面锅，待一群孩子又爬上小树去看时，雪白的面条热气腾腾全滚在煤灰里。正是所谓"三年困难时期"，足球事小，我们乘暮色抱头鼠窜。好几天后，我们由家长带领，以封闭"球场"为代价换回了那只足球。

　　条条小巷依旧，或者是更旧了。可能正是国庆期间，家家门上都插了国旗。变化不多，唯独那"球场"早被压在一家饭馆和一座公厕下面。"球门"对着饭馆的后墙，那户善良人家料必是安全得多了。

我摇着轮椅走街串巷，闲度国庆之夜。忽然又一面青灰色的墙叫我怦然心动，我知道，再往前去就是我的幼儿园了。青灰色的墙很高，里面有更高的树，树顶上曾有鸟窝，现在没了。到幼儿园去必要经过这墙下，一俟见了这面高墙，退步回家的希望即告断灭。那青灰色几近一种严酷的信号，令童年分泌恐怖。

这样的"条件反射"确立于一个盛夏的午后，所以记得清楚，是因为那时的蝉鸣最为浩大。那个下午母亲要出长差，到很远的地方去。我最高的希望是她不去出差，最低的希望是我可以不去幼儿园，在家，不离开奶奶。但两份提案均遭否决，据哭力争亦不奏效。如今想来，母亲是要在远行之前给我立下严明的纪律。哭声不停，母亲无奈说带我出去走走。"不去幼儿园！"出门时我再次申明立场。母亲领我在街上走，沿途买些好吃的东西给我，形势虽然可疑，但看看走了这么久又不像是去幼儿园的路，牵着母亲的长裙心里略略地松坦。可是！好吃的东西刚在嘴里有了味道，迎头又来了那面青灰色高墙，才知道条条小路相通。虽立刻大哭，料已无济于事。但一迈进幼儿园的门槛，哭喊即自行停止，心里明白没了依靠，唯规规矩矩做个好孩子是得救的方略。幼儿园墙内，是必度的一种"灾难"，抑或只因为这一个孩子天生地怯懦和多愁。

三年前我搬了家，隔窗相望就是一所幼儿园，常在清晨的赖睡中就听见孩子进园前的嘶嚎。我特意去那园门前看过，抗拒进园的孩子其壮烈都像宁死不屈，但一落入园墙便立刻吞下哭声，恐惧变成冤屈，泪眼望天，抱紧着对晚霞的期待。不见得有谁比我更能理解他们，但早早地对墙有一点儿感受，不是坏事。

　　我最记得母亲消失在那面青灰色高墙里的情景。她当然是绕过那面墙走上了远途的，但在我的印象里，她是走进那面墙里去了。没有门，但是母亲走进去了，在那些高高的树上蝉鸣浩大，在那些高高的树下母亲的身影很小，在我的恐惧里那儿即是远方。

　　坐在窗前，看远近峭壁林立一般的高墙和矮墙。我现在有很多时间看它们。有人的地方一定有墙。我们都在墙里。没有多少事可以放心到光天化日下去做。规规整整的高楼叫人想起图书馆的目录柜，只有上帝可以去拉开每一个小抽屉，查阅亿万种心灵秘史，看见破墙而出的梦想都在墙的封护中徘徊。还有死神按期来到，伸手进去，抓阄儿似的摸走几个。

　　我们有时千里迢迢——汽车呀、火车呀、飞机可别一头栽下来呀——只像是为了去找一处不见墙的地方：荒原、大海、林莽甚至沙漠。但未必就能逃脱。墙永久地在你心里，构筑恐惧，也牵动思念。一只"飞去来器"，从墙出发，又回到墙。你千里迢迢地去时，鲁宾逊正千里迢迢地回来。

　　哲学家先说是劳动创造了人，现在又说是语言创造了人。墙是否创造了人呢？语言和墙有着根本的相似：开不尽的门前是撞不尽的墙壁。结构呀、解构呀、后什么什么主义呀……啦啦啦，啦啦啦……游戏的热情永不可少，但我们仍在四壁的围阻中。把所有的墙都拆掉就不行么？我坐在窗前用很多时间去幻想一种魔法。比如"啦啦啦，啦啦啦……"很灵验地念上一段咒语，唰啦一下墙都不见。怎样呢？料必大家一齐慌作一团（就像热油淋在蚁穴），上哪儿的不知道要上哪儿了，干吗的忘记要干吗了，漫山遍野地捕食去和睡觉去么？毕竟又嫌趣味不够，然后大家埋头细想，还是要砌墙。砌墙盖房，不单为避风雨，因为大家都有些秘密，其次当然还有一些钱财。秘密，不信你去慢慢推想，它是趣味的爹娘。

其实秘密就已经是墙了。肚皮和眼皮都是墙，假笑和伪哭都是墙，只因这样的墙嫌软嫌累，要弄些坚实耐久的来加密。就算这心灵之墙可以轻易拆除，但山和水都是墙，天和地都是墙，时间和空间都是墙，命运是无穷的限制，上帝的秘密是不尽的墙。真要把这秘密之墙也都拆除，虽然很像似由来已久的理想接近了实现，但是等着瞧吧，满地球都怕要因为失去趣味而响起昏昏欲睡的鼾声，梦话亦不知从何说起。

趣味是要紧而又要紧的。秘密要好好保存。

探秘的欲望终于要探到意义的墙下。

活得要有意义，这老生常谈倒是任什么主义也不能推翻。加上个"后"字也是白搭。比如爱情，她能被物欲拐走一时，但不信她能因此绝灭。"什么都没啥了不起"的日子是要到头的，"什么都不必介意"的舞步可能"潇洒"地跳去撞墙。撞墙不死，第二步就是抬头，那时见墙上有字，写着：哥们儿你要上哪儿呢，这到底是要干吗？于是躲也躲不开，意义找上了门，债主的风度。

意义的原因很可能是意义本身。干吗要有意义？干吗要有生命？干吗要有存在？干吗要有有？重量的原因是引力，引力的原因呢？又是重量。学物理的人告诉我：千万别把运动和能量，以及时空分割开来理解。我随即得了启发：也千万别把人和意义分割开来理解。不是人有欲望，而是人即欲望。这欲望就是能量，是能量就是运动，是运动就走去前面或者未来。前面和未来都是什么和都是为什么？这必来的疑问使意义诞生，上帝便在第七天把人造成。上帝比靡非斯特更有力量，任何魔法和咒语都不能把第七天的成就删除。在第七天以后所有的光阴里，你逃得开某种意义，但逃不开意义，如同你逃得开一次旅行但逃不开生命之旅。

你不是这种意义，就是那种意义。什么意义都不是，就掉进昆德拉所说的"生命不能承受之轻"。你是一个什么呢？生命算是个什么玩意儿呢？轻得称不出一点儿重量你可要消失。我向 L 讨回那件东西，归途中的惶茫因年幼而无以名状，如今想来，分明就是为了一个"轻"字：珍宝转眼被处理成垃圾，一段生命轻得飘散了，没有了，以为是什么原来什么也不是，轻易、简单、灰飞烟灭。一段生命之轻，威胁了生命全面之重，惶茫往灵魂里渗透：是不是生命的所有段落都会落此下场啊？人的根本恐惧就在这个"轻"字上，比如歧视和漠视，比如嘲笑，比如穷人手里作废的股票，比如失恋和死亡。轻，最是可怕。

要求意义就是要求生命的重量。各种重量。各种重量在撞墙之时被真正测量。但很多重量，在死神的秤盘上还是轻，秤砣平衡在荒诞的准星上。因而得有一种重量，你愿意为之生也愿意为之死，愿意为之累，愿意在它的引力下耗尽性命。不是强言不悔，是清醒地从命。神圣是上帝对心魂的测量，是心魂被确认的重量。死亡光临时有一个仪式，灰和土都好，看往日轻轻地蒸发，但能听见，有什么东西沉沉地还在。不期还在现实中，只望还在美丽的位置上。我与 L 的情谊，可否还在美丽的位置上沉沉地有着重量？

不要熄灭破墙而出的欲望，否则鼾声又起。
但要接受墙。
为了逃开墙，我曾走到过一面墙下。我家附近有一座荒废的古园，围墙残败但仍坚固，失魂落魄的那些岁月里我摇着轮椅走到它跟前。四处无人，寂静悠久，寂静的我和寂静的墙之间，膨胀和盛开着野花，膨胀和盛开着冤屈。我用拳头打墙，用石头砍它，对着它落泪、喃喃咒骂，但是它轻轻掉落一点儿灰尘再无所动。天不变道亦不变。老柏树千年一日伸展着枝叶，云在天上走，鸟在云里飞，风踏草丛，野草一代一代落子生根。我转而祈求墙，双手合十，创造一种祷词或谶语，出声地诵念，求它给我死，要么还给我能走的腿……睁开眼，伟大的墙还是伟大地矗立，墙下呆坐一个不被神明过问的人。空旷的夕阳走来园中，若是昏昏地睡去，梦里常掉进一眼枯井，井壁又高又滑，喊声在井里嗡嗡碰撞而已，没人能听见，井口上的风中也仍是寂静的冤屈。喊醒了，看看还是活着，喊声并没惊动谁，并不能惊动什么，墙上有青润的和干枯的苔藓，有蜘蛛细巧的网，死在半路的蜗牛身后拖一行鳞片似的脚印，有无名少年在那儿一遍遍记下的 3.1415926……

　　在这墙下，某个冬夜，我见过一个老人。记忆和印象之间总要闹出一些麻烦：记忆说未必是在这墙下，但印象总是把记忆中的那个老人搬来，真切地在这墙下。雪后，月光朦胧，车轮吱吱叽叽轧着雪路，是园中唯一的声响。这么走着，听见一缕悠沉的箫声远远传来，在老柏树摇落的雪雾中似有似无，尚不能识别那曲调时已觉其悠沉之音恰好碰住我的心绪。侧耳屏息，听出是《苏武牧羊》。曲终，心里正有些凄怆，忽觉墙影里一动，才发现一个老人背壁盘腿端坐在石凳上，黑衣白发，有些玄虚。雪地和月光，安静得也似非凡。竹箫又响，还是那首流放绝地、哀而不死的咏颂。原来箫声并不传自远处，就在那老人唇边。也许是气力不济，也许是这古曲一路至今光阴坎坷，箫声若断若续并不高亢，老人颤颤的吐纳之声亦可悉闻。一曲又尽，老人把箫管轻横腿上，双手摊放膝头，看不清他是否闭目。我惊诧而至感激，一遍遍听那箫声和箫声断处的空寂，以为是天喻或是神来引领。

那夜的箫声和老人，多年在我心上，但猜不透其引领指向何处。仅仅让我活下去似乎用不着这样神秘。直到有一天我又跟那墙说话，才听出那夜箫声是唱着"接受"，接受天命的限制。（达摩的面壁是不是这样呢？）接受残缺。接受苦难。接受墙的存在。哭和喊都是要逃离它，怒和骂都是要逃离它，恭维和跪拜还是想逃离它。我常常去跟那墙谈话，对，说出声，默想不能逃离它时就出声地责问，也出声地请求、商量，所谓软硬兼施。但毫无作用，谈判必至破裂，我的一切条件它都不答应。墙，要你接受它，就这么一个意思反复申明，不卑不亢，直到你听见。直到你不是更多地问它，而是听它更多地问你，那谈话才称得上谈话。

我一直在写作，但一直觉得并不能写成什么，不管是作品还是作家还是主义。用笔和用电脑，都是对墙的谈话，是如衣食住行一样必做的事。搬家搬得终于离那座古园远了，不能随便就去，此前就料到会怎样想念它，不想最为思恋的竟是那四面矗立的围墙；年久无人过问，记得那墙头的残瓦间长大过几棵小树。但不管何时何地，一闭眼，即刻就到那墙下。寂静的墙和寂静的我之间，野花膨胀着花蕾，不尽的路途在不尽的墙间延展，有很多事要慢慢对它谈，随手记下谓之写作。

一九九四年九月五日

复杂的必要

母亲去世十年后的那个清明节，我和父亲和妹妹去寻过她的坟。

母亲去得突然，且在中年。那时我坐在轮椅上正惶然不知要向哪儿去，妹妹还在读小学。父亲独自送母亲下了葬。巨大的灾难让我们在十年中都不敢提起她，甚至把墙上她的照片也收起来，总看着她和总让她看着我们，都受不了。才知道越大的悲痛越是无言：没有一句关于她的话是恰当的，没有一个关于她的字不是恐怖的。

十年过去，悲痛才似轻了些，我们同时说起了要去看看母亲的坟。三个人也便同时明白，十年里我们不提起她，但各自都在一天一天地想着她。

坟却没有了，或者从来就没有过。母亲辞世的那个年代，城市的普通百姓不可能有一座坟，只是火化了然后深葬，不留痕迹。父亲满山跑着找，终于找到了他当年牢记下的一个标志，说：离那标志向东三十步左右就是母亲的骨灰深埋的地方。但是向东不足二十步已见几间新房，房前堆了石料，是一家制作墓碑的小工厂了，几个工匠埋头叮当地雕凿着碑石。父亲憋红了脸，喘气声一下比一下粗重。妹妹推着我走近前去，把那儿看了很久。又是无言。离开时我对他们俩说：也好，只当那儿是母亲的纪念堂吧。

虽是这么说，心里却空落得以至于疼。

我当然反对大造阴宅。但是，简单到深埋且不留一丝痕迹，真也太残酷。一个你所深爱的人，一个饱经艰难的人，一个无比丰富的心魂……就这么轻易地删减为零了？这感觉让人沮丧至极，仿佛是说，生命的每一步原都是可以这样删除的。

纪念的习俗或方式可以多样，但总是要有。而且不能简单，务要复杂些才好。复杂不是繁冗和耗费，心魂所要的隆重，并非物质的铺张可以奏效。可以火葬，可以水葬，可以天葬，可以树碑，也可为死者种一棵树，甚或只为他珍藏一片树叶或供奉一根枯草……任何方式都好，唯不可一味地简单。任何方式都表明了复杂的必要。因为，那是心魂对心魂的珍重所要求的仪式，心魂不能容忍对心魂的简化。

从而想到文学。文学，正是遵奉了这种复杂原则。理论要走向简单，文学却要去接近复杂。若要简单，任何人生都是可以删减到只剩下吃喝屙撒睡的，任何小说也都可以删减到只剩下几行梗概，任何历史都可以删减到只留几个符号式的伟人，任何壮举和怯逃都可以删减成一份光荣加一份耻辱……但是这不行，你不可能满足于像孩子那样只盼结局，你要看过程，从复杂的过程看生命艰巨的处境，以享隆重与壮美。其实人间的事，更多的都是可以删减但不容删减的。不信去想吧。比如足球，若单为决个胜负，原是可以一上来就踢点球的，满场奔跑倒为了什么呢？

一九九五年二月十日

足球内外

/一/

从电视里看足球，好处是局部争夺看得清楚，球星们的眉目也真切，坏处是只见局部，此局部切换到彼局部看不出阵形，不知昌盛之外藏了什么腐败，或平淡的周围正积酿着怎样的激情，更要紧的是欣赏欲望被摄像师的趣味控制，形同囚徒，只可在二十英寸的一方小窗中偷看风云变幻。很想再身临实地去看一回。上一回去体育场看足球是二十多年前了，那时腿还未残。

桑普多利亚队二次来京时，朋友们把我抬进了体育场。去之前心里忐忑，怕人家不让轮椅进，倒去平白葬送一个快乐的晚上。这担心是多余了，守门人把我看了一会儿，便亲自为我开道。朋友们抬轿似抬我上楼梯时，一群年轻球迷竟冲我鼓掌，喊："行嘿哥们儿，有您这样儿的，咱中国队非赢不可！"

体育场里不认得了。过去的印象是除去一坪绿草蓬勃鲜明，四周则密麻麻灰压压都是规规矩矩的看客，自由唯不谨慎时才有所泄露。现在呢，球场就像盛装的舞台，观众席上五彩缤纷旗幡涌动，呐喊声、歌声、喇叭声……沸反盈天。第一个感受是，观众不再仅仅是观众，此乃一场巨型卡拉OK。

第二个感受是，"同志"这个渐渐消逝着的词儿于此无声地再现光辉。此处的人群与别处的人群大不相同，虽摩肩接踵难免磕磕碰碰，但进攻式的粗鲁没有，防御式的客气也没有，认识不认识的都像是相知已久，你一掏烟他就点火，甭谢，相互默契，然后开"侃"。侃的当然都是足球，侃者或儒雅或狂放，却都不把球场外的身份带进来，这儿只承认球迷的一份尊严与平等。是球迷吗？行，好样儿的，一家人，"先生""小姐"都太生分，是同志。虽"同志"二字并不发声，但我感到在人们未及发觉的心底，正是存在着这两个字。也许，同志一词原就是由这样的情境产生。这让我想起一九七六年地震时的情景，因为灾难的平等，使人间的等级隔膜一时消退，震后大家都曾怀念震时的人际关系，遗憾那样的美好何以不能长久。

/二/

那时是因为灾难一视同仁，现在呢？现在是因为真正的欢乐也须如此。狂欢，唯一视同仁才可能，唯期冀自由和庆贺平等的时刻才有狂欢。

我不大看得见绿草坪上正在进行的比赛，因为至少有八十分钟人们是站着看的，激动的情绪使他们坐不下来，所有的座位都像是装了弹簧，往下一坐就反弹起来。前面的一对年轻恋人不断回头向我表示歉意，就像狂欢的队伍时而也注意一下路边掉队的老人，但是没办法，盛典正是如火如荼我们不能不跟随着去呀。我表示理解。我也很满足。我坐在人群背后专心倾听，狂欢是可以听的，以听的方式加入狂欢。

人们谈论着，赞美着，笑着和骂着……我听出多数人并不怎么懂足球，或者说并不像教练员和裁判员们那样懂足球，但他们懂得那不仅仅是足球，那更是狂欢，技术和战术都是次要的，一坪绿草上正在演出的是如祭礼一般的仪式！黑衣裁判仿佛祭司，飞来飞去的皮球如同祭器，满场奔跑着的球员是诸神的化身，四周的人群呢，是唱诗班，是一路朝拜而来的信徒或众生。所以你不能仅仅是看客，你来了是来参加的。所以不能单是看，更要听，用心领悟，人们如醉如痴是因为听到了比球场更为辽阔的世界和比九十分钟更为悠久的历史，听到了这仪式所象征的人的无边梦想，于是还要呼喊，还要吹响喇叭，还要手舞足蹈，以便一向要遏制或管束我们的命运之神能够为之感动，至于他感动了之后会赐给我们什么好处倒不是这呼喊所关心的，给或者不给那都一样，给或者不给，无边的梦想总要表达总要流传。

人需要狂欢，尤其今天。现代生活令人紧张，令人就范，常像让狼追着，没头苍蝇似的乱撞，身体拥挤心却隔离，需要有一处摆脱物欲、摆脱利害、摈弃等级、吐尽污浊、普天同庆的地方。人们选择了足球场，平凡的日子里只有这儿能聚拢这么多人，数万人从四面八方走来一处便令人感动，让人感受到一种象征，就像洛杉矶奥运会时的一首歌中所唱：We are the world。而在这世界上，当灾难休闲或暂时隐藏着，唯狂欢可聚万众于一心，于是那首歌接着唱道：We are the children。我们是世界，我们是孩子，那是说：此时此地世界并不欣赏成人社会的一切规则,唯以孩子的纯真参加进对自由和平等的祈祷中来,才有望走近那无限时空里蕴藏的梦想。

/三/

但是,强者的雄风太迷人了,战胜者的荣耀太吸引人了,而且这雄风和荣耀必是以弱者和失败者的被冷落为衬照,这差别太刺激人了,于是人很容易忘记领听(谛听和领悟),全副热情都掉进那差别中,去争夺居强的一端。争夺的热情大致基于这样的心理:在诸多的国家中我在的国家是最强的,在诸多的城市中我居住的城市是最好的,在诸多的民族中我属的民族是最优秀的,甚而至于在诸多朝圣的路途中我的路途是最神圣的。这样的心理若是只意味着战胜自己,也许本来不坏,但是,对荣耀的渴望使人再也听不见无限时空里的属于全人类的危惧和梦想,胜利仅仅在打败对方的欲望中成立。梦想从无限的时空萎缩进人际的输赢,狂欢就变成了彻头彻尾的争夺,那时"同志"忽然就被"立场"取代。在"同志"被"立场"取代的地方(不管是明着还是暗着),便不再有朝圣的仪式,而是战争的模型了。

我想起"文革"中的一些惨剧,大半是由立场做着前导;明知某事是假是恶是丑,但立场却能教你违心相随或缄口不言,甚而还要忏悔自己的立场不坚定。不不,立场和观点绝然不同,观点是个人思想的自由,立场则是集体对思想的强制。立场说穿了就是派同伐异,顺我派者善,逆我派者恶,不需再问青红皂白。否则为什么要有立场这个词呢?尤其是观点一词并不作废的时候,立场究竟是要说什么呢？是说相同观点的人要站到一起来吗？首先，相同的观点因其相同不是已经站到一起来了么？再强调站到一起来是什么意思？其次，观点并非永远不变，相同一旦变成不同是否就要以立场的名义施之惩罚呢？若非如此，就真想不懂立场为什么不算是一句废话？记得"文革"年代有一首童谣：我们都是木头人，不许说话不许动，看谁立场最坚定。这可真是童言无忌道破天机。奇怪的是这童谣在当时怎么没有被划作反动言论，想来绝不是四人帮一流的疏忽，而是在他们看来这正是立场的本意。

立场怎样不知不觉地走进人间，也就怎样神鬼莫察地进了足球场，此一方球迷与彼一方球迷的大打出手、视若仇敌便屡见不鲜。我们是世界，变成了：我们是国家，我们是民族，我们是帮派，我们是我们，你们他妈的是你们。我们是孩子，则变成了：我们是英雄，我们是好汉，你们他妈的算是什么玩意儿？

本没有谁一心去做孬种，或号召大家争当败类。值得担心的倒是"英雄""好汉"的内涵不清，倘英雄主义糊里糊涂地竟认同起暴力来，肯定不会有好局面送给人间。狂欢精神一旦散失，便特别危险地要蜕变成狂热，勇猛和不屈都来不及对着生命的困惑，而要顺理成章地杀向异己的人类了（比如网球明星塞莱斯的被刺）。立场这个词把我们害着，把足球以及所有体育比赛都害着，把足球场里和地球上面的英雄害着，把狂欢精神和神圣之域也害着。

神圣之域尤其是不需要宣扬立场的。神圣并不蔑视凡俗，更不与凡俗敌对，神圣不期消灭也不可能消灭凡俗，任何圣徒都凡俗地需要衣食住行，也都凡俗地难免心魂的歧途，唯此神圣才要驾临俗世。神圣只是对凡俗的救助和感召，在富足或贫困的凡俗生活同样会步入迷茫、同样可能昏昏堕落的时候，神圣以其爱与美的期念给我们一条无尽无休的活路。

/四/

埃斯科巴（哥伦比亚足球队 2 号，后卫）在"世界杯"后的惨死，是足球史和体育史上旷古的灾难，是所有球迷及全人类都该深思的。埃斯科巴的惨死，很像马尔克斯的一篇著名小说的标题，是"一场事先张扬的凶杀案"。所谓事先张扬，并不单指几个歹徒先期发出了威吓，而是说，这场凶杀早已在狂欢精神退出足球场时就已经张扬开了。而地球上的一切战争、不义和杀戮，大约也都是这样张扬开的。

狂欢精神丢失了，甚至兴趣也不在足球的技艺上，狂热去投奔哪儿呢？毫无疑问也绝无例外——去投奔战胜者的荣耀。

但是，鲜花、赞美、崇拜都向着战胜者去，失败者一无所有。已经说过，这差别太刺激人了，刺激的结果必是愤恨产生。狂欢精神的丢失，其妙并不直接表现在战胜者的志得意满，而是最先显露于失败者的愤恨不平，尤其这愤恨并不对着神圣之域的被污染，而是由于自己的遭冷落，这愤恨便要积蓄到失去理性。屡屡的失败而且仍然忘记着聆听，看着吧，坏孩子的脾气就要发作。他本来想的是：我是最好的和我们是最好的，你们他妈的算是什么东西？可是现在怎么一切都颠倒了呢？被惯坏的孩子就要闹脾气，像北京话里说的要"耍叉"了，不讲理了，要在球场之外去寻报复了，要不择手段地去占住那居强的一端。

这样"耍叉"的孩子，常常也声称不欣赏现实世界的规则，但是留神，这与狂欢精神绝不一样，狂欢是在祈祷全人类的自由，"耍叉"的孩子是要大家都来恭维他和跟随他的主义。也可能他的主义是好的，但也可能他的主义是坏的呢？

/五/

所以，不如"少谈些主义，多研究些问题"，让所有的观点都有表达的机会，旗倒不妨慢举。并非不可以谈主义，但主义之前（或大旗之下）最好先有问题的研究，比如说：英雄和神圣都是什么含义呢？再比如："做人要有尊严"这句话其实什么都没说，因为什么是尊严呢？以及怎么维护这尊严？

成功者就一定是英雄，或者反抗者就一定是英雄么？神圣就是轻物利，或者退避红尘独享逍遥？尊严呢，是否单靠一副傲骨，或随时都警惕着一条测量他人冷热的神经？当然不这么简单。比如爱是神圣的，但爱是怎么回事似乎一向还是问题。有一种意见说：爱就够了，不必弄什么清楚。可是不清楚又怎么知道就够了呢？除非是自己够了，但这就又回到废话上。人民也是神圣的，但这样的大旗谁都能打着，贪污和行霸也用得着。不过有时也简单，比如"你们他妈的算是什么玩意儿"，此言一出即可明白，言者离英雄还远，那很像是自慰的一条计策（阿Q做证），而尊严，却在自以为维护的同时毁坏。所以，研究的项目还多，不忙举旗。

不说成功者。因为谁都不大可能永远不碰上失败。说反抗者。足球场上有好几种反抗者。一种已被红牌罚出场外，没什么说的了。一种在场外寻衅施暴，有法律管他，不说也罢。还有一种，以零比九落后着，而且比赛已经到了第八十九分钟，这不是篮球是足球啊——就是说输定了，但十一个反抗者却仍全心全力地踢着，忘生忘死地奔跑，他们的目的从来就不狭隘到只要求战胜对方，他们知道零比九和九比零都是那仪式中的一项启示，生命之途上的一步路程，而每一步路程的前面都是一样的无限——无限的困境和无限精彩的可能，这才是英雄的反抗者吧。尤其这时，如果九比零领先的一方也有如此领悟，不傲不怠，知道人际的胜负实属扯淡，此十一人与彼十一人都是困境的反抗者和精彩的体现者，这时，狂欢精神就全面地回来了。已经开始退场的球迷不是真正的球迷，他们看不见是什么回来了，而依然呐喊或呆望着的球迷是神圣的球迷，他们知道。

零比九是一个夸张。

但狂欢精神是怎样回来的？从哪儿，和经历了什么才回来？如果它回来了，必是因为这样的发现：我们是世界，我们是孩子，我们是注定的困苦，和注定的爱与美的祈盼。

/六/

说到精神的胜利，人们马上会想起阿Q，似乎那是未庄这一位农民的专利。真是天大的误会。其实哪一种胜利不是最后落实在精神上呢？单单落实在物质上的胜利倒要狭隘得多了。精神胜利者并不都是阿Q，因为并非人人都把癞头疮去做胜利的基础，更不为自己的虱子比王胡的少些而愤愤。

不久前的"美洲杯"上，巴西靠"上帝之手"赢了阿根廷，赛后记者就这个球去问巴西队的感想，巴西队里竟有人说"去问他们的马拉多纳吧"，意思是说鼎鼎大名的马拉多纳也曾靠一个手球，为阿根廷队淘汰过英国队。我一向是巴西队的球迷，不因其冠军得的多，而因其把足球踢得潇洒美丽出神入化，但这一回真让千里万里之外的这一个巴西队的球迷为之羞愧。"上帝之手"有时难免，但上述回答真是有点儿阿 Q 的心理了。

这便想起足球场上还有一种反抗者，他们怎么也不能镇静地面对失败。他们的球队是最好的球队——这是他们立场的前提，不容怀疑也不容讨论的，于是失败就只好归咎到裁判头上去。毫无疑问，对裁判的错误应当揭露。但是这一种反抗者对裁判的错误一般采取两种截然相反的态度：利于对方则暴怒，利于自己则窃喜，暴怒时他们要问公理何在？窃喜时他们心想彼此彼此什么他妈的公理？这真正是矫情。

矫情的结果是并不能让自己进步，贬损对方吧，又不真能使对方溃退，想来想去还是那个裁判讨厌。但是把那个讨厌的裁判骂也骂过了，形势仍不乐观。于是便时有贿赂裁判的事件发生，这倒是未庄那一位穷汉未及学成的计策。

文学界经常也能看见这样的矫情，总也盼不到赞誉和畅销的时候，便去骂"评论家"和读者，或者转而去贿赂他们，当然不是用金钱，而是用文思（或文风）向"评论家"和市场靠拢。雄心再大一些的则去化验获诺贝尔奖的丹方，说是得有这一味得有那一味中国人才可能获那大奖，少了这一味缺了那一味则是皓首穷经也必名落孙山的。结果弄得人无所适从，翻箱倒柜找故事，掘地三尺挖古董，中西大菜满汉全席都上了桌，还是无济于事。怎么回事呢？很可能就在忙着化验他人之丹方的时候，把自己最重要的东西丢了：心魂。而那里面才是无限地辽阔，无穷地丰富，有不尽地创造的可能呀。其实文学和足球一样，根本是在困惑和狂欢时的聆听，立足于地而向苍天的询问，魂游于天而对土地的关怀。奖者，一种有趣的标记而已。对于真正的球迷，零比零的结果并不表明九十分钟的无味或多余。

/七/

如果我是外星人，我选择足球来了解地球的人类。如果我从天外来，我最先要去看看足球，它浓缩着地上人间的所有消息。

比如人对于狂欢和团聚的需要，以及狂欢和团聚又怎样演变成敌视和隔离，这已经说过。再比如它所表达的个人与群体的相互依赖，二十二个球员散布在场上，乍看似无关联，但牵一发而全身动，那时才看出来，每一个精彩点都是一个美妙结构的产物，而每一次局部失误都造成整体意图的毁灭。比如说，它的变化无穷正好似命运的难于预测，场上的阵势忽而潮涌忽而潮落，刚还是晴天朗照，转眼却又风声鹤唳，每一个位置都蕴含着极不确定的动向，每一个人都具"波粒二重性"，每一个点和每一个点之间的关系都有无限的可能，真正是测不准，因而预测足球的胜负就像预测天气变化一样靠不住，一个强队常常就被一支弱旅打得一败涂地，这在其他比赛中是少见的。又比如它的胜败常具偶然性，你十次射门都打在门柱上，我一次捡漏就致你于死地。而射在门柱上的那个球，只要再往里偏一公分就可能名垂球史，可这一公分其实就由于气流一阵细微的改变。那一次捡漏呢，则是因为对方的跑位也只差了一公分，这一公分的缘由说不定可以从看台上一位妙龄少女的午餐中去找。谋事在人成事在天，智者千虑也把捉不住偶然性的乖戾，于是神神鬼鬼令人敬畏。这都与我们的命运太相似了。接着，外星人还可以在这儿受到法制启蒙，他会看出要是没有那位黑衣法官，这球赛就没法进行，他尤其会看出在诸条规则中不准越位是最根本的一条，否则大家都去门前等着射门，地球上就可能只剩下溜门撬锁的小偷和蒙面入室的大盗了。外星人还能在这儿看见警察（星星点点散布在各处），认识官员（稀稀落落坐在主席台上），了解商业（四周的广告牌），粗通建筑（钢筋水泥的体育场），探知艺术的起源（看台上情不自禁的歌舞），发现贫富之别（票价不同因而所占位置各异），发现门派之盛，相互间竟至于睚眦必报、拳脚相加、水火难容……总之，几乎人间所有的事物在这儿都有样品，所有的消息在这儿都有传达。

　　这个与人间同构的球场，最可能成为人间的模型或象征，刺激起人的种种占有欲，倘占有落空，便加倍地勾引起平素积蓄的怨愤，坏脾气就关不住闸门。爱的祈望并不总比恨的发泄有力量。如果地球世界的强权、歧视、怨恨和复仇依然长寿，当然足球世界就最易受到侵染，足球场上就最易出现殴斗和骚乱。

/八/

　　也许外星人最后还会看出一件事：在足球和地球上，旗幡林立的主义中，民族主义是最悠久也最坚固的主义，是最容易被煽动起来的热情。

　　坐在看台上，我发现我的热情也渐渐地全被立场控制，很难再有刚一进来时的那种狂欢的感动，也顾不上去欣赏球艺，喜与忧全随着中国队的利与不利而动。只要中国队一拿球便是满场的喝彩，只要意大利队一攻到禁区便是四起的嘘声。这无可厚非。但是这样的热情进一步高亢，殴斗和骚乱就都有了解释。这样的情绪倘再进一步走出足球场，流窜到地球的各个角落，渗透进人类诸多的理论和政策中去，冷战、热战，还有"圣战"也就都有了根据。

民族主义其实信奉的是"老子天下第一"，"老子"难免势单力薄，明摆着不能样样居强，这才借了"民族"去张扬。但若"老子"的民族也不能样样居强呢，便又很容易生出民族自卑感，自卑而不能以自强去超越，通常的方略就是拉出祖宗的光荣来撑腰，自吹自擂自欺自慰都认作骨气。其实，这样的主义者看重的也一定不是民族，倘自家闹出争端，民族也就无足轻重。不信就请细心注意，一到了没有外族之时他就变成地方主义，一到了没有外地之时他就变成帮派主义，三人行他提倡咱俩，只剩下咱俩事情就清楚了：我第一，你第二。

当然你不能不让谁认为自己正确和坚持自己认为的正确，（他说不定真就是天下第一呢？）但正确得靠研究的结果说话，深厚的土地上才是插牢一面大旗的地方。比如说"把什么和什么开除出文学正堂"，但是，由谁来圈定正堂的方位呢？开除一事又该由谁来裁决？恐怕谁都不合适。"正堂"和"开除"都在研究问题的气氛中自然发生，就像人们自然会沐浴清泉而排除污水，绝非可以毕其功于一面大旗的。

其实我们从幼儿园里就受过良好的教育：诚实，谦虚，摆事实讲道理。我们在学校里继续受着良好的教育：以他人之长补自己之短。怎么长大成人倒变糊涂？是的是的，这世界太复杂，不可不有一点儿策略，否则寸步难行。但这不应该妨碍我们仍然需要看清一个真理：无论是民族还是主义，也无论是宗教还是科学，能够时时去查看自己的缺陷与危险的那一个（那一种）才有希望。

/九/

但是，谁总能那么冷静呢？况且，大家若一味地都是沉思般地冷静着，足球也不好玩，日子也很难过。不让激情奔涌是不行的，如同不让日走星移四季更换。不是足球酿造了激情，是激情创造了足球。激情是生之必要，就像呼吸和睡觉，不仅如此，激情更是生之希望，是善美之途的起步。

但是，什么才能使这激情不掉进仇视和战争呢？（据说，南美有两个国家曾因足球争端引发过一场真刀真枪的战争。）是苦难。不管什么民族和主义，不管怎么伟大和卑微，都不可能逃开的那一类苦难。

我又回忆起一九七六年地震时的情景，那时的人们既满怀激情又满怀爱意，一切名目下的隔离或敌视都显出小气和猥琐，唯在大地无常的玩笑中去承受生死的疑问，疑问并不见得能有回答，但爱却降临。只可惜那时光很短暂。

看来苦难并不完全是坏东西。爱，不大可能在福乐的竞争中牢固，只可能在苦难的基础上生长。当然应该庆幸那苦难时光的短暂，但是否可以使那苦难中的情怀长久呢？

长久地听见那苦难（它确实没有走远），长久地听见那苦难中的情怀，长久地以此来维护激情也维护爱意，我自己以为这就是宗教精神的本意。宗教精神当然并不等于各类教会的主张，而是指无论多么第一和伟大的人都必有的苦难处境，和这处境中所必要的一种思索、感悟、救路。万千歧途，都是因为失去了神的引领。这里说的神，并非万能的施主，而是人的全部困苦与梦想、局限与无限的路途，以及零比九时的一如既往，和由其召唤回来的狂欢。

一九九五年九月六日
一九九五年十月十日再次修改

上帝的寓言

自从小巧的人脑把科学认作了神明，这颗美丽和谐的星球上便有一种叫作人的动物变得狂妄起来，自以为是天地的主宰，可以听凭自己的意志去移山填海、喝令万物、掠夺自然。

开始的时候，人类的聪明才智大约也曾让上帝欣喜（就像我们欣喜于电脑和机器人），但后来，人类的繁殖速度之快、享乐欲望之强、竞争热情之旺盛、掠夺技巧之高超，肯定令上帝大吃一惊。

这样，人类未来的一句广告词暗合了他们自己的地位：我们是害虫。森林和草原逐日萎缩，河流干涸，飞禽走兽被屠杀，大量物种灭绝在人类的餐桌上，土壤板结，沙漠扩展，大气层浑浊不堪，臭氧层烂开一个大洞……上帝见一颗蓬勃的果子上长了贪婪的害虫，便以疾病的方式喷洒杀虫剂：感冒啦，霍乱啦，鼠疫，结核，天花，等等。不料这害虫鬼机灵，慢慢有了抗药性，更加肆无忌惮。当一切杀虫剂都不能控制他们的时候，上帝能怎么办呢？上帝只好叹息着，看这颗果子蔫萎枯烂。上帝知道，果子被蛀空食尽之时，便是害虫自灭之日。

　　但狂妄的害虫执迷不悟，仍以加倍的乐观去维护一面贪婪之旗，高歌猛进。

　　上帝不忍，向他们发出暗示或警告。暗示或警告之一是：癌症。癌症，就是在一个本来和谐的生理结构中，忽然有一种细胞不可控制地猛增，先掠夺杀死异类，然后迎来自己的末日。上帝是要说：自然，本来就是一个完美的结构，人不过是其中的一种细胞。上帝是要说：人，如果你们不能醒悟，不能自我控制，一味地膨胀膨胀膨胀，你们就是地球的癌症！暗示或警告之二是：艾滋病。艾滋病，就是由于贪婪地享乐而破坏了自身的免疫系统，以致丧失了抵抗疾病和自身修复的能力。上帝是要说：地球的自身免疫系统就是由森林、草原、河流、海洋、大气、飞禽走兽昆虫等等万物万灵结构起来的，人不过是其中的一个组成部分。上帝是要说：人，如果不能节制你们的欲望，破坏了生态平衡，地球离患艾滋病的日子就已不远！

　　终于有人听懂了上帝的寓言。据说吉林省人大已经通过立法：禁止一切捕猎，收缴一切猎器，不允许人类的餐桌上出现任何野生动物。感谢他们，感谢他们的立法。

　　但是，是否所有的人都能静下心来听一听上帝的寓言呢？是否所有的省份和国度都能确立这样的法律呢？是否仅仅禁猎一法就足够了呢？地球已经千疮百孔，我们真是罪孽深重，上帝和人类的万代子孙必定对我们抱着更多的期待。保护自然生态，想来没有比这更重要的事了。"国破山河在"，尚有"城春草木深"，若山河破碎、草木不生、鸟兽尽绝呢，国之焉存？家之安在？

一九九六年五月五日

私人大事排行榜

这半个世纪留给了我们些什么？你能说出这半个世纪对你而言的一件或十件大事吗？当然，当你收到这份组稿函时，你就已经知道了这里所谓的"大事"，纯粹是就个人的思想经历而言的。

——引自《1999 独白》组稿函

/一/

于我而言，本世纪下半叶的头一件大事，自然是我的出生。因为这是一切于我而言的经验和意义（包括"本世纪下半叶"这样一个概念）的前提，是独白的不容商量的出发点。

由于我的出生，世界开始以一个前所未有的角度被观察，历史以一个前所未有的编排被理解，意义以一次前所未有的情感被询问。尽管这对他人来说是一件微乎其微的小事，对历史来说是一个完全可以忽略的小小颤动，但那却是我的全部——全部精神际遇的严峻。佛家有一说：杀一生命，等于杀一世界。那么，一个生命的出生也就是一个世界的出生了，任何个人，都是独一无二的世界。

有一年，由报纸传来了一个消息：地球上已经活着五十亿个人了。我不曾计算这是第几件，但是我立刻相信这是一件大事：五十亿个世界中有多少被忽略的严峻呢？但可以肯定，五十亿个世界之间，有着趋近无限的相互沟通的欲望。

/二/

沟通的欲望，大约可算作第二件大事。当出生不由分说地把我局限在纷纭历史和浩瀚人群中的一个点上以来，我感到，我就是在这样的欲望中长大的；我猜测别人也会是这样。我说"大约可算作第二件大事"，是因为我预料这可能还是最后一件大事：这个欲望会毫不减弱地跟随我，直到生命的终点。

然而，沟通的欲望，却暗含了沟通的悲观处境：沟通既是欲望和永远的欲望，这欲望就指示了人之间的阻障和永远的阻障。人所企盼的东西必不是已经成为现实的东西，人之永久的企盼呢，当然就表明着永久的不可实现。

不久前我参加了一次文学讨论会，题目就是："沟通，……"但就在这样一个美好的题目下，语言这个老奸巨猾的魔术家（抑或水性杨花的风流娘们儿）略施小计，就把一群安分与不安分的作家搞得晕头转向。我看见：语言的阻障，就像语言的求生一样坚强。我听见：同操汉语的讨论者们，谁也没有真正听懂谁的话，在几乎每一个词上都发生不止一个误解。我感到：这些误解是解释不清的，至少我不知道怎样才能解释清楚，因为在解释的过程中，你不得不又去求助那些狡猾的语言，继续繁衍同样多的误解。那一刻，我对语言甚至有了鲁迅先生对阿Q的那种情绪：哀其不幸，怒其不争。

确实，人一直是在解释的路上，且无尽头。事实上，未必是我们在走路，而是路在走我们，就像电路必要经由一个个电子元件才成其为一个完整的游戏。上帝在玩其莫测高深的"电路"，而众人看那游戏，便有了千差万别的指向或意味。写作（或文学）自然也就是这样，唯一可能的共识就是这条路的没有尽头，而每个路口或路段都是独特的个人的命运，其不可替代性包含着相互不可彻底理解的暗示。

沉默就常常是必要的。沉默可以通向有声有形的语言所不能到达的地方，就像浪，舒缓下来，感悟到了水的深阔、水对浪的包容、水于浪的永久的梦想意义。

/ 三 /

因此梦想成为第三件大事。但绝不是说梦想是第三等大事——好比排在元帅之后的上将，不，梦想也是元帅，第三位元帅倒可能是最能征善战的一位。

沟通，在现实那儿不受重用，便去投在梦想的麾下。

想一想，人可能实现的事物都有什么呢？无外乎衣食住行、生老病死、劳作与繁衍。而这一切，比如说荒野上的狼群和蜂族也都在一一执行，代代相传。一旦破出这个范围，则必发现：已是在梦想的领地。想一想吧：果腹之后的美食，御寒之外的时装，繁殖之上的爱情，富足之下的迷茫，死亡面前的意义，以及眺望中的远方，猜测中的未来，童年的惊奇与老年的回忆……人更多的时候是在梦想里活的。但人却常常忘恩负义，说梦想是最没有用处的东西。"做梦！"——这不是斥责便是嘲讽，否则是警告。但是，倘无梦想——我曾在另外的地方写过类似的话——人又是什么呢？电脑？机器？定理？程序？布设精确的多米诺骨牌？仪态得体的五十亿蜡像？由于电脑的不可一世，我们终于有机会发现，人的优势只有梦想了。有了梦想，人才可以在无限的时空与未知的威慑下，使信心得着源泉，使未来抱住希望，使刻板的一天二十四小时有其变化万千的可能。简而言之，它有无限的未知，我有无限的知欲；它有无限的阻障，我有无限地跨越阻障的向往；它是命定之规限，我是舍命之狂徒。这就是可尊可敬的梦想，是梦想可以欢笑的理由。

在没有终点的路上，可否说，沟通（以及一切属于精神的向往）已在梦想中实现了呢？但不是实现了，而是实现着。永远地实现着，不是更好么？我时刻感到，梦想是人生唯一乐观的依仗，尽管你也可以说这里面藏着无可奈何的因素。但是若问：梦想终于把我们送去何处？这就显得有点儿智力迟钝，它既无终点，当然是把我们送去对梦想的梦想，送去对梦想的爱戴与跟随。

/四/

关于梦想的意义，没有谁比加斯东·巴什拉在其《梦想的诗学》（刘自强译）中说得更好。我信手拣几句抄在这里（抄它，本身就有一种梦想的快乐）：

● 面对真实的世界，人们能在自己身上发现那忧虑的本体存在。那时他们感到被抛到世界上，被抛到消极无人性的世界里，这时的世界是杳无人性的虚无。这时，我们的现实机能使我们不得不去适应现实，不得不把自己作为某种现实建立起来……但是梦想就其本质而言，不正是要把我们从现实的机能中解放出来吗？

● 由于非现实机能的巧妙性，我们通过想象回到信任的世界，有自信的生存世界，梦想固有的世界。

● 爱是两种诗情的相逢，两种梦想的融汇……两颗孤独心灵的梦想滋润着温馨的爱情。一位对爱的激情持现实主义态度的人在爱情的表达中只能看到一种窠白。但是，伟大的激情仍然从伟大的梦想产生。如果将爱情与其整个非现实的性质相分离，那么爱情的现实性便会被破坏殆尽。

● 童年持续于人的一生，童年的回归使成年生活的广阔区域呈现出蓬勃的生机。……当梦想为我们的历史润色时，我们心中的童年就为我们带来了它的恩惠。必须和我们曾经是的那个孩子共同生活……从这种生活中人们得到一种对根的认识，人的本体存在，这整棵树都因此而枝繁叶茂。

● 记忆是心理的废墟，是回忆的旧货铺。应该重新对我们的整个童年进行想象。在重新想象童年时，我们有可能在孤独孩子的梦想生活本身之中再发现这一童年。

● 因此，让我们不按数字去梦想，梦想我们的青年时代、童年时代。啊！这些时代已经远去！我们内在的千年如此古远！

那属于我们的，在我们身心中的千年，几乎行将吞没先于我们的存在！当人深入梦想时，会永远无休止地开始。

● 对宇宙的梦想使我们离开有谋划的梦想。对宇宙的梦想将我们放在一个天地中而不是一个社会里。……那会是一种心灵状态……那是整个心灵与诗人的诗的天地的全盘表露。

● 想象力致力于展示未来。它首先是一种使我们摆脱沉重的稳定性羁绊的危险因素。……这些遐想拓宽了我们的生存空间，并使我们对宇宙充满信心。

是啊，尽管很快乐，但是不能再抄了，否则这篇文章到底算是谁写的呢？——这是一个挺无聊的现实概念，但你不能不记住它，因为我们不得不把自己作为某种现实建立起来。

/五/

电脑是一件大事吗？暂时还不是，它还只是一种很好用的小机器。但它将来也许是，倘其也有了梦想那才真正是一件大事。要是它有一天梦想着消灭人的梦想，试图与我们调换一下位置，那才是一件可怕的大事。它又吟诗又作画又谈情说爱，而我们待在一个小箱子里被标明型号被叫作"信息高速公路"，那事儿可就大了。我们叽叽吱吱地在地上跑，叽叽吱吱地在天上飞，叽叽吱吱地在太空中传递，被压扁成为图像，被抻长成为数据，被拷贝得千篇一律，被贮存得规规矩矩，被调动得奴颜婢膝，然后我们损坏，过时，成为有害的垃圾去污染上帝的田园……

不见得没有这样的危险。

记不得从本世纪下半叶的哪一天起了，信息成千上万倍地增殖，成千上万倍地加速，在人的大脑里占据越来越多的空间，广告词顶替着儿歌，股市情报充当起神话，童年成了游戏机的赞助人，晚年成了电视机的守望者，而人们还在喜气洋洋地奔走相告："信息就是财富""未来的天下乃信息之天下""谁占有的信息越多，谁就越是这世界上的强者（强国，强族，强商，强集团，强男人与强女人）"。这样下去，生性好强的人们，为什么无限的信息不可能把你们有限的大脑占满呢？凭什么去指望它们善良厚道，不把你们的梦想删除，不把你们生命的神奇篡改呢？

危言耸听！

——很高兴听见这样的呵斥。为了它永远有理由遭此呵斥，本世纪下半叶的大事记中，应该保留这类耸人听闻的危言。

事实上那类很好用的小机器已经开始不把我们当人了。比如：它们才不想把体育奉为人之梦想的仪式呢，它们才不想把艺术辟为心之沟通的无限机会呢，它们只想把我们好歹归置进程序里去，发射到利润里去，把歌星、影星、体育明星一律推行为广告的宿主。据说猴子是因为懒怠下树而终未取得做人的机会，我常猜想：耗子呢？耗子准是因为被信息挤掉了梦想而将做人的机会得而复失的。耗子们，无论攫食、安居、衍子、预警、备荒、避险、扩张……其能力之高妙，不能不使人相信它们有着卓越的信息交通，与人相比它们只是搞丢了梦想（鬼知道丢到哪儿去了），故而它们一味盯住地上，从不看天一眼。

/六/

因而想到一件事，不知算大算小。有一回我冲口说出：人与人的差别大于人与猪的差别。在场的人撇嘴或喷饭，嘲笑：这不过是一个无聊的调侃。我一时糊涂，也就犹豫。当时我真该多想一想：此一相信与彼一嘲笑之间的差别，或此一无聊与彼一英明之间的差别，难道是人与猪之间可能有的差别？这岂不正是我之相信的剀切证据吗？我绝没有想说谁是猪的意思，也许倒是我长了一份猪脑子。

大约没有人会反对：人与猪的差别，根本在于人思想，猪不思想。至于其他官能，人与猪则大同小异。（听说，已有人试图把猪的除大脑以外的器官往人身上移植了。我感觉他们终会成功。）那么就是说，只要能证明思想与思想的差别大于思想与不思想的差别，也就证明了人与人的差别大于人与猪的差别了。可这还需要证明吗？不思想的猪固定为人间的一道大菜，而思想却是思想永远摸不透的邻居，人才是人的无常处境。举个例子：人喂猪，猪顶多以为那是爱它，绝不会有人的灵动，猜这未必不是个圈套。猪以其肉喂人呢，猪唯遭一回惊吓或抱一阵冤屈，断不会生出"奉献"之豪情或"苦肉"之诡计。再举几例：你想绕过一面墙，绕就是了，目测好它的长宽高不去碰它就好，它以其长宽高表明它对你的全部阻碍，绝不至于中途变卦。你想躲开一棵危然欲倾的树，只要看明它倾倒的方向即可以平安，不必像逃避一条人间的大棒，到底搞不清它从上下左右何处下手。如是等等。

这当然不是说，我就相信人不如猪好，进而去发"当人不如当猪"的牢骚。我只是说，人之复杂的欲念，乃由上帝之复杂的嗜好所牵动，绝非人的自以为足够复杂的智力可以全知，别以为有什么伟大的公式、主义或旗手，可以令其交出全部秘密。老子——我以为那是他在表扬人的时候——说：知不知为上。浪漫些想：若在天国的动物园，有一栏叫作人的生物展出，诸神会否送给他们一个俗称呢？如果送，料必就是这"知不知"，相仿于麋鹿的俗称是"四不像"。

但是，听"知不知"们讨论起随便什么问题（比如文学）来，你又会觉得，单此一个"知不知"远不够概括这一物种的特点，完全有必要在（王朔先生已经留意到的）写有"动物凶猛"的地方，换上尼采先生的发现：权力意志。确实，其凶猛盖由于此。因为，你慢慢听吧，那里面常常只有一句话：（文学，或者随便什么）当如此，不当如彼，如此者当助其昌隆，如彼者则莫如早早扼其于摇篮。当然，人有这样自由地思想与表达的权利，但幸好止于权利，倘变成权力呢？尤其要是在灿烂的旗帜上飘舞呢？

这样的时候，我就更加地相信了：人与人的差别大于人与猪的差别，以及这样一种警醒多么有益于心情的健康。

文思之不同，恰如命运之大异，怎么能把它们捆到一条路上去呢？你比上帝高明吗？潇洒一生的人看不懂坎坷一世的心，屡屡遭殃的命进入不了好运频逢者的联翩妙想，人之间有着无形的永固的墙。人们都是在一条条无形且永固的巷子里走，大多时候，其情其思隔墙隔巷老死难相往来。世界真大，墙与巷多到不可计数。世界其实小，谁若能摸住三五面墙走进三五条巷也就不坏。这世界真是很糟糕吗？但上帝造它时，看这是好的，才这样成了。上帝却让通天塔不成，这肯定是一个伟大的寓言：人的思路一旦统一，人就要变成魔鬼手中的小机器了。这大约，不，这肯定是上帝与魔鬼的一次赌博：上帝说他创造的是一场无穷无尽、美不胜收的舞蹈；魔鬼说不，你等着看我怎么把他们变成一群呆头呆脑、丑不堪言的小玩偶吧。

/七/

有两件似乎很大的事，我百思而终未得到哪怕稍稍可以满意的回答。

其一：人应该更崇尚理性呢，还是更尊重激情？（最勇敢可爱的，到底是哪一个？啊，山楂树呀，请你告诉我。）最好是鱼与熊掌兼得——但这不是回答。理性之为理性，就因为它要限制激情，继而得寸进尺还会损害激情、磨灭激情。激情之为激情，就因为它要冲破理性，随之贪得无厌还要轻蔑理性甚至失去理性。（山楂树下统共这么两位可爱的青年，你到底要哪一个？）但是你抛弃哪一个似乎都不可能，首先（姑娘啊）你忧郁地想念（他）它们，这就是激情；其次，你犹豫不决地选择，这就是理性。是呀，没有激情，人原地不动地成了泥胎，连理性也无从发展；丧失理性，人满山遍野地跑成兽类，连激情的美妙也不能发现、不能享受。这便如何是好？我想：姑娘她这么苦着，真是理性的罪行，否则她闭上眼睛去山楂树下摸一个回来，岂不省事？我又想：姑娘她这么苦着，实乃激情的作恶，否则她颈上套一串珠子远远地躲开山楂树，不就了结？或者我还想：这完全是那两个青年的责任，他们为什么不能有一个坚具理性慨然告退，而另一个饱富激情冲过来把姑娘抱回家去！——但这无论是对姑娘，对两个青年，还是对我自己，都像似什么也没回答。

其二：人应该保留欲望呢，还是应该灭断欲望？不要欲望，亿万泥胎实际就已经掉进魔鬼的陷阱。甚至比这还要糟。鸟不叫云不飞，风不动心不摇，恶行灭尽善念不生，没有欲望则万物难存，甚至宇宙也不再膨胀，那是什么？有一种说法：那是一种凡夫俗子无从想见的美妙世界。——但是，这已经动了欲望，不过更为奢侈些罢了。看来还是得大大方方地保留欲望。可是，欲望不见得是一种甘于保留的东西，欲望之为欲望，注定它要无止境地扩展。但是，看看河流已经让它弄成了什么吧，看看草原、森林、海洋、土地和空气……都让它作践成了什么，地球千疮百孔空乏暗淡已经快被榨干了！那么，保留欲望同时限制欲望，如何？啊，这是不是又回到"其一"的逻辑里去了？限制的边界划到哪儿，划到什么地方什么时间？就是说欲望，应该到什么地方停下，什么时候截止呢？止以后呢，咱们干吗？咱们可不是一群傻瓜，能把一件玩具来回来去玩上一辈子。咱们总是要看看边界（不管什么边界）之外的奇妙。看看就够了？不行，还要拿来。拿来就够了？不行，我们总是看见边界就总是想越过边界。有人说：远游或探险，与窥盼外遇同出一源。又有俗话：男人不坏，女人不爱。真是真是，谁会爱一个没有好奇心、想象力和创造欲的呆子呢？呆子不坏但不可爱，聪明的家伙可爱但可能坏，女人们的这份难处很像上帝的难处：把地球给泥胎去做花园呢，还是请欲望横生的人们去把它变成垃圾站？

/八/

我以为我终于听懂了人性恶。

说"人之初性本善"，恶行都是后天土壤的教唆，这很像是说种瓜得豆，种豆得海洛因。人性恶，当然也并非是说人这种坏东西只配铲除，而是说人性中原就埋着险恶。

还说"权力意志"吧。陈鼓应先生宁可把它译为"冲创意志"，认为尼采的本意是指人的创造力，而不是指世俗的权力，并引了尼采的原话，证明他是蔑视权势的。而章国锋先生相信还是"权力意志"译得正确，说尼采认为"权力意志是一种无法遏止的追求权力和占有的欲望，存在于世界万物之中，是世界的本质和存在的基础"。说"事实上，尼采所说的权力不仅指世俗权力，更重要的是指精神权力，即在精神上压倒、征服别人，从而取得控制、支配、统治别人的权力"。尼采的原意到底是什么，当是专家的讨论，我没有资格做判断。但我注意到了章国锋先生的这一句话："维持生存、追求发展和渴求控制异体是权力意志的两种本质。"我倾向这句话。于是想到：我们赞美梦想，崇尚创造，同时提防欲望，但梦想、创造和欲望实为一母同胞。我虽然相信尼采的原意是要鼓动人的创造与超越，但"冲创"的本性中肯定携带了"权势"的基因。

记得诗人西川有一首诗，写笼中之豹的美丽生动，我已记不住原句，但我记住了那很像是人性的注脚与警示：绚耀的皮毛，浪动的脚步，警敏的眸光贮满勃勃生气，但是别忘了铁栏——千万别忽略它。唉，我们如何走去那美丽与生动呢？要么把它关进笼中，要么把自己关进笼中，走近它，中间隔着铁栏，去看它，赞美它和倾向它。否则，我们若不想成为猎物，就只好去做杀手。

战争的概念，绝不限于刀枪与火药、导弹与核武器——比这悠久并长命的战争是精神的歧视、心灵的戕害。陀思妥耶夫斯基的《地下室手记》中的那个"我"，即这类战争的受害者与继承人。本世纪末，有"话语霸权"的消息传来，有新一轮的反抗热情兴起，但慢慢听去，都还是来自"控制异体"的古老恨怨。

/九/

于是我又碰见一件想不大懂的大事——"价值相对主义"。

是呀，如果价值真理是绝对的、独尊的，它一向都应该由谁来审查和发布呢？霸主的宝座虚位以待，众人有幸可以撞上一位贤哲，倘事不凑巧，岂不又在魔鬼掌中？何况——"价值相对主义"说——真理压根儿就是：此一时也彼一时也，此一地也彼一地也，或时过境迁，或入乡随俗，绝难以一概全。譬如：西方有西方的价值理想，东方有东方的传统信念，凭什么要由你或者他说了算？可是我却总也想不明白：西方是谁？东方又是谁呢？西方有很多国度有若干亿人，东方也有很多民族有若干亿人，一国又有若干省，一省又有若干市、县……如此仔细地"相对"下去，只好是每人一面旗，各行其是去吧。

我有时觉得应该赞成这样的主张。每个人有每个人的梦，本来就是别人管不了的事。每个人有每个人惬意的活法，本来就不该遭受谁的干涉。每个人有每个人的爱情，虽可能有失恋的苦果，但绝不容忍谁来包办一份"甜食"。但我又想，这肯定行不得长久。孤独的旗上早晚还要飘起沟通的渴望，便是玄奥的禅语，不也还是希望俗众悟出其公案的含义？各行其是的人们呢，终于还会像最初那样谋求协作，但协作必要有规则，而规则的建立能不赖于价值的共识？

人呀，这可是在上帝的园中跳那永恒的舞蹈呢？还是中了魔鬼的符咒，在宇宙中这块弹丸之地疯牛一样地走圈儿？

/十/

大事很多，愚钝如我者，没弄懂的，弄不懂的，以及没弄懂而自以为弄懂了的大事就更多。但按"排行榜"的惯例，以十为限。那就把最后的机会用以说明：在各种大事上，我是乐得让别人开导一番乃至教训一顿的。当然这不意味着盲从，在没听懂别人的意思之前，我还得保留自己的糊涂，总也听不懂呢，就只好愚顽不化——这像是没有第二种逻辑可供替换的事。跟好多人一样，我是想说话的，想说自己想说的话，也想听别人的话，甚至想听自己不喜欢的话。我很可能既是一个"价值相对主义者"，又是一个"非价值相对主义者"。比如：爱情，这件事我固执己见，不听外人劝告，我相信劝告者并没有弄懂我是怎么一回事，否则他就不会劝告。再比如：还是爱情，这件事你又不能一意孤行，必得听懂对方的意思，倘对方说"请你走开"，而你偏闭目自语"这不是我的习惯"，岂不是要把一番好意弄成了性骚扰？是呀，爱情，真是妙，这是你个人的不容干涉的梦想，但其中又必要有一个他者，他者的必要恰说明对话的必要，否则爱情倒又是为哪般？看过许纪霖先生的一篇文章，题目很长，但记得其中有"独白，还是对话"之句。于是想：在爱情中正如在人世间，便是独白，也仍是对话的结果与继续。

所以我知道，沟通是我至死的欲望，虽然它总在梦想之域跋涉。所以，我又知道：永存梦想的人间，比全是现实的世界，更能让我坦然对死——这就像你在告别故乡的时候，是仍然怀念她，还是已经不想再来。

一九九六年九月七日

说死说活

/史铁生≠我/

要是史铁生死了，并不就是我死了。——虽然我现在不得不以史铁生之名写下这句话，以及现在有人喊史铁生，我不得不答应。

史铁生死了——这消息日夜兼程，必有一天会到来，但那时我还在。要理解这件事，事先的一个思想练习是：传闻这一消息的人，哪一个不是"我"呢？有哪一个——无论其尘世的姓名如何——不是居于"我"的角度在传与闻呢？

/生＝我/

死是不能传闻任何消息的——这简直可以是死的鉴定。那么，死又是如何成为消息的呢？唯有生，可使死得以传闻，可使死成为消息。譬如死寂的石头，是热情的生命使其泰然或冥顽的品质得以流传。

故可将死作如是观：死是生之消息的一种。

然而生呢，则必是"我"之角度的确在，或确认。

/无辜的史铁生/

假设谁有一天站在了史铁生的坟前，或骨灰盒前，或因其死无（需）葬身之地而随便站在哪儿，悼念他，唾弃他，或不管以什么方式涉及他，因而劳累甚至厌倦，这事都不能怨别人，说句公道话也不能怨史铁生，这事怨"我"之不死，怨不死之"我"或需悼念以使情感延续，或需唾弃以利理性发展，总之，怨不死的"我"需要种种传闻来构筑"我"的不死，需要种种情绪来放牧活蹦乱跳的生之消息。

/史铁生≈我使用过的一台电脑/

一个曾经以其相貌、体形和动作特征来显明为史铁生的天地之造物，损坏了，不能运作了，无法修复了，报废了，如此而已。就像一只老羊断了气而羊群还在。就像一台有别于其他很多台的电脑被淘汰了，但曾流经它的消息还在，还在其曾经所联之网上流传。史铁生死了，世界之风流万种、困惑千重的消息仍在流传，经由每一个"我"之点，连接于亿万个"我"之间。

/浪与水＝我与"我"/

浪终归要落下去，水却还是水。水不消失，浪也就不会断灭。浪涌浪落，那是水的存在方式，是水的欲望（也叫运动），是水的表达、水的消息、水的连接与流传。哪一个浪是我呢？哪一个浪又不是"我"呢？

从古至今，死了多少个"我"呀，但"我"并不消失，甚至并不减损。那是因为，世界是靠"我"的延续而流传为消息的。也许是温馨的消息，也许是残忍的消息，但肯定是生动鲜活的消息，这消息只要流传，就必定是"我"的接力。

/永远的生＝不断地死/

有生以来，你已经死掉了多少个细胞呀，你早已经不是原来的你了，你的血肉之躯已不知死了多少回，而你却还是你！你是在流变中成为你的，世界是在流变中成为世界的。正如一个个音符，以其死而使乐曲生。

赫拉克利特说"一个人不能两次踏入同一条河流"，但是，一条河流能够两次被同一个人踏入吗？同样的逻辑，还可以继续问：一个人可以一次踏入同一条河流吗？

/永恒的消息/

但是，总有人在踏入河流，总有河流在被人踏入。踏入河流的人，以及被踏入的河流，各有其怎样的尘世之名，不过标明永恒消息的各个片段、永恒乐曲的各个章节。而"我"踏入河流、爬上山巅、走在小路与大道、走过艰辛与欢乐、途经一个个幸运与背运的姓名……这却是历史之河所流淌着的永恒消息。正像血肉之更迭，传递成你生命的游戏。

/你在哪儿？/

你由亿万个细胞组成，但你不能说哪一个细胞就是你，因为任何一个细胞的死亡都不影响你仍然活着。可是，如果每一个细胞都不是你，你又在哪儿呢？

同样，你思绪万千，但你不能说哪一种思绪就是你，可如果每一种思绪都不是你，你又在哪儿呢？

同样，你经历纷繁，但你不能说哪一次经历就是你，可如果每一次经历都不是你，你到底在哪儿呢？

/无限小与无限大/

你在变动不居之中。或者干脆说，你就是变动不居：变动不居的细胞组成、变动不居的思绪结构、变动不居的经历之网。你一直变而不居，分分秒秒的你都不一样，你就像赫拉克利特的河，倏忽而不再。你的形转瞬即逝，你的肉身无限短暂。

可是，变动不居的思绪与经历，必定是牵系于变动不居的整个世界。正像一个音符的存在，必是由于乐曲中每一个音符的推动与召唤。因此，每一个音符中都有全部乐曲的律动，每一个浪的涌落都携带了水的亘古欲望，每一个人的灵魂都牵系着无限存在的消息。

/群的故事/

有生物学家说：整个地球，应视为一个整体的生命，就像一个人。人有五脏六腑，地球有江河林莽、原野山峦。人有七情六欲，地球有风花雪月、海啸山崩。人之欲壑难填，地球永动不息。那生物学家又说：譬如蚁群，也是一个整体的生命，每一只蚂蚁不过是它的一个细胞。那生物学家还说：人的大脑就像蚁群，是脑细胞的集群。

那就是说：一个人也是一个细胞群，一个人又是人类之集群中的一个细胞。那就是说：一个人死了，正像永远的乐曲走过了一个音符，正像永远的舞蹈走过了一个舞姿，正像永远的戏剧走过了一个情节，以及正像永远的爱情经历了一次亲吻，永远的跋涉告别了一处村庄。当一只蚂蚁（一个细胞，一个人）沮丧于生命的短暂与虚无之时，蚁群（细胞群，人类，乃至宇宙）正坚定地抱紧着一个心醉神痴的方向——这是唯一的和永远的故事。

/我离开史铁生以后/

我离开史铁生以后史铁生就成了一具尸体，但不管怎么说，白白烧掉未免可惜。浪费总归不好。我的意思是：

一、先可将其腰椎切开，到底看看那里面出过什么事——在我与之朝夕相处的几十年里，有迹象表明那儿发生了一点儿故障，有人猜是硬化了，有人猜是长了什么坏东西，具体怎么回事一直不甚明了。我答应过医生，一旦史铁生撒手人寰，就可以将其剖开看个痛快。那故障以往没少给我捣乱，但愿今后别再给"我"添麻烦。

二、然后再将其角膜取下，谁用得着就给谁用去，那两张膜还是拿得出手的。其他好像就没什么了。剩下的器官早都让我用得差不多了，不好意思再送给谁——肾早已残败不堪，血管里又淤积了不少废物，因为吸烟，肺料必是脏透了。大脑么，肯定也不是一颗聪明的大脑，不值得谁再用，况且这东西要是还能用，史铁生到底是死没死呢？

/史铁生之墓/

上述两种措施之后，史铁生仍不失为一份很好的肥料，可以让它去滋养林中的一棵树，或海里的一群鱼。

不必过分地整理他，一衣一裤一鞋一袜足矣，不非是纯棉的不可，物质原本都出于一次爆炸。其实，他曾是赤条条地来，也该让他赤条条地去，但我理解伊甸园之外的风俗，何况他生前知善知恶欲念纷纭，也不配受那园内的待遇。但千万不要给他整容化妆，他生前本不漂亮，死后也不必弄得没人认识。就这些。然后就把他送给鱼或者树吧。送给鱼就怕路太远，那就说定送给树。倘不便囫囵着埋在树下，烧成灰埋也好。埋在越是贫瘠的土地上越好，我指望他说不定能引起一片森林，甚至一处煤矿。

但要是这些事都太麻烦，就随便埋在一棵树下拉倒，随便撒在一片荒地或农田里都行，也不必立什么标识。标识无非是要让我们记起他。那么反过来，要是我们会记起他，那就是他的标识。在我们记起他的那一处空间里甚至那样一种时间里，就是史铁生之墓。我们可以在这样的墓地上做任何事，当然最好是让人高兴的事。

/顺便说一句：我对史铁生很不满意/

我对史铁生的不满意是多方面的。身体方面就不苛责他了吧。品质方面，现在也不好意思就揭露他。但关于他的大脑，我不能不抱怨几句，那个笨而又笨的大脑曾经把我搞得苦不堪言。那个大脑充其量是个三流大脑，也许四流。以电脑作比吧，他的大脑顶多算得上是"286"——运转速度又慢（反应迟钝），贮存量又小（记忆力差），很多高明的软件（思想）他都装不进去（理解不了）——我有多少个好的构思因此没有写出来呀，光他写出的那几篇东西算个狗屁！

/一件疑案/

在我还是史铁生的时候我就说过：我真不想是史铁生了。也就是说，那时我真不想是我了，我想是别人，是更健康、更聪明、更漂亮、更高尚的角色，比如张三，抑或李四。但这想法中好像隐含着一些神秘的东西：那个不想再是我的我，是谁？那个想是张三抑或李四抑或别的什么人的我，是谁呢？如果我是如此地不满意我，这两个我是怎样意义上的不同呢？如果我仅仅是我，仅仅在我之中，我就无从不满意我。就像一首古诗中说的，"不识庐山真面目，只缘身在此山中"。如果我不满意我，就说明我不仅仅在我之中，我不仅仅是我，必有一个大于我的我存在着——那是谁？是什么？在哪儿？不过这件事，恐怕在我还与史铁生相依为命的时候，是很难有什么确凿的证据以正视听了。

但是有一种现象，似对探明上述疑案有一点儿启发——请到处去问问看，不肯定在哪儿，但肯定会有这样的消息：我就是张三。我就是李四。以及，我就是史铁生。甚至，我就是我。

一九九六年十月二十四日

无病之病

听说有这样的医生，对治病没什么兴趣，专长论文，虽医道平平，论文却接二连三地问世。他们也接诊病人，也查阅病历，却只挑选"有价值"的一类投以热情。据说那是为了科研。毫无疑问我们都应当拥护科研，似不该对其挑选心存疑怨。但是，他们的挑选标准却又耐人寻味：遇寻常的病症弃之，见疑难的病症避之，如此淘汰之余才是其论文的对象。前者之弃固无可非议，科研嘛，但是后者之避呢，又当如何解释？要点在于，无论怎么解释都已不妨碍其论文的出世了。

以上只是耳闻，我拿不出证据，也不通医道。尤其让我不敢轻信的原因是，"寻常"与"疑难"似有非此即彼的逻辑，弃避之余的第三种兴趣可能是什么呢？第三种热情又是靠什么维系的？但如果注意到，不管是在什么领域，论文的数量都已大大超过了而且还在以更快的速度超过着发明与发现，便又可信上述耳闻未必虚传。于是想到：论文之先不一定都是科研的动机，论文也可以仅仅是一门手艺。

世上有各种手艺：烧陶、刻石、修脚、理发、酿酒、烹饪、制衣、编席……所以是手艺，在于那都是沿袭的技术，并无创见。一旦有了创见，大家就不再看那是手艺，而要赞叹：这是学问！这是艺术啊！手艺，可以因为创造之光的照耀，而成长为学问或艺术。反之，学问和艺术也可以熟谙成一门手艺。比如文学作品，乃至各类文章，常常也只能读出些熟而生巧的功夫。

其实，天下论文总归是两类动机：其一可谓因病寻医问药；其二，是应景，无病呻吟。两类动机都必散布于字里行间，是瞒不过读者的。前一种，无论其成败，总能见出心路的迷惑，以及由之而对陌生之域的惊讶、敬畏与探问。后一种呢，则先就要知难而避，然后驾轻车行熟路。然而，倘言词太过庸常，立论太过浅显，又怕轻薄了写作的威仪，不由得便要去求助巧言、盛装，甚至虎皮。

还以前述那类医生作比——到底什么病症才对他们"有价值"呢？不是需要医治的一种，也不是值得研究的一种，而是便于构筑不寻常之论文的那一种。方便又不寻常，这类好事不可能太多，但如果论文的需求又太多太多呢？那就不难明白，何以不管在什么领域，都会有那么多不寻常的自说自话了。它们在"寻常"与"疑难"之间开辟了第三种可能，在无病之地自行其乐。

"寻常"，是已被榨干说尽的领域，是穷途，是一种限制。"疑难"尚为坚壁，或者说不定还是陷阱，是险径，也是限制。而限制，恰恰是方便的天敌，何苦要与它过不去呢？（正像一句流行的口头禅所劝导的：哥们儿你累不累？）所以要弃之与避之。这样，方便就保住了，只缺着不寻常。然而不寻常还有什么不方便么？比如撒一泡旷古的长尿（听说在所谓的"行为艺术"中出现过这类奇观）。对于论文，方便而又不寻常的路在哪儿？在语言市场上的俏货，在理论的叠床架屋并浅入深出，在主义的相互帮忙和逻辑的自我循环，在万勿与实际相关，否则就难免又碰上活生生的坚壁或陷阱——势必遭遇无情的诘问。所以，魔魔道道的第三种热情，比如说，就像庸医终于逃脱了患者的纠缠，去做无病的诊治游戏，在自说自话中享受其论说的自由。

我没说论文都是这样。我只是说有些论文是这样，至少有些论文让人相信论文可以是这样：有富足的智力，有快乐的心理，唯不涉精神的疑难。其病何在？无病之病是也。

写到这儿，我偶然从《华人文化世界》上读到一篇题为《当代医学的挑剔者》的文章（作者王一方），其中提到一位名叫图姆斯的哲学家，以其自身罹病的经验，写了一本书：《病患的意义》。文中介绍的图姆斯对现代医学的"挑剔"，真是准确又简洁地说出了我想说而无能说出的话。

在图姆斯看来，现代医学混淆了由医生（客体）通过逻辑实证及理性建构的医学图景与病患者（主体）亲自体验的异常丰富的病患生活世界的界限。前者是条理近乎机械、权威（不容怀疑）的"他们"的世界，后者是活鲜、丰富的"我"的世界；前者是被谈论的、被研究的、被确认的客观世界，后者是无言的体验、或被打断或被告知不合逻辑的、荒诞不经的主观世界。正是这一条条鸿沟，不仅带来医、患之间认识、情感、伦理判断及行为等方面的冲突，也使得医学只配作为一堆"知识""信息""技术项目"，而不能嵌入生命与感情世界。为此，患者图姆斯为现代医学开出了药方，一是建议医学教育中重视医学与文学的沟通，鼓励医科学生去阅读叙述疾病过程与体验的文学作品，以多重身份去品味、体悟、理解各种非科学的疾患倾诉；二是亲自去体验疾病。……古人"三折肱，为良医"，图姆斯的"折肱"……却为现代医学的精神困境送去了一支燃烧着的红烛。

以上所录图姆斯对现代医学的"挑剔"和药方，我想也可以是照亮现代文学、艺术和评论之困境的红烛吧。况且精神的病患甚于生理的病患，而生理病患的困苦终归是要打击到精神上来，才算圆满了其魔鬼的勾当。——图姆斯大约也正是基于这一点而希望医学能与文学沟通的。

我记得，好像是前两年得了诺贝尔奖的那个诗人帕斯说过：诗是对生活的纠正。我相信这是对诗性最恰切的总结。我们活着，本不需要诗。我们活着，忽然觉悟到活出了问题，所以才有了"诗性地栖居"那样一句名言。诗性并不是诗歌的专利（有些号称诗歌的东西，其中并无诗性），小说、散文、论文都应该有，都应该向诗性靠近，亦即向纠正生活靠近。而纠正生活，很可能不是像老师管教学生那样给你一种纪律，倒更可能像似不谙世故的学生，捉来一个司空见惯却旷古未解的疑问，令老师头疼。这类疑问，常常包含了生活的一种前所未有的可能性，因而也常常指示出现实生活的某种沉疴痼疾。

一九九七年三月二十一日

在家者说

宇宙无边，地球广阔，且时有风雨袭来，或烈日曝晒，故不得不寻一有限之地，立以四壁，覆以顶盖，日落避于其中，日出游乎其外，这就是家吗？也可能是旅馆。备好丰足的衣食，装上成套的电器，窗外四季更迭，室内全无寒暑，排布开精美的家具，点缀些字画、古董，或再有高朋满座，窗外月黑风高，室内其乐融融，这就是家了吗？仍可能是饭店。

把家打扮成饭店、旅馆，像似从贫穷走向富裕的一个必经阶段，艳羡的眼睛已经睁开，审美的心尚无归处。陈村曾打电话给我说：你要装修吗？记住方便自己，勿只为偶尔一来的客人说好。又听人讲起一对富裕了的夫妻，满打满算两口人，却偏要买下二百多平方米的豪居，初时客人不断，来道喜，来恭维，时间一久谁还老来呢？于是一到周末两口子就发慌，唯恐豪居闲置，便东一个电话西一个电话地求人来："来吧来吧，一切都预备好了！"岂不是饭店吗？且有一男一女两位侍者。

谁会在家门前挂一排霓虹灯呢？家有家的语言，比如一张老床，默默然说着一个家族的历史。比如所有的家具都不配套，形色不一，风格各异，便会让你回忆起历历如新的诸多往事。比如一个谈不上多么美妙的小器物，别人不理会，只你和你的家人知道它所负含的纪念，视其为不可亵玩的圣物。这类东西是模仿不来的，一模仿就又是饭店。家是模仿不来的，一模仿就又是"宾至如归"。家，一俟你走向它，便会听见它的召唤；一俟你走到它近前，便会闻辨出它的气息；你一推开家门，心里便会有一个声音："噢，家！""噢，久违了。"家说："喂，你还好吗？"你就甩掉鞋帽，甩掉衣裳，甩掉你在外面的世界里不得不钻入其中的那一套行头，露出原形（不单指身体）——这也是一种语言，是你对家的报答，是对它由衷的信任和感激。

即便这家只你一人，你也不能总在街上乱走。即便你用不着起火落灶，你总也得有一处安魂入梦的地方。家其实不限于空间，家更是一种时光，一种油然的心绪。此时与此心，可以清理你的秘密，不拘一格地思想，想入非非，正如你可以随意躺倒，肆意欢叫，不必再让微笑堆痛你的脸。你可以独享你的心情，独享你的智慧和想象，因而家又忽然地可以穿透四壁，山高水长，无边无际地铺展。

单有精美的家具堆在身边，你担不担心这儿可能是家具店？单有价值连城的古董摆在四周，你怀不怀疑这儿可能是博物馆？就比如一群妖艳女子整天伴你左右，你怕不怕这儿可能是红灯区？家，正是要消除你的这类恐惧。家徒四壁也依然是容纳你的躯体又放纵你的心情的地方，是陪伴你的欢乐又收容你的痛苦的地方。设若只你一人有些孤独，你不妨扭亮台灯，翻开书，踏踏实实地听一回先哲的教诲，那一刻便全是回家的感觉。也不妨铺开纸，随心所欲，给一位心仪已久的人写封信，于是乎那一条邮路上便都是家的消息。

这其实就是写作了。写作就是写给心仪已久的人呀，尽管你不知道他们是谁，位于空间的何处。

竞争是件好事，否则人间不免寂寞。但为什么一定要比着豪华呢？不可以比着简朴吗？享受更是无可非议，但是，人终于能够享受的只有心情和智慧，借助倾诉与倾听。所以，就祝愿所有的家都至少有两个人，相亲相爱的两个人。一个电话又一个电话地为那闲置的豪居呼救，冤哪！

二〇〇一年十二月二十七日

花钱的事

据说，我家祖上若干代都是地主，典型的乡下土财主，其愚昧、吝啬全都跟我写过的我的那位太姥爷差不多："一辈子守望着他的地，盼望年年都能收获很多粮食；很多粮食卖出很多钱，很多钱再买下很多地，很多地里再长出很多粮食……如此循环再循环，到底为了什么他不问。而他自己呢，最风光的时候，也不过是一个坐在自己的土地中央的邋里邋遢的瘦老头儿。"

据说，一代代瘦或不瘦的老头儿们，都还严格继承着另一项传统：不单要把粮食变成土地，还要变成金子和银子埋进地里，意图是留给子孙后代，为此宁可自己省吃俭用。那时候我父亲还小，他说他依稀还能记起一点儿那警惕的场面：晃动的油灯把几条挥汗掘土的人影映在窗上，忽觉外面有所动静，便一齐僵住，黑了灯问："谁？"见是几个玩耍的孩子，才都透一口气，而后把孩子们一一骂回到各自的屋里去。

但随时代变迁，那些漂亮的贵金属终也不知都让谁给挖了去，反正我是没见过。我的父辈们，也只因此得到了一个坏出身。

我怀疑我身上还是遗传着土财主的心理，挣点儿钱愿意存起来，当然不是埋进土里，是存进银行，并很为那一点点利息所鼓舞。果然有人就挖苦我是"老鼠的儿子会打洞"，进而问道："要是以后非但没有利息，还得交管理费，你还存不？"我说不存咋办，搁哪儿？于是又惹得明智之士唏嘘嘲笑："看你不傻嘛，不知道钱是干吗的？""干吗的？""花的！不懂吗？钱是为人服务的。普天之下从古至今，最愚蠢的东西莫过于守财奴。"接着，还搬出大哲学家西梅尔的思想来开导我：货币就好比筑路、搭桥，本不是目的，把钱当成目的就好比是把家安在了桥上。

倒是我把钱当成了目的？等着瞧吧，还不一定是谁把家安在了桥上呢。

明智之士的话听起来也都不错，但细想，就有问题。第一：钱，只是花着，才是为人服务吗？第二：任何情况下，都一定是人花着钱，就不可能是钱花着人？比如说你挣了好些钱又花了好些钱，一辈子就过去了，那是你花了一辈子钱呢，还是钱花了你一辈子？第三：设若银行里有些储备，从而后顾无忧，可以信马由缰地干些想干而不必盈利的事，钱是否也在为人服务呢？我的意思是：钱是为了能花的，并不都是为了花掉的。就好比桥是为了能过河的，总不至于有了桥你就来来回回地总去过河吧？

在我看，钱的最大用处是买心安。必须花时不必吝惜，无须它们骚扰时，就让它们都到隔壁的银行里去闹吧。你心安理得地干些你想干的事、做些你想做的梦，偶尔想起它们，知其"召之即来，来之能用"，便又多了一份气定神闲。这不是钱的最大好处吗？不是对它们最恰当的享用？就算它们孤身在外难免受些委屈——比如说贬一贬值，我看也值得；你咋就舍得让孩子到幼儿园里去哭呢？

贬值，只要不太过分就好，比如存一万，最后剩五千。剩多剩少，就看够不够吃上非吃不可的饭，和非吃不可的药，够，就让它贬去吧。到死，剩一万和剩五千并无本质不同。好比一桶水，桶上有个洞，漏，问题是漏多少？只要漏到人死，桶里还有水，就不怕。要是为了补足流失，就花一生精力去蓄水，情况跟渴死差不太多。

我肯定是有点儿老了。不过陈村兄教导我们说："年轻算个什么鸟儿，谁没有年轻过呢？"听说最时髦的消费观是：不仅要花着现有的钱，还要花着将挣的钱，以及花着将来未必就能挣到的钱；还说这叫超前消费，算一种大智大勇。依我老朽之见，除非你不怕做成无赖——到死也还不完贷，谁还能把我咋样？否则可真是辛苦。守财者奴，还贷的就一定不是？我见过后一种奴——人称"按揭综合征"，为住一所大宅，月以继月地省吃俭用不说，连自由和快乐都抵押进去；日出而作，日落而不敢息，夜深人静屈指一算，此心情结束之日便是此生命耗尽之时。这算不算是住在了桥上？抑或竟是桥下，桥墩也似的扛起着桥面？

但明智之士还是说我傻："扛着咋啦？人家倒是住了一辈子好房子！你呢，倘若到死还有钱躺在银行里，哥们儿你冤不冤？"

这倒像是致命一击。

不过此题还有一解：倘若到死都还有钱躺在银行里，岂不是说我一生都很富足、从没为钱着过急吗？尤其，当钱在银行里饱受沉浮之苦时，我却享受着不以物喜、不为钱忧的轻松，想想都觉快慰，何奴之是？

我还是信着庄子的一句话："乘物以游心"。器物之妙，终归是要落实于心的。什么是奴？一切违心之劳，皆属奴为。不过当然，活于斯世而彻底不付出奴般辛苦的，先是不可能，后是不应该——

凭啥别人造物，单供你去游心呢？但是，若把做奴之得，继续打造成一副枷锁，一辈子可真就要以桥为居了。听说有一类股民，不管赚到多少，总还是连本带利都送回到股市去"再生产"，名分上那些钱都是你的，但只在本利蚀尽的一天才真正没有了别人的事。

还有一事我曾经不懂：凭什么一套西装可以卖到几万块？我盯紧那玻璃钢模特之暗蓝色的面孔，心里问："凭什么呀你？"一旁的售货小姐看不过了，细语莺声地点拨道："牌子呀，先生！""牌子？就这么一小块儿织物？"小姐笑笑，语气中添了几分豪迈："您可知道，这种牌子的西装，全世界才有几套吗？"

默然走出商场时我才有点儿明白了：那西装不单是一身衣裳，更是一面奖状！过去，比如说一位房管局长要是工作得好，会有上级给他发一面奖状。可现在，谁来表彰一位房产商呢？他要是也工作得好，靠啥来体现荣耀呢？于是乎应运而生，便有了这几万块钱一套的西装，或几万块钱的一小块儿著名标牌。应该说这是合理的，既是奖状自然价值无限，何况还贡献着高税。但若寻常之人也买一身那样的衣裳穿（当然你有权这么干），便形同盖一面伪奖状在桥头上做噩梦。

然而又有人说我了：都要像你这样，社会还怎么发展？

我阻碍社会发展了吗？我丰衣足食，我住行方便，我还有一辆无须别人帮助即可走到万寿山上去的电动轮椅……

是嘛！要是谁都不肯花大价钱买这轮椅，这么好的轮椅就发展不出来。

你是说，大家都该去买一辆这样的轮椅？

我是说大家要都把钱存着，就什么也不能发展。比如说都不买大宅世上就没有大宅，都不买豪车世上就没有豪车，都不买那样的西装，人类可能就还披着兽皮呢！

这话似也不无道理。比如说拉斯维加斯吧，真也令人赞叹，赞叹它极致的豪华，赞叹人之独具的想象力——把"大海"搬进沙漠，把"天空"搬进室内，把"古罗马街道"搬到今天……说真的，世上若完全没有这类尝试，好像也闷。我经历过那种崇拜统一、轻蔑个性的时代：人人都穿一样的蓝制服，戴一样的绿军帽，骑一样的自行车和住一样的两居室……可再怎么一样也一样不过动物们一式的皮毛和洞穴，不是吗？

我去过一趟那赌城。十年前，好友立哲自掏腰包，请了包括我在内的几个老同学去美国玩。（之所以选在那一年，我知道主要是为了我，立哲在电话里说："你要再不来可就来不了啦！"果然，转年我就进了透析室。）在拉斯维加斯的赌场里，立哲先花十美金让我们试了几把轮盘赌，不料最后一码竟赢得四十倍，于是大家稀里哗啦地又玩了一阵子老虎机。我们都有理智，本利全光之后便告别了赌场，单靠眼睛去占那赌城的便宜。

于是就又明白了一件事：拉斯维加斯是个大玩具，开启想象力的玩具。跟孩子的玩具一个道理，没有的话，孩子容易傻；太多了呢，孩子也容易傻，还容易疯。高明的家长在于把握尺度。若是把买粮的钱，上学、治病和养老的钱都买成玩具，即可明确指出：这家里缺个称职的家长。

接下来必有一个问题等在这里：什么是发展？你原本是想发展到哪儿去？或者：人，终于怎样，才算是发展了和持续地发展着？

最简单的提问是：是财富增长得越快越持久，算发展呢？还是道德提高得越快越持久，算发展？

最有力的反问是：为什么不可以是财富与道德，同时提高并持久呢？

可明显的事实却是：财富指数的不断飙升，伴随的恰恰是道德水平的不断跌降。

是吗？

不是吗？

这可不是一两句话能说清楚的……不过，这跟你的存钱有啥关系？

有哇有哇，比如说《浮士德》，浮士德博士跟魔鬼打的那个赌……

靡非斯特毕竟高人一筹，我一直认为浮博士是输定了的。万物生于动，停下来岂非找死？在人类社会，这体现于种种竞争。霍金曾举一例：现而今，若把每天出版的新书一本一本挨着往前排，就是一辆八十迈飞奔的汽车也追不上。（霍大师客气了，倘若换成服装、化妆品之类一件件往前排，怕是飞机也追不上吧。）然后他问：人类是可能持续这样的加速飞奔呢，还是可能自觉放慢速度？霍大师有这样的猜测：照理说这宇宙中早该有比我们更聪明的生命，以及比我们更发达的科学，他们所以至今未能跟我们联系上，很可能是因为，在其科学发展到足以跟我们联系上之前，其道德的败坏已先行令其毁灭了。哎呀哎呀，看来浮士德——这浮世之德呀——怎么都是个输了，而且输掉的恰恰是叫作"灵魂"的那种东西！

赞叹着歌大师之远见的同时，我不免心存沮丧。

不过张辉教授在他的一本书中，为浮博士也为我们，提供了一个战胜靡非斯特的办法："向歌德学习：在一个绝大多数人信仰不断'向前走'的时代，如何同时关切永远'向上走'的问题。"即"人如何向上再次拥有信仰的问题"。真可谓是绝处逢生！可不是吗，动，凭啥要限定在二维方向？竞争，何苦一门儿心思单奔着物利？细思细想，这很可能就是歌大师的本意——人，压根儿就是上帝跟魔鬼打的一个赌。这一赌，是上帝赢呢，还是靡非斯特赢？歌大师有怀疑。霍大师也有怀疑。

有迹象表明，大师们的忧虑怕要成真。比如说，为什么在提倡"可持续发展"的今天，人类仍在为提高 GDP 和"促进消费"而倾注着几乎全部热情？有哪一国 GDP 和消费指数的增长，不是以加速榨取自然为代价的呢？不错，我们都曾受惠于这类增长，但我们是否也在受害于并且越来越受害于这类增长呢？今人之时速千里的移位，当真就比古人的"朝闻道，夕死可也"更必要？今人之全球联通，就比古人的"心远地自偏"更惬意？今人之以孱弱之躯驾一辆四轮铁壳飞奔，就比古人的"竹杖芒鞋轻胜马……一蓑烟雨任平生"更自由？我忽然觉得，即便我祖上那些瘦与不瘦的老头，也比胖与特胖的今人明智，至少他们记挂着未来。

不过也有迹象表明，正因为大师们的提前忧虑，上帝仍然有赢得那一场赌局的希望。比如比尔·盖茨这位当今世界的首富，他不仅已为慈善事业捐出了二百多亿美元，还在他的遗嘱中宣布，将把全部财产的百分之九十八做同样的捐赠。又比如钢铁巨头安德鲁·卡内基，他曾经说过这样的话（大意）：贫富之差本是社会发展的副产品，富人若把其财富全部留给自己，那是一种耻辱。

看看他们是怎么花钱的吧。看看他们是怎么挣钱，又是怎么花钱的吧。看看他们是怎么把挣钱和花钱，一同转变成"向上去拥有信仰"之行动的吧。他们的钱不仅买到了自己的心安，还要去为大家买幸福。我一直以为有个不解的矛盾：不竞争则大家穷，竞争则必然贫富悬殊以致孕育仇恨。比先生和卡先生又让我看清了一件事：如果把占有财富的竞争转变为向善向爱的竞争，浮博士和我们大家就可以既不停步又不必疯牛似的在一条老路上转个你死我活了。当然不是所有人都能像老比和老卡那样挣钱，但所有人都可以像他们那样花钱呀。这样我就又多了一份心安理得：设若我死后还有些钱躺在银行里，料它们在成全了我的一生心安之后，也不会作废。

二〇〇七年十月二十三日

智 能 设 计

　　据说有一种"智能设计论"正悄然兴起，在美国某些州，已走进中学的生物课。此论的主要意思是说：人类是由比人类更高的智能所设计、制造的。此论一出，立刻引起多方反对。反对者的情绪支持是"无神论"，是呀，此论若属正当，岂非迷信抬头，又要回到"上帝造人"的神话？其理论支持是"进化论"，即坚信人是由低等生命历经亿万年物竞天择、优胜劣汰而偶然生成的。

　　"进化论"如今是常识。"上帝造人"曾经也是常识。

　　"智能设计论"者并非不懂科学，或不信科学，恰是根据了种种科学成就，他们宣称：构造如此精密的人类，仅靠物竞天择是不可能成就的。就是说，从 RNA、DNA 直至种种简单生命，单凭适者生存这么毫无目的地瞎蒙乱撞，就算用上地球的全部有生之年也是撞不成人的；哪怕只是一种器官，比如眼睛，也撞不出来。你能相信一块奇石是亿万年风雨的造化，可你能相信亿万年风雨能够磨砺出一块手表来吗？更何况，人体功能的设置周全，以及它的有目的性，又岂是手表可比！

上述逻辑应属有力。但反对者话锋一转，亮出一招更为有力的撒手锏：如果人是更高智能的造物，那请问，这更高的智能又是谁创造的？

是呀，问得好，问到了要害。不过，怎么好像忽然变了题意呢？——"进化论"者抛开进化不谈，转而对进化之前的事较起真来。

进化之前的什么事？顺理成章地理解，他们要问的显然是人乃至一切生命的最初成因。比如说DNA、RNA乃至那个"大爆炸"，究竟都是怎么来的？而你们——"智能设计论"者，若只告诉我们人是由更高智能所设计、制造的（先不追究证据充分与否），岂不等于在说"人是娘养的""鸡是蛋孵的"，其实是什么也没说吗？

料必"智能设计论"者已经愉快地发现了："进化论"者情急而生的这一刀钻追问，他们自己也回答不了。比如说，进化由之开始的地方，是谁预备下的？

进化，毫无疑问。生命的演变，毫无疑问。适者生存，故而今人与其祖先已有天壤之别。但是，人、DNA、RNA乃至宇宙的初始之因呢？对不起，"进化论"不负责回答这类问题。"进化论"是创世之后的一门学问，倘其试图代替"创世论"，那一招撒手锏也就同时刺向了自己。被自己刺中，比被别人刺中会更绝望。

一说到创世，难免又牵扯到迷信。不过，这一回真是得迷而信之了——人类居于其中的这个世界确凿已被创造出来，由不得你不信；但，是谁创造的呢？是什么创造的呢？是怎样和为了什么创造的呢？却是谜。不管是说"智能设计"，还是说"大爆炸"，均难确证为最初之因。循着那一招撒手锏的思路，鸡生蛋，蛋生鸡，因因果果料难穷尽。这是人作为宇宙之一部分的永恒困境。这是有限面对无限的不解之题。这是知性所能知的永不可知。故而"名可名，非常名"，先人谓之曰"第一推动"，先人的先人称其为"上帝创造"。总之，创世之因对我们而言永远都是神秘。

为此你不痛快吗？愤怒、沮丧、抑郁、绝望？但这最多只能证明：那一创世之举，原就预设了此类项目。唯一的希望是，这些不可心的项目终于能够触发或惊醒另一项目：智慧。何谓智慧？四望迷茫，心中存信！

可为什么，人们很容易接受"大爆炸"，却不愿接受"智能设计"？我猜，其实是个情绪问题，或者尊严问题，即不愿接受还有着高于人类的智能存在。换句话说：人不能容忍自己是次一等的智能。或直说吧：一向自信为万物之尊、万灵之长、世界之主宰的人类，怎能允许自己忽然变成了一群戏子、玩偶或角斗士？

至于"大爆炸"嘛——真也是没法儿了，总得给开端一个说头儿吧。不过，就算是"有生于无"，也还是可以追问：那个"无"是谁的遗弃物？西方的先哲说：无中生有是不可能的。东方的先哲却说：有生于无。不过东方先哲还有一说：万法皆空。空即有，有即空，所以我猜东哲的本意是：有生于空。空，并不等于一切皆无。而有，也不见得就是有物质。有什么呢？不知道。物理学家说：抽去封闭器皿中的一切物质，里面似乎还是有点儿什么的。有点儿什么呢？还是不知道。那咱就有权瞎猜了：有"空"！"万法皆空"而非万法皆无嘛，所以这个"空"绝非是说一切皆无。那么，这"空"又有什么呢？有着趋于无限强大的"势"，或"倾向"！——即强烈地要成为"有"的趋势，或倾向。——我想，真不如就称之为"欲望"吧，在现有的词汇中，没有比用"欲望"来表达它更恰当、更传神的了。

不过这都是题外话。除非你就是上帝，就是那个不小心弄出"大爆炸"来的肇事者，否则我们永远都是瞎猜，猜中了也没有标准答案供你对照。但这个世界真是设计得讲究：早在人成为人的时候，人就被输入了不可全知、全能的程序。这是要点，是高招，否则不好玩。任何好玩的游戏、热情不衰的游戏，必须都具备这一程序。

可又是为什么，人们不能容忍"智能设计"，却可以容忍和接受"上帝创世"呢？前者缺乏证据，后者可有什么证据吗？

"神证论"不一而足。但，凡是要弄清创世之因的，迄今没有不碰壁的——上帝的手艺岂是尔等凡夫俗子可以了然的！而碰壁回来，转而寻求拯救之神的，才可能从容镇定地走好人间这条路。诸多的"神证论"中，最让我心悦诚服的一种是这样说的：残缺，证明了圆满在；丑恶，证明了善美在……人之诸多的残缺与丑恶，证明了神在。神之在，即圆满与善美之在。或者是，人看那圆满与善美跟自己殊有距离，故称之为神。或者这样说吧：神即有别于人之实际的、一种人之心魂的向往；人一旦自知残缺与丑恶，便是向那圆满与善美之神性的皈依，因而神必定是在的。

但有一点：皈依，是走向，而非走到。"圆满"和"善美"对人而言，都是动词，且永远是现在进行时。人可能"向善向美"，不可能"尽善尽美"；你可以说"圆满着"，谁敢说"圆满了"？

其实，"上帝造人"也好，"智能设计"也罢，还有"大爆炸"，有啥不一样呢？我们总归是被创造了，因此总归会有个创造者或创造之因，但无论是创造者还是创造之因，对我们来说都是谜团。所以，真正的麻烦是：我们挺骄傲，挺自尊，不愿受愚弄，不愿做玩偶，不服气我们祖祖辈辈的勤劳勇敢早都有着剧本。可是！无论创世何因，只要我们不能彻底弄清它，宿命色彩即属难免。

我倾向，要在上述意义上承认宿命，接受这个不管是谁发明的烂摊子。宿命何因？只为局限。不敢承认自己的局限吗？我们生而为某一整体之局部、某一对峙着无限的有限，不是吗？因此，若向那冷漠的"造物主"讨要意义，你就永远都是个只会背台词的戏子，或被牵动着的玩偶。但一个有想象力的表演艺术家，是会让编导也吃惊的。譬如艺术，难道不是一种限制，或是由于某种限制吗？但其中却有着无限可能的路途。大凡存在者，都必有宿命为其前提。大凡自由，都是说，在某种局限下去做无限的寻求。尼采说，伟大的人是爱命运的。是呀，既不屈从它，也不怨恨它，把一条冷漠的宿命之途走得激情澎湃、妙趣横生，人才可能不是玩偶。那是什么？又如尼采所说：既是艺术品，又是能够创造并欣赏艺术品的艺术家。

所以，无论是"上帝造人"，是"智能设计"，是"大爆炸"还是"进化论"，都不影响人要对创世之神（秘）说是，否则你坚强地撞墙，终还是你倒，而墙巍然矗立；也都不妨碍人向着救世之神（性）的呼告与皈依，不然你就只在愤怒、沮丧、抑郁、绝望等子目录中选项吧——但要注意，其根目录是：愚蠢和仇恨。

因此可以这样说："救世主"既存在于我们自己——永不熄灭地寻找着圆满与善美的心魂，又不是我们自己——即非那具被限定的肉身和偶然的姓名。拯救，即在有限向着无限的询问中、人向着神秘之因的谛听中；而大道不言，大道以其不言惊醒了人的智慧——唔，那原是一条无尽无休地铺向圆满与善美的神性之路！从而你接受宿命又不囿于宿命，从一个被动的玩偶转变成自由的艺术家，尊重原著又确信它提供了无限可能。圣灵即于此刻降临。所以，拯救必定是"道成肉身"。

这样，我就又看懂了一件事——说"上帝造人"跟说"大爆炸"，真的没啥不一样吗？作为创世的最初之因，二者的证据同样不足，为什么有人宁可相信"上帝造人"，而对"大爆炸"置若罔闻？另一些人则对"上帝造人"深存疑忌，却很容易就接受了"大爆炸"？是呀，看起来大家说的是一码事，其实呢，各存所念！后者必持无神论，相信宇宙的诞生不过是一次毫无道德倾向的物理事件，人呢，更是偶然生成，尤其是偶然生成的万物之主宰，于是乎人性便得其全面的自主和自由——但得强调：一不留神也就纵容了人性恶。前者当然是有神论，其根本在于相信人非万物之主宰，而是需要更高的精神引领。其愿望，尤其结果，是把问题引向了人的责任，引向了对人性恶的监督——譬如，士兵再聪明也得服从命令，导演再先锋也要尊重原作精神，而造假的商家终也躲不过"3·15"这一天。

二〇〇七年十一月十七日

老好人

老好人，也叫滥好人，曾经是个温和的贬义词，如今偏向中性，但从来不是褒奖。温和，是说它并不直接表露敌意；曾经呢，则尤其让人想起那个阶级斗争大行其道的年代。

"好人"应属赞美，怎么加上个"老"字就变了味儿呢？其曲折的逻辑大概是这样的：在这个纷争不断的世界上，你可以一时一域被赞扬，怎么可能老被赞扬？可以被此一类人称道，怎会也被彼一类人称道？我就曾亲闻一老好人被温和地质问：怎么好人坏人都说你好呢？问得他只有施展其老好人的独门功夫———一脸的愧笑。因此有理由怀疑他善诡计。有理由，也有证据吗？人无完人便是证据。或者说，人无完人，所以证据是一定会有的。

一个人，所以做成了老好人，是经由了一条怎样的心理路径呢？我猜，人们从来都是知道的。为什么？因为几乎没人愿意去触动那一条路径上的迷障。比如我，我就是在敢于知道的那一刻才知道：其实我从来就是知道的。

忘记是在哪一处大雅之堂了，正中的匾额上四个大字：一团和气。一望之下竟让我悲喜交加：好哇好哇，原来这话不单可以用于讥讽、警告和批判，还可以是堂堂正正的倡导！于是我第一次敢于有了为老好人辩护的冲动：人们指责于老好人的，以及老好人从小到大的盼愿，不就是这个"一团和气"吗？不就是你好、我好、大家好吗？比如像儿时那样"排排坐，吃果果"，人人对人人都怀有一份羡慕，并一份祝贺。为了一团和气，老好人是情愿于中出些拙力的——掩盖矛盾，粉饰太平，两头儿说好话，甚至于不惜替别人撒点儿谎、做点儿弊，又甚至于这谎与弊都不够周全，倒让自己一回回落得尴尬。比如说 S 吧，就曾把友人 A 对友人 B 的恶语改装成友人 A 给友人 B 的些许建议，而后转达。就我所知，B 听后火气顿减，S 就势再淋些水上去，虽不能彻底浇灭 B 的怒火，可待其反馈到 A 时，已是嗫嗫地释放着暖意了。然而，事后 A 与 B 难免碰面，你一言我一语终于发现情况并不似此前的转达与反馈，火气于是再度攀升，怒目便一齐瞄准了 S——这个倒霉的老好人。

老好人与谄媚者不同，虽说也难免行些逢迎之事，但都不是计谋，尤其没有对权力与物利的期冀，否则人们会直接叫他坏人的。老好人所以又不同于善诡计者，因其有着自守的道德底线：绝不存害人之心，即便逢迎，也只为营造一团和气，借以保护自己和亲人的一份幸福，或仅仅是平安。而这就造成他的一个致命缺点：软弱。进而又为他打造出一份劣迹：不敢坚持真理。至于那种"拔一毛利天下而不为"者，则只能算作极度的自私自利，并不在老好人的范围。

人们不直接说他们是坏人，又不直接说他们是好人，偏不嫌麻烦地创造出"老好人"一词来，想必多有深意。

首先，老好人之平生所愿，实在是平凡、平常、平庸之至，既无效圣贤之愿，又无做英雄之胆，当然也不存强梁、流寇之祸心。平凡若此，怎又会惹人注目起来呢——譬如那独享的称号竟广泛并恒久地传扬？想来原因约在：不知自何日始，众多人定的真理与正义纷纷强大并呈敌我之势，遂令胆识俱乏的凡夫俗子们常陷迷惘与惧怕，只好以孱弱的笑脸左右支撑（逢迎）；这便惹得"好人"和"坏人"都看他们是另类，因而双方的意见于此竟难得地统一起来：加个"老"字给他们吧，以示区分。

至此有了三个问题：1.无论是"好人坏人都说你好"，还是"好人坏人都看他们是另类"，这"好人"与"坏人"先要由谁和根据什么来认定？2.那个"老"字，何故偏偏是加在了"好人"而不是"坏人"的头上呢——比如"老坏人"？3.老好人的愧笑，愧于何因？这些问题容后再想。

还有个问题：是软弱的本性使得老好人立场不明呢？还是生性不喜欢门门派派、更弄不大懂种种主义，才造成了老好人的软弱？这也先不管他吧，只问：老好人的信奉是什么？别说没有，任何引人注目的行径都必有其信奉的支撑。拨开重重迷障，或掘开层层愧笑去看其深处的埋藏，你会发现，老好人唯本能地倾向着一个自明的——但并非是说他自己早已明晰的——真理：爱。比如父母之爱，兄弟姐妹之爱，夫妻或恋人之爱，总之是亲人之爱。这样的爱狭隘吗？好吧，就算仍难免有些狭隘，可一切伟大的爱难道不是由此发生？"老吾老以及人之老，幼吾幼以及人之幼"，此一圣贤之言不单道出了爱的博大，也道出了爱之涓细的源头。我不信，连至亲至爱都可以凛然弃之者，能有什么伟大的爱。

我屡屡设想过叛徒的处境与原由，有些比较容易甄辨曲直，从而取舍归弃也自明朗，但更多的却是迷蒙晦暗——观其情也真，察其心也善，然其处境却是进退维谷；即便让我这局外人冷静地选择——爱吾爱以及人之爱，危吾危以及人之危——也仍是百思难取所归。故常自暗谢天地——谢那个任谁也拿捏不准的偶然性，庆幸着危难未临于我，否则就怕于某史犹豫之际，这世上早又多出了一个叛徒。

唉唉，一切理论之于实际都太苍白，一切理性之于真正的疑难都太无奈，很多时候我们只有仰天祈祷，而难有实际作为。

祈祷什么呢？那就先得问：真正的疑难是什么？

比如《安提戈涅》。安提戈涅要违背国王"按律法与正义"所颁布的命令，去埋葬她的一个哥哥，但这样，她就会跟她这个哥哥一样成为城邦的叛徒。妹妹伊斯墨涅劝她："你这样大胆吗，在克瑞昂颁布禁令之后？"安提戈涅回答："他没有权力阻止我同我的亲人接近。"妹妹再次提醒姐姐这样做的可怕后果，而后说："我们处在强者的控制下，只好服从这道命令。"姐姐说："（那）你就藐视诸神所珍视的东西吧。"伊斯墨涅说："我并不藐视诸神所珍视的东西，只是没有力量和城邦对抗。"安提戈涅说："你可以这样推托……（但）我会恨你，死者也会恨你……让我和我的鲁莽为担当这件可怕的事而受苦吧，我不会遭受比卑贱的死更可怕的事情了。"最后，妹妹伊斯墨涅对姐姐安提戈涅说："如果你想去（做）的话就去（做）吧，你可以相信，你这一去虽是鲁莽，你的亲人却认为你是可爱的。"

　　一边是亲情，是神所珍视的东西，一边是人定的律法与正义，是成为叛徒的可怕后果，你怎样取舍？这样的疑难古今中外多有发生。

　　安提戈涅立场坚定，安提戈涅芳名千古。国王克瑞昂的立场也很坚定，并具正义之名。可伊斯墨涅怎么办？毫无疑问，她将遭受最可怕的事情——卑贱地死，并且卑贱地生。因为她既不像克瑞昂那样藐视诸神所珍视的东西，又没有力量像安提戈涅那样与城邦对抗，因而她要么是背叛城邦，要么是藐视诸神。我常想，如果伊斯墨涅仰天祈祷，她（以及老好人）会祈祷什么？咳，我自己就这样祈祷过呀——当我发现某史很可能为人间增加一个叛徒之时，我曾屡屡祈祷：让人人都对人人怀有爱意吧，让人人——包括那个克瑞昂——都能够珍视神所珍视的东西吧！那样，就既没有安提戈涅式的危险，也没有伊斯墨涅式的疑难了。

　　"《安提戈涅》是一部悲剧，并不是因为上帝的律法和凡人的律法的要求之间产生的冲突。使这部戏成为悲剧的正是安提戈涅本人……真正的悲剧在于他的感受力。"（《希腊精神》)是呀，感受力！不被感受的东西等于没有，不被发现的冲突则不能进入灵魂的考问，而只有这样的感受力使悲剧诞生，使灵魂成长。

　　这样看，伊斯墨涅就更是悲剧。"黑格尔说，悲剧唯一的主题是精神斗争，而且斗争中的两种精神都引起我们的同情。"（《希腊精神》）伊斯墨涅的处境更加引发我们的这种同情，更能唤醒我们的感受力；或者说，伊斯墨涅才是这部戏中最具悲剧性的人物，她一生都将处在被撕裂的感受中。

　　这便使每一个诚实的人都要设身处地于一些严酷的选择，或令每一颗诚实的心都处在了伊斯墨涅的位置。譬如当神的珍爱与人的律法相悖之时，或爱与正义发生了冲突，你将怎样取舍？譬如一边是至爱亲朋的受苦，甚至惨死，一边是城邦（或组织）利益，以及叛徒的千古骂名，你怎样取舍？又譬如，在诺曼底登陆前夜，为使德军不知盟军已然破译了他们的密码，故当盟军获悉德军即将轰炸某城市时，却对那城市的居民隐瞒了消息，以致更多的人死于那次轰炸——对此，又当怎样评价？

我不知道。我说过了，如是疑难让我百思难取所归。譬如一场战争，一个平头百姓只可能判断其正义与非正义，断无就其战略、战术以及情报的可靠与否而做出支持或反对的能力。不过，话还是说大了——你真能判断出正义与非正义吗？若双方均称占有"真理"和"正义"，并都拿出了缜密的理论支持或"神授"的证据，你将何弃何归？抑或，那就反对一切战争吗？可是，若一残暴势力（如法西斯）欲灭你的族群呢？唔，那当然不行！是呀，这一回我们可以毫不犹豫地说"不"了。但是，什么理由呢？理由就是那自明的真理，即神所珍视的东西：爱！

我终于知道我能够知道什么了。我终于确信我能够确信什么了。我终于看清，一个平头百姓，乃至一些自诩为"家"的人，能够辨认并确信的，只有那个自明的真理。新闻可以虚假，情报可有疏漏，理论尤其会仗势欺人，唯神所珍视的东西是牢靠的依凭。然后还要警惕：万勿在那"爱"字前后掺入自制的使用说明，相反，要以神所珍视的，去比照和监督人所制定的。

但这有用吗？人间的困苦与疑难，能因这爱的祈祷而消灭吗？但是，有和没有爱的祈祷，后果是大不一样的，尤其是那些人定的东西会随之大不一样。如果只有人定的真理与正义，则难免还是"真理战胜真理，子弹射中子弹"。

困苦使人祈祷。疑难使人求助于爱。而"果敢"的人们多是感受不到疑难的，故也无须这爱的祈祷，他们只要鲜明的立场就够了。譬如克瑞昂的城邦立场。也譬如安提戈涅的家族立场。安提戈涅一方面说"我的天性不喜欢跟着人恨，而更喜欢跟着人爱"，一方面又对伊斯墨涅说"我会恨你，死者也会恨你"。什么原因使她前后矛盾？还是立场，鲜明的家族立场——她的诸神还远非博爱的基督。

> "因为'神—人'钉在十字架上的事件，使基督教迈向了一种以爱和自由的神秘关联为核心的伦理宗教。上帝舍了自己的儿子，为世人开辟了成圣与称义的道路。"（李猛《爱与正义》）

但并不是说，种种人定的真理与正义就该废除，而是说所有这些东西，都要看它是否符合神的珍爱，是否符合那十字架上的启示。是呀，神子是犹豫的："父啊！在你凡事都能，求你将这杯撤去，然而不要从我的意思，只要从你的意思。"（《圣经·马可福音14：36》）

倘若"正义"凛然却无怜爱之心，总是以"我的意思"来断人间的案，感受力必会遭受致命的损失。譬如《安提戈涅》式的事件，处处都有，却非处处都有悲剧或悲剧精神，原因何在？就在那感受力的缺失。还是那句话：不被感受的东西等于从未发生，不被发现的冲突则不能进入灵魂的考问。但这感受力并非出自生理基因，而是出自文化结构——设若此一族群只信奉"君权神授"，而从无"天赋人权"的信念，其结构便少了至关重要的一极。君、神等值，自然就只有人断人案了，进而是君断臣案，官断民案，以及自命的"好人"来断"坏人"与"老好人"的案。所以，大凡这样的地方，除了喜剧便只有惨剧，很少有悲剧。

悲剧，是任人多么聪明能干，也难免要陷入的疑难，尤其是对这疑难之敏锐的觉察。而这样的觉察，或这样的感受力，绝不因为疑难仍是疑难而无所作为；转而求教于神的珍爱，便使爱的天国有望，或已然使其诞生。而惨剧止于求助清官，就算清官总能够战胜赃官，灵魂也无望长大——转来转去还是那一个愚昧的圈圈。

> "和能在生活中看到悲剧的那种心性相对（立）的不是看到欢乐的那种心性……（而）是认为生活是肮脏的看法。当人们看到人性中缺乏尊严和意义，人性是琐碎、卑贱的，而且陷入了凄凉无助的境地的时候，悲剧的精神就已经不存在了。"（《希腊精神》）

悲剧使灵魂成长，譬如那个克瑞昂最后也悔悟到："一个人最好是一生遵守神定的律条。"而（尤其是中国式的）惨剧和喜剧，则是惨也归因于（赃）官，喜也归因于（清）官，说来说去，凡夫俗子的命运好歹都是捏在强人手里的，与神的珍爱无涉。于是"神"也就跟着变味儿——都成了强人的仆从。百姓无奈，有本事的便一天到晚去跑关系，往强人堆儿里挤；朝中无人而又胆大包天的，便去落草为寇；剩些自认的弱者，就只好凭那一副笑脸去左右支撑。

现在来看前面留下的三个问题。第一个问题应该已经有答案了："好人"与"坏人"，或是由强人指认，或就要以神的珍爱来比照，来甄别。

第二个问题要曲折并有趣得多：所以"好人"和"坏人"都看"老好人"是另类，实在也是出于犹豫——显意识要求他们立场坚定，潜意识里却又知道什么是神的珍爱，以及那自明的真理。就是说，他们都知道老好人实在是好人——即"不喜欢跟着人恨，而更喜欢跟着人爱"的那种人，所以一致赞成：那一个"老"字，还是加在"好人"而非"坏人"的头上吧。有趣，有趣，"人类本性的哲学都清晰地表现在人类的语言之中"（《希腊精神》）。另一条思路是：众人或不识"爱"乃真理之最高，却本能地倾向它，或无能分辨某些人定真理与正义的不足或伪善，却本能地对之存疑并惧怕，所以想来想去，还是把"好人"二字留给这一"另类"吧。这既说明众人对爱的认同，又包含着某种愧对，更是要为大家保留下一处可避强权的、爱与自由的乐土。

第三个问题，即老好人的愧笑，愧于何因？很明显，是愧于软弱，愧于自己的不敢坚持真理。而这恰恰说明，凭其天赋的爱愿，他们并非看不清什么是真理，什么是正义；并非感受不到，种种人定的真理与正义是符合了还是违背着神的珍爱。而这又说明：即便是人定的真理和正义，也是多么必要，多么必要却又多么艰难，甚至多么严酷。

> "可是神子最后是说'成了'……因为十字架事件正是以爱成全了律法，成全了将基督交在彼拉多手下的律法。"（李猛《爱与正义》）

这最是"十字架上的启示"堪称伟大之处。人类走出了伊甸园，人类社会要延续、要发展，不可以没有规则。而条条规则，难免都要由人来制定，但条条人定的规则，又必须要符合神的珍爱。这暗示着，人定的规则与神的珍爱，其间的差距甚至是经常的。但是，经常的并不等于是正当的，而只是表明了不得已。显然，"不得已"就更不能引为正当。但"不得已"的不正当，难道可以靠"子弹射中子弹"来纠正？换句话说，违背了神的珍爱的暴力，难道能够纠正违背了神的珍爱的规则或律法吗？不言而喻，那将使我们离神的珍爱愈行愈远。所以，"不得已"只应该意味着：必须要保持信仰的经常——即只有经常地以神的珍爱为比照、为要求，才可能纠正人的恶与疏失。理由很明确，也很简单：唯神的珍爱是一切规则或律法的正当性来源。

甚至，连爱也是这样。爱，谁不会说？但是，离开了神的珍爱的督察，人间的万事万物就没有什么不可能变成压迫力量的。比如，人不会在"爱"的名义下行其压迫吗？真是难了。不过识别的方法也简单，还是那样：看看这人的珍爱，是否符合或接近着神的珍爱吧。

二〇〇七年十一月二十二日

人间智慧必在某处汇合
——斯坦哈特的《尼采》读后

凡说生命是没有意义的人，都要准备好一份回答：你是怎么弄清楚生命是没有意义的？你是对照了怎么一个意义样本，而后确定生命中是没有它的？或者，您干脆告诉我们，在那个样本中，意义是被怎样描述的？

这确实是老生常谈了。难道有谁能把制作好的意义，夹在出生证里一并送给你？出生一事，原就是向出生者要求意义的，要你去寻找或建立意义，就好比一份预支了稿酬的出版合同，期限是一辈子。当然，你不是债权人你是负债者，是生命向你讨要意义，轮不上你来抱怨谁。到期还不上账，你可以找些别的理由，就是不能以"生命根本就是没有意义的"来搪塞。否则，迷茫、郁闷、荒诞一齐找上门来，弄不好是要——像靡非斯特对待浮士德那样——拿你的灵魂做抵押的。

幸好，这合同还附带了一条保证：意义，一经你寻找它，它就已经有了，一旦你对之存疑，它就以样本的形式显现。

生命有没有意义，实在已无须多问。要问的是：生命如果有意义，如果我们勤劳、勇敢并且智慧，为它建立了意义，这意义随着生命的结束是否将变得毫无意义？可不是吗，要是我们千辛万苦地建立了意义，甚至果真建成了天堂，忽然间死神挺胸叠肚地就来了，把不管什么都一掠而光，一切还有什么意义呢？当然，你可以说天堂并不位于某一时空，天堂是在行走中、在道路上，可道路要是也没了、也断了呢？

所以还得费些思索，想想死后的事——死亡将会带给我们什么？果真是一掠而光的话，至少我们就很难反驳享乐主义，逍遥的主张也就有了一副明智的面孔。尤其当死亡不仅指向个体，并且指向我们大家的时候——比如说北大西洋暖流一旦消失，南北两极忽然颠倒，艾滋病一直猖狂下去，或莽撞的小行星即兴来访，灿烂的太阳终于走到了安息日……总之如果人类毁灭，谁来偿还"生命的意义"这一本烂账？

于是乎，关怀意义和怀疑意义的人们，势必都要凝神于一个问题了：生命之路终于会不会断绝？对此你无论是猜测，是祈祷，还是寻求安慰，心底必都存着一份盼愿：供我们行走的道路是永远都不会断绝的。是呀，也只有这样，意义才能得到拯救。

感谢"造物主"或"大爆炸"吧，他为我们安排的似乎正是这样一条永不断绝的路。

虽然尼采说"上帝死了"，但他却发现，这样一条路已被安排妥当："权力意志说的是，为什么有一个世界而不是什么都没有；永恒回归说的是，为什么在这世界中有秩序。因为权力意志重复它自己，所以现实有秩序。……权力意志和永恒再现一起形成绝对肯定。"①

---

① 斯坦哈特《尼采》，中华书局 2004 年出版，p.115。

　　就是说，所以有这么个世界，是因为：这个世界原就包含着对这个世界的观察。或者说：这个世界，是被这个世界所包含的"权力意志"和"永恒再现"所肯定的。"权力意志"也有译为"强力意志""绝对意志"的，意思是：意志是创生的而非派生的，是它使"有"或"存在"成为可能。这与物理学中的"人择原理"不谋而合。而"权力意志"又是"永恒回归"的。"永恒回归"又译为"永恒再现"或"永恒复返"，意思是："一切事物一遍又一遍地发生"[1]，"像你现在正生活着的或已经生活过的生活，你将不得不再生活一次，再生活无数次。而且其中没有任何事物是新的……"[2] 正如《旧约·传道书》中所言："已有的事后必再有；已行的事后必再行。太阳底下并无新事。有哪件事人能说'看吧，这是新的'？"[3] 就这样，"权力意志"孕生了存在，"永恒回归"又使存在绵绵不绝，因而它们一起保证了"有"或"在"的绝对地位。

　　尼采对于"永恒回归"的证明，或可简略地表述如下：生命的前赴后继是无穷无尽的。但生命的内容，或生命中的事件，无论怎样繁杂多变也是有限的。有限对峙于无限，致使回归（复返、再现）必定发生。休谟说："任何一个对于无限和有限比较起来所具有的力量有所认识的人，将绝不怀疑这种必然性。"[4]

　　这很像我写过的那群徘徊于楼峰厦谷间的鸽子：不注意，你会觉得从来就是那么一群在那儿飞着，细一想，噢，它们生生相继已

---

① 斯坦哈特《尼采》，中华书局 2004 年出版，p.114。
② 尼采《快乐的科学》，p.341。
③ 《旧约·传道书 1：9》。
④ 大卫·休谟《自然宗教对话录》，第八部分。

不知转换了多少回肉身！一群和一群，传达的仍然是同样的消息，继续的仍然是同样的路途，克服的仍然是同样的坎坷，期盼的仍然是同样的团聚，凭什么说那不是鸽魂的一次次转世呢？

不过，尼采接下来说："在你人生中的任何痛苦和高兴和叹息，和不可言表的细小或重大的一切事情将不得不重新光临你，而且都是以同样的先后顺序和序列。"[①]——对此我看不必太较真儿，因为任何不断细分的序列也都是无限的。彻底一模一样的再现不大可能，也不重要。"永恒回归"指的是生命的主旋律，精神的大曲线。"天不变，道亦不变"。比如文学、戏剧，何以会有不朽之作？就因为，那是出于人的根本处境，或生命中不可消灭的疑难。就像那群鸽子，根本的路途、困境与期盼是不变的，根本的喜悦、哀伤和思索也不变。怎么会是这样呢？就因为它们的由来与去向，根本都是一样的。人也如此。人的由来与去向，以及人的残缺与阻障，就其本质而言都是一样的。人都不可能成神。人皆为有限之在，都是以其有限的地位，来面对着无限的。所以，只要勤劳勇敢地向那迷茫之域进发，人间智慧难免也要在某一处汇合。唯懒惰者看破红尘。懒惰者与懒惰者，于懒惰中爆发一致的宣称：生命是没有意义的。

可就算是这样吧，断路的危险也并没有解除呀？如果生命——不论是鸽子，是人，还是恐龙——毁灭了，还谈什么"生生相继"和"永恒回归"？

但请注意"权力意志和永恒再现一起形成绝对肯定"这句话。"绝

---

① 斯坦哈特《尼采》，中华书局 2004 年出版，p.114。

对肯定"是指什么？是指"有"或"在"的绝对性。就连"无"，也是"有"的一种状态，或一种观察。因为"权力意志"是创生的。这个在创生之际就已然包含了对自身观察的世界，是不会突然丢失其一部分的。减掉其一部分——比如说观察，是不可能还剩下一个全世界的。就好比拆除了摄像头，还会剩下一个摄像机吗？所以不必杞人忧天，不必担心"有"忽然可以"无"，或者"绝对的无"居然又是"有"的。

凭什么说"权力意志"是创生的？当然，这绝不是说整个宇宙乃是观察的产物，而是说，只有一个限于观察——用尼采的话说就是限于"内部透视"或"人性投射"——的世界，是我们能够谈论的。即我们从始至终所知、所言与所思的那个"有"或"在"，都是它，都只能是它；就连对观察不及之域的猜想，也是源于人的"内部透视"，也一样逃不出"人性投射"的知与觉。正如大物理学家玻尔所说："物理学并不能告诉我们这个世界是怎样的，只能告诉我们，关于这个世界我们可以怎样说。"也就是老子所说的"知不知"吧。

知亦知所为，不知亦知所为，故你只能拥有一个"内部透视"或"人性投射"的世界。此外一切免谈。此外万古空荒，甭谈存在，也甭谈创生；一谈，知就在了，观察就在了，所以"权力意志"是创生的。

不过，"知不知"并不顺理成章地导致虚无与悲观。尽管"内部透视"注定了"测不准原理"的正确，人也还是要以肯定的态度来对待生命。虚无和悲观所以是站不住脚的，因为，生命之生生不息即是有力的证明。比如，问虚无与悲观：既如此，您为啥还要活下去？料其难有所答，进而就会发现，原来心底一直都是有着某种憧憬和希望的。

你只能拥有一个"内部透视"或"人性投射"的世界——可是，这样的话，上帝将被置于何位？这岂非等于还是说，世界是人——"权力意志"——所创造的吗？很可能，"超人"的问题就出在这儿。人，一种有限之在，一种有限的观察或意志，你确实应该不断地超越自己，但别忘了，你所面对的是"无限"他老人家！"权力意志"给出了"有"，同时，"权力意志"之所不及——即所谓"知不知"——给出了"无"。然而，这个"无"却并不因为你的不及就放过你，它将无视你的"权力意志"而肆无忌惮地影响你——而这恰是"无也是有的一种状态"之证明。孙悟空跳不出如来佛的手心，"超人"无论怎样超越也不可能成为神。所以，人又要随时警醒：无论怎样超越自我，你终不过是个神通有限的孙猴子。

好像出了问题。既然"无"乃"权力意志"之不及，怎么"无"又会影响到"权力意志"呢？不过问题不大，比如说：我知道我摸不到你，但我也知道，我摸不到的你未必不能摸到我——这逻辑不成立吗？换句话说：无，即是我感受得到却把握不了的那种存在。这便又道出了"权力意志"的有限性，同时把全知全能还给了上帝，还给了神秘和无限。

这样看，"权力意志"的不及，或"内部透视"与"人性投射"之外，也是可以谈论、可以猜想的（唯休想掌控）。那万古空荒，尤其是需要谈论和猜想的——信仰正是由此起步。故先哲有言：神不是被证实的，而是被相信的。

可是，"权力意志"是有限的，并且是"永恒回归"的，这岂不等于是说：人只能在一条狭窄的道路上转圈吗？转圈比断绝，又强了多少呢？莫急，莫慌，人家说的是"权力意志和永恒再现一起形成绝对肯定"，又没说"权力意志"和"永恒回归"仅限于人这样一种生命样式。"权力意志"是创生而非派生的，而人呢，明明是历经种种磨难和进化，而后才有的。这一种直立行走的哺乳动物，除了比其所知的一切动物都能耐大，未必还比谁能耐大。其缺陷多多即是证明，比如自大和武断：凭什么说，生命的用料仅限于蛋白质，生命的形式仅限于拟人的种种规格？而另一项坏毛病是掩耳盗铃：对不知之物说"没有"，对不懂之事说"没用"。可是，人类又挖空心思在寻找外星智能，而且是按照自己的大模样找，或用另外的物质制造另外的智能，造得自己都心惊肉跳。

很可能，跟人一模一样的生命仅此一家。而其实呢，比人高明的也有，比人低劣的也有，模样不同，形式不一，人却又赌咒发誓地说那不能也算生命。"生命"一词固可专用于蛋白质的铸造物，但"权力意志"却未必仅属一家。据说，"大爆炸"于一瞬间创造了无限可能，那就是说，种种智能形式也有着无限的可能，种种包含着对自身观察的世界也会是无限多，唯其载体多种多样罢了。我们不知是否还有知者，我们不知另外的知者是否知我们，我们凭什么认定智能生命或"权力意志"仅此一家？

不过我猜，无论是怎样的生命形式，其根本的处境，恐怕都跑不出去跟人的大同小异。为什么？大凡"有"者皆必有限，同为有限之在，其处境料不会有什么本质不同。

有限并埋头于有限的，譬如草木鱼虫，依目前的所知来判断，是不具"权力意志"的。唯有限眺望着无限的，譬如人，或一切具

"我"之概念的族类，方可歌而舞之、言而论之，绵绵不绝地延续着"权力意志"。这样来看，"权力意志"以及种种类似人的处境，不单会有纵向的无限延续，还会有横向的无限扩展。

"无"这玩意儿奇妙无比，它永远不能自立门户，总得靠着"有"来显现自己。"有"就能自立门户吗？一样不行，得由"无"来出面界定。而这两家又都得靠着观察来得其确认。"权力意志"就这么得逞了——有也安营，无也扎寨，吃定你们这两家的饭了。

哈，这岂不是好吗？不管你说无说有，说死说活，"权力意志"都是要在的。路还能断吗？干吗死着心眼儿非做那地球上某种直立行走的动物不可？甚至心眼儿死到，竟舍不得一具短暂的肉身和一个偶然的姓名。永恒回归的回路或短或长，或此或彼，但有限对峙于无限这一点是没有疑问的。甚至可以这样说：有＝有限，无＝无限，二者的存在赖于二者的互证，而这一个"证"字＝观察＝一条无穷的道路。

如果一条无穷的道路已被证明，你不得给它点儿意义吗？暂时不给也行，但它无穷无尽，总有一天"权力意志"会发现不给它点儿意义是自取无聊。无聊就无聊，咋啦？那你就接近草木鱼虫了呗，接近奇石怪兽了呗，爱护环境的人当然还是要爱护你，但没法儿跟你说话。

不过问题好像还是没有解决。尽管生命形式多多，与我何干？凡具"我"之概念者，还不是都得在一条狭窄的道路上做无限的行走？可是总这么走，总这么走，总这么"永恒回归"，是不是更无聊呢？

喔，靡非斯特来了。浮士德先生，你是走、是不走吧？不走啦，就这么灯红酒绿地乐不思蜀吧！可这等于被有限圈定，灵魂即刻被魔鬼拿去。那就走，继续走！可是，走成个圈儿还不等于是被有限圈定，魔鬼还不是要偷着乐？那可咋办，终于走到哪儿才算个头呢？别说"终于"，也别说"走到"，更别说"到头"，"永恒回归"是无穷路，没头。"永恒回归完全发生在这个世界中：没有另一个世界，没有一个更好的世界（天堂），也没有一个更坏的世界（地狱）。这个世界就是全部。"① 就是说：你跑到哪儿去，也是这样一个有限与无限相对峙的世界。所以，就断掉"无苦无忧"和"极乐之地"这类执迷吧，压根儿就没那号事！可这样不好吗？无穷路，只能是无穷地与困苦相伴的路，走着走着忽然圆满了，岂不等于说路又断了？半截子断了，和走到了头，有啥两样吗？

终于痛而思"蜀"了。好事！这才不至成为草木鱼虫、奇石怪兽。但"蜀"在何方？"蜀道之难，难于上青天！"它不在人们惯行的前后左右，它的所在要人仰望——上帝在那儿期待着你！某种看不见却要你信的东西，在那儿期待着你！期待着人不要在魔障般的红尘中输掉灵魂，而要在永恒的路上把灵魂锤炼得美丽，听懂那慈爱的天音，并以你稚拙的演奏加入其中。静下心来，仔细听吧，人间智慧都在那儿汇合——尼采、玻尔、老子、爱因斯坦、歌德……他们既知虚无之苦，又懂得怎样应对一条永无终止的路。勤劳勇敢的人正在那儿挥汗如雨，热情并庄严地演奏，召唤着每一个人去加入。幸好，任何有限的两个数字间都有着无穷序列，那便是换一个（非物质的）方向——去追求善与美的无限之途。

二〇〇七年十二月一日

---

① 斯坦哈特《尼采》，中华书局 2004 年出版，p.116。

放下与执着

几位老友，不常见面，见了面总劝我"放下"。放下什么呢？没说，断续劝我："把一切都放下，人就不会生病。"我发现我有点儿狡猾了，明知那是句佛家经常的教诲（比如"放下屠刀，立地成佛"；"屠刀"也不专指索命的器具，是说一切迷执），却佯装不知。佯装不知，是因为我心里着实有些不快；可见嗔心确凿，是要放下的。何致不快呢？从那劝导中我听出了一个逆推理：你所以多病，就因为你没放下。逆推理中又含了一条暗示：我为什么身体好呢？全都放下了。

既知嗔心确在，就别较劲儿。坐下，喝茶，说点儿别的。可谁料，一晚上，主张放下的几位却始终没放下几十年前的"文革"旧怨，那时谁把谁怎样了吧，谁和谁是一派的吧，谁表面如何其实不然呀，等等。就不说这"谁"字具体是指谁了吧，总归不是"他"或"他们"，就是"我"和"我们"。

所以，放下什么才是真问题。比如说：放下烦恼，也放下责任吗？放下怨恨，也放下爱愿吗？放下差别心，难道连美丑、善恶都不要分？放下一切，既不可能，也不应该。总不会指着什么都潇洒地说一声"放下"，就算有了佛性吧？当然，万事都不往心里去可以是你的选择，你的自由，但人间的事绝不可以是这样，也从来没有这样过。举几个例子吧：是执着于教育的人教会了你读书，包括读经。是执着于种田的人保障着众人的温饱，你才有余力说"放下"。唯因有了执着于交通事业的人，老友们才得聚来一处喝茶。若无各门各类的执着者，咱这会儿还在钻木取火呢，还是连钻木取火也已经放下？

错的不是执着，是执迷，有些谈佛论道的书中将这两个词混用，窃以为十分不妥。"执迷"的意思，差不多是指异化、僵化、故步自封、知错不改。何致如此呢？无非"名利"二字。但谋生，从而谋利，只要合法，就不是迷途。名却厉害；温饱甚至富足之后，价值感，常把人弄得颠三倒四。谋利谋到不知所归，其实也是在谋名了——优越感，或价值感。价值感错了吗？人要活得有价值，不对吗？问题是，在这个一切都可以卖的时代，价值的解释权通常是属于价格的，价值感自也是亦步亦趋。

价值和价格的差距本属正当。但这差距却无从固定，可以很大，也可以很小，当然这并非坏事，这正是经济学所赞美的那只市场的无形之手。可这只手，一旦显形为铺天盖地的广告，一旦与认钱不认货的媒体相得益彰，事情就不一样了。怎么不一样？只要广告深入人心，东西好坏倒不要紧了——好也未必就卖得好，不好也未必就卖不好。媒体和广告沆瀣一气，大约是经济学未及引入的一个——几乎没有底线的——参数。是呀，倘那无形或有形的手也成了商品，又靠谁来调节它呢？价格既已不认价值这门亲，价值感孤苦无靠去拜倒在价格门下，也就不是什么难解的题。而这逻辑，一旦以"更高、更快、更强"的气势，超越经济，走进社会各个领域，耳边常闻的关键词就只有利润、码洋、票房和收视率了。另有四个词在悄声附和：房子、车子、股市、化疗。此即执迷。

而"执着"与"执迷"不分，本身就是迷途。这世界上有爱财的，有恋权的，有图名的，有什么都不为单是争强好胜的。人们常管这叫欲壑难填，叫执迷不悟，都是贬义。但爱财的也有比尔·盖茨，他既能聚财也能理财，更懂得财为何用，不好吗？恋权的嘛，也有毛遂自荐的敢于担当，也有种种"举贤不避亲"的言与行，不对吗？图名的呢？雷锋，雷锋及一切好人！他们不图名？愿意谁说他们没干好事，不是好人？不过是不图虚名、假名。争强好胜也未必就不对，阿姆斯特朗怎么样，那个身患癌症还六次夺得环法自行车赛冠军的人？对这些人，大家怎么说？会说他执迷？会请他放下吗？当然不，相反人们会赞美他们的执着——坚持不懈、百折不挠、矢志不渝，都是褒奖。

主张"一切都放下"，或"执着"与"执迷"分不清，是否正应了佛家的另一个关键词——"无明"呢？

"无明"就是糊涂。但糊涂分两种。一种叫顽固不化，朽木难雕，不可教也，"无明"应该是指这一种。另一种，比如少小无知，或"山重水复疑无路"，这不能算"无明"，这是"柳暗花明又一村"的前奏，是成长壮大的起点。而郑板桥的"难得糊涂"已然是大智慧了。

后一种糊涂，是错误吗？执着地想弄明白某些尚且糊涂着的事物，不应该吗？比如一件尚未理清的案件，一处尚未探明的矿藏，一项尚未完善的技术、对策或理论。这正是坚持不懈者施才展志的时候呀，怎倒要知难而退者来劝导他呢？严格说，我们的每一步其实都在不完善中，都在不甚明了中，甚至是巨大的迷茫之中，因而每时每刻都可能走对了，也都可能走错了。问题是人没有预知一切的能力，那么，是应该就此放下呢，还是要坚持下去？设想，对此，佛祖会取何态度？干脆"把一切都放下"吗？那就要问了：他压根儿干吗要站出来讲经传道？他看得那么深、那么透，干吗不统统放下？他曾经糊涂，曾经烦恼，但他放得下王子之位却放不下生命的意义，所以才有那锲而不舍的苦行，才有那菩提树下的冥思苦想。难道他就是为了让后人把一切都放下，没病没灾然后啥都无所谓？该想的佛都想了各位就甭想了，该受的佛都受了各位就甭再受了，该干的佛也都干了各位啥心也甭操了——有这事儿？恐怕，盼望这事儿的，倒是执迷不悟。

可是，哪能谁都有佛祖一样的智慧呢？我等凡人，弄不好一错再错，苦累终生，倒不如尘缘尽弃，早得自在吧。可是，怕错，就不是执着？怕苦，就不是执着？一身享用着别人执着的成果，却一心只图自在，不是执着？不是执着，是执迷！佛祖要是这般明哲保身，犯得上去那菩提树下饱经折磨吗？偷懒的人说一句"放下"多么轻松，又似多么明达，甚至还有一份额外的"光荣"——价值感，却不去想那菩提树下的所思所想，却不去辨别什么要放下、什么是不可以放下的，结果是弄一个价值虚无来骗自己，蒙大家。

老实说，我——此一姓史名铁生的有限之在，确是个贪心充沛的家伙，天底下的美名、美物、美事没有他没想（要）过的，虽然我并不认为这是他多病的原因。不过，此一史铁生确曾因病得福。二十一岁那年，命运让这家伙不得不把那些充沛的东西——绝不敢说都放下了，只敢说——暂时都放一放。特别要强调的是，这"暂时都放一放"，绝非觉悟使然，实在是不得已而为之。先哲有言："愿意的，命运领着你走；不愿意的，命运拖着你走。"我就是那"不愿意"而被"拖着走"的。被拖着走了二十几年，一日忽有所悟：那二十一岁的遭遇以及其后的三十几年的被拖，未必不是神恩——此一铁生并未经受多少选择之苦，便被放在了"不得不放一放"的地位，真是何等幸运的事情！虽则此一铁生生性愚顽，放一放又拿起来，拿起来又不得不再放一放，至今也不能了断尘根，也还是得了一些恩宠的。我把这感想说给某位朋友，那朋友忒善良，只说我是谦虚。我谦虚？更有位智慧的朋友说我：他谦虚？他骨子里了不得！这"了不得"，估计也是"贪心充沛"的意思。前一位是爱我者，后一位是知我者。不过，从那时起，我有点儿被"领着走"的意思了。

如今已是年近花甲。也读了些书，也想了些事，由衷感到，尼采那一句"爱命运"真是对人生态度之最英明的指引。当然不是说仅仅爱好的命运，而是说对一切命运都要持爱的态度。爱，再一次表明与"喜欢"不同，谁能喜欢坏运气呢？但是你要爱它。就好比抓了一手坏牌，你骂它？恨它？耍着赖要重新发牌？当然你不喜欢它，但你要镇静，对它说"是"，而后看你如何能把这一手坏牌打得精彩。

大凡能人，都嫌弃宿命，反对宿命。可有谁是能力无限的人吗？那你就得承认局限。承认局限，大家都不反对，但那就是承认宿命啊。承认它，并不等于放弃你的自由意志。浪漫点儿说就是：对舞蹈说是，然后自由地跳。这逻辑可以引申到一切领域。

所以，既得有所"放下"，又得有所"执着"——放下占有的欲望，执着于行走的努力。放不下前者的，必至贪、嗔、痴。连后者也放下的，难免还是贪、嗔、痴。看一切都是无意义的人，怎么可能会爱命运？不爱命运，必是心中多怨。怨，涉及人即是嗔——他人不合我意；涉及物即是痴——世界不可我心，仔细想来都是一条贪根使然。

二〇〇七年十一月二十七日

从"身外之物"说起

常言道"常言道",其实"常言道"并不都高明。比如"身外之物",多指名利,或对名利之争的轻蔑,此外还有什么吗?问题是何为"身内之物"?"身内"未定,"身外"难免疏漏。这让我想起一位国人对幸福的总结:"高知不如高官,高官不如高薪,高薪不如高寿,高寿不如舒服。"真可谓步步进取,直指"身内"。便又让我想到国人多忌谈死,你一说死,立刻引来劝慰:"哎呀哎呀,您千万可别这么想。"怎么想呢?死,难道可以因为不说它,它就终于不来?渐渐有点儿明白了:"身外"既已摒弃,"身内"若再有失,后果自不堪言。好了,"身内"已辨,"身外"也就有些轮廓了。但"身内之物"迟早是要玩儿完的,靠些迟早要玩儿完的东西来鼓舞自己和祝福别人,总归不妥。故"身外之物"切不可一律轻视。习惯中,"心"与"身","灵"与"肉"常相对立,故可推想,"身内之物"即一副肉身的圈定,而"身外之物"自然就还包括心灵,或者说精神。试想,以此类"身外之物"去祝福别人,不好吗?相当于说您灵魂不死,精神永在——就像媒体上常常颂扬的那些伟人。

又比如有人曾跟我说，那常见的祝福之词——"身体健康，精神快乐"，不如颠倒过来，这样说："祝您精神健康，身体快乐。"是呀，精神的境界，怎么能仅仅是快乐呢？记得有人就曾赞美过"平静的坏心情"。止于快乐的精神，难说不够狭隘，就算是幸运吧，也得有迟钝来配合。精神又迟钝，身体又健康，这哪里是祝福？分明是嘲讽了。而精神又健康，身体又快乐，才是最佳配置。身体无论强弱，快乐都是目标。而健康的精神，则不仅可以享受快乐，更能够应对苦难。徐悲鸿有一副座右铭式的对联："独执偏见，一意孤行"，可见其精神是何等健康，而这绝不会是说，因此身体可得其何等的舒适与保养。

还有两个常用的词，也该就其不同的底蕴较个真儿——"爱"和"喜欢"。比如恋爱，"爱上了"和"喜欢上了"，现在就弄得很没有区分。然而不幸的婚姻常是两类：1.爱，但不够喜欢，或后来发现根本就不喜欢；2.喜欢，但很少爱情，或后来发现根本就不是爱情。怎么讲？喜欢，多是对其容貌、体魄、健康、能力等——即"身内之物"——而言。爱情呢，则不拘"身内"，更是强调于"身外"的汇合了，那当然就只有凭据心灵或者精神。不好说缺了哪一项更易忍受，唯当祝愿所有恋人们都能"鱼与熊掌得兼"。但在某种时候，"爱"与"喜欢"的不同就会鲜明。什么时候？当你喜欢上了另一位！不可能吗？若不可能，爱人就无须选择，你或者打一辈子光棍，或者就有美满的婚姻按时向你扑来。喜欢，肯定是多向的；正如性，若非多向，进化一事即告拉倒。但，爱情就不是多向的？若不是，博爱也得拉倒。这问题我在《丁一》中掂量过，简要的认识是：爱情的本质，乃心灵战争中的一方平安之地，乃重重围困下的一处自由之乡，乃人心隔肚皮时的一份两心互信之约。只能是两心吗？

不不，博爱从来都是理想。但正如施米特所说：三人成政。只要有三个人，就难免敌我之虑，就有了政治。因此又可以说：爱情，甚至是从政治中独立出来的信仰。它既希望不受政治的伤害——比如罗密欧与朱丽叶，比如白娘子和许仙；又希望得到政治的支援——比如自由恋爱曾经冲破包办婚姻，比如同性恋者正在争取着合法权利，比如"愿天下有情人终成眷属"。但后者常会处在愿而不达的境地，而前者的醒目标题是现实。因而婚姻是现实，更像政治，当事人必须遵守一种广泛承认的规则；爱情却是信仰，个人自由，别人最好不插嘴。

但就像早年一部电影《流浪者》中说的，"法律不承认良心，良心也不承认法律"，婚姻和爱情也常常互不承认——比如你不承认第三者的爱情，第三者也挑战你的婚姻。不管具体何因吧，挑头作乱的都是欲望。欲望都要谴责吗？其实它是动力，原动力。不信消灭掉欲望你试试，一切都要拉倒。爱欲的最初表现是喜欢。喜欢，常常已经有了性因素。接下来呢，传统的话，法律只承认婚姻；先锋的话，爱情不承认法律。无论你是传统还是先锋吧（现在好像没人管了），麻烦都在于另一种情况：你已经有了婚姻，甚至这婚姻中也有爱情，传说中的第三者却来显形成真。当然了，要是他/她跟你"性"一下之后明确表示瞧不上你，谢天谢地事情就好办多了，然而他/她"喜欢"你，甚至还"爱情"着你，这就麻烦。只拣三种情况来研究：1.老婆或丈夫并未发现你的出轨，而你却发现"喜欢"远远抵消不了说谎的痛苦，便了结掉这一不轨情缘，自行回归；2.你不仅了结了这一不轨情缘，还向老婆或丈夫做了坦白和忏悔，但不被原谅；3.坦白之后，老婆或丈夫原谅了你，可第三者却纠缠不休。

先说 1：出轨毕竟是错误，但若爱情依旧，错误可以原谅，谎言则不可。谎言是爱情的头号敌人（或"喜欢"的潜在盟友），因为爱情的根本，就是要在心灵争战的大环境中建设一处自由、互信的乐土。如果，你曾出轨，却因为不能忍受谎言之苦而自行回归，则表明这是一次真正的爱情事件，是一个爱情重于喜欢的突出例证；因而你绝不是传说中那种不懂爱情的人。相反 2：这样的老婆或丈夫不懂爱情，更不懂你的坦白之于爱情的价值，他们只懂婚姻。那么 3：这样的老婆或丈夫才是伟大的老婆或丈夫，才是真正的爱人；而那位第三者却是只懂得喜欢，或还懂得那句错位的祝福——"身体健康，精神快乐"，但无论怎样都只针对自己。只针对自己的事，一般与爱情无关。

我是在为出轨者开脱吗？有可能。以己度人，我以为人人都会因"喜欢"而在心里有所出轨，没有相应的行动就好，但也可能是没有相应的机会。但若认为出轨即是爱情的失败，就把爱情看得太简单了。

出轨，其实只是对婚姻而言。至于爱情，却谈不上轨不轨——婚外之爱也仍在爱的轨中，婚内无爱也仍在爱的轨外；而婚外的喜欢，并且有所行动，也只是出了婚姻之轨。

所以，出轨应属一次法律性错误，而回归与否，却是一次面神的抉择。因为，婚姻是人约——由司法部门出具证明，而爱情，却属神约。"你愿意他/她做你的丈夫/妻子吗？"——此乃神问，超越法律，要你用灵魂来回答。这样想，倒是不能以回归与否来判定你是否违背神约了——回归，是爱情战胜了喜欢；不回归呢，却也可能是爱情冲破了婚姻。关键在于：人约可变，神约莫违——如果你把爱情看作信仰，而不仅仅是法律的话。因而，如果婚姻中没有爱情，离婚也就正当。但若婚姻中没有的爱情，第三者那儿却有，该怎样评价"出轨"呢？当然，出轨仍需承担法律责任，但它却并不违背信仰，所以再婚亦属妥善之策。可是，如果第二者死活不跟你离，第三者又誓言死等，可咋办呢？唯一的希望是大家都能懂得：婚姻即法律，不可以不尊重，但爱情即信仰，毕竟是根本。也就是说，你先得守法，否则淫乱滋生，连神圣的爱情也将被混淆得面目全非；然后，何去何从，终归还是得面神而问——以你的诚实之心，看你的爱情何在。

于是有了一个总结：法律先于信仰，信仰高于法律。这差不多是和谐社会的特征。

这就又让我想起不久前广为争论的一件事：人权高于主权，还是主权高于人权？争论得热烈而且糊涂。说人权高于主权吧，先就会给些不轨之谋以借口。其次，难道不是主权为着人权，倒会是相反吗？如果相反，则想必慈禧太后也会喜欢——无论她是在保卫主权，还是在出卖主权。

大凡局面两难，就当另辟思路。既有了前述那一总结，想来就应该是：主权先于人权，人权高于主权。凭什么呢？很明显，主权在法律的范畴，人权则属于信仰。

法律是怎么来的？为使不同信仰的人群都能享有同等权利，大家协商，互有妥协，制定出一套共同遵守的行为准则，便有了法律。所以，一旦人们有了矛盾，就该先去问问法律，看自己是否履行着当初的承诺。可是，法律乃人智的产物，不可能面面俱到，如果发生了法律也不知所措的事情，又该去问谁呢？当然了，要完善和不断地完善法律！可完善它的根据是什么呢？曾经制定它的根据是什么，现在完善它的根据就应该还是什么。曾经你问的是谁，现在就还问谁去。这样，料必你就会问到"天赋人权"那儿。天赋的，即人所固有的、没人愿意失去的。比如说，谁不想活吗？谁不想幸福吗？谁愿意让别人掐着自己的脖子活吗？天赋的，就是最高的；不可违背也无法再问的，即是神说。难道有谁会问"您为什么想活、想幸福、想不让自己的脖子给人掐"吗？所以说人权高于主权，正如信仰是法律的根据。主权原本是为了维护人权的，否则它的责任又是什么？如果主权就是主权，并不对另外的事情负责，那么，要留要卖就都是它自己的事了。反对出卖主权，说到底，是不能容忍它损害了大家的人权。如果损害了，就应当改善它。改善的根据，前面说过了，去问那个不可再行追问的最高者。至于改善是否合时宜，够策略，则另当别论。

二〇〇八年一月五日

文明：人类集体记忆
——张文涛的《尼采六论》读后

对于"永恒复返"，《尼采六论》中提出了这样的问题：人都是会死的，永恒对个体生命的拯救不过是一种意愿，而意愿并非事实，甚至也不能算是信仰。"个体通过永恒获得意义，永恒却需要个体去意愿"[①]，这便是尼采的困境。再说了，就算生活在复返，可我自己怎么能知道这一点呢？"除非我还记得上一次生活，我就不会意识到自己是在第二次过同样的生活。"如果一次次生活之间并无记忆关联，则每一次都仅仅是这一次，"永恒"岂非自我欺骗？

但是，人有两种独具的能力：记忆和联想。人的记忆又分两种：个体记忆和集体记忆。死亡中断了个体记忆，使生命意义面临危机。但集体记忆——文化或文明的积累——使个体生命经由联想而继承和传扬着意义。因而，从来就不是"个体通过（假想的）永恒获得意义"，而是：个体通过真确的意义而获得永恒。

为什么爱是美好的，恨是丑恶的？就因为爱意味着寻找他者，

这寻找，必然要建构并接续起意义；而恨是拒斥他者，拒斥的同时必然割断并丢弃了意义——正如被分离的音符使音乐破碎成无意义的噪音。而音乐却整合起相互割裂的音符，从而构成意义，并使每一个音符都有了意义。所以，是音乐拯救了音符，是意义拯救了当下，是文明这一集体记忆拯救了个体生命。因而，个体的从生到死仅仅意味着"永恒复返"的一个个环节。此外没有永恒。这样看，死将会是多么的不再可怕——每一个音符都因自身的展现而获得意义，都以自身的被度过而构造着永恒。

关键是要意识到这一点。否则没有永恒，也没有当下。永恒和当下，都是由于对意义的认知与联想。所谓"肯定当下"，可当下是多久呢？一分还是一秒？当下，其实是：构造意义所需的最短过程。意义，使你意识到一刹那，否则千年万年也是不存在。当然，也会意识到无意义，但这不等于是意识到了意义吗？

这就又说到了"权力意志"。本人除了懂北京话，还懂陕北话，再没有了。可我总以为"权力意志"不如译为"绝对意志"的好，否则很容易被误认为，仅仅是对他人的强权。"绝对意志"，什么意思？——离开它咱啥也别谈！故还是要援引玻尔那句名言："物理学并不能告诉我们这个世界是怎样的，只能告诉我们，关于这个世界我们可以怎样说。"

但《六论》中又谈到：如果"'意志'的创造除了自身，没有其他标准，这难道不会导致意志创造的随意性？相对性？"于是"本来意欲克服相对主义的尼采，最终却让自己陷入了难以摆脱相对主义的麻烦"。是呀，这也是"超人"的麻烦，也是"权力意志""人性投射"和"内部透视"的麻烦。因为"意志"这一有限之在，必然意味着"意志"之所不及的无限之在。而"内部"和"人性"则想必会有"外部"和"神性"与之对应。这样一想倒很有趣了：自身在创造自身之时，必不可免地也指出了他者；有限在确认了有限的同时，必不可免地也感到了无限。再想下去就更好了：人，看到了自身局限——"内部透视"或"人性投射"——的同时，终于相信了神在。所以，人是绝对地成不了神的；而"超人"，则仅仅意味着人之不断的自我超越。如果你看见了一个有形的神，那一定是冒充的。

神的事，人不知（其所以），只能听（或不听），只能想（或不想），只能信（或不信），只能跟随（或背离）。那不是音乐吗，对音符来说？那是天籁之音，无限之谜，无限对有限的围困，或上帝之严厉而温柔的命令。音乐即音符之全知全能的上帝，他既是造物主——安排并限定了音符的位置，也是救世主——倘若音符能够谛听并跟随那不息不懈的奏响。

音符是有限的，音乐的横向构成与纵向延续都是无限，这使得任何一个音符都必然会"永恒复返"，但非绝对重复。生命的困境，就其本质而言是必然要重复的，但人的突围行动却是"条条大路通罗马"。就是说，音符的困境和音乐的本质，是难免重复的，但那充天盈地的大音或委婉，或悲怆，或平稳流淌，或激流涌荡……盘盘绕绕、万转千回，却不重复，也使得每一个音符都有其"柳暗花明又一村"之感受。或可这样理解死亡的好意：那是一段段乐章间的歇息，以利乐手们重整旗鼓，以无限的曲式去表达其不变的投奔吧。

还要说"个体看似获得了意义，但是，单一个体生命的虚无性实际上是被掩盖、隐藏了起来"，就有点儿矫情了。什么是"个体生命"？如果说，个体的必然死亡即是生命之必然的虚无性，岂不等于把生命仅仅限定为生理的肉身了？人都是要死的，这谁不知道？但这是拯救的前提，否则拯救无从谈起。拯救，难道不是指生命的意义，而是说生理的肉身？难道不是要使一个个盲目的音符——被抛到这个世界上来的生命，融入一曲永恒的音乐中去从而获得意义，而是要炼一粒长生不老的灵丹？"永恒复返"莫非一定要靠这粒灵丹来证明，才不是谎言？

尼采曾想用科学来证明"永恒复返"，这算得上是糊涂，因为科学早把精神一维悬置起来了。我常想，如若科学能够引入精神，或许倒能拿出"永恒复返"的实据。但就算这不是"巴别塔"的续集，果真成功了，那么拯救一事也就不用再提。所以，拯救还是要回到其固有的前提：人都是要死的，或每一个音符都将被度过。

尼采的麻烦，在于他把人所面对的"无限"也给虚无掉了。咱是有限，他是无限，咱是人，他是谁？只要诚实，只要思考，只要问到底，你不可能不碰上他。你又诚实，又思考，又问到底，可又要否定他，说他死了，能不出毛病？他是谁？他就是那个被称之为上帝的无限之在！你愿意给他别的名字也行，但他绝不因为你看不见他、弄不清他甚至于否定他，他就不在，就不难为你。从这个意义上说，哲人是立法者和发布命令的人吗？他可命令得了"权力意志"所不及的无限吗？他只可能是，被围困之生命的侦察者和指引者。指引，也仅仅是把那包围圈不断地扩大，原因很简单：你不可能不在那包围圈的前沿，因此不可能不碰上他。

尼采从日神走向酒神，分明是说已经碰见他了，已经碰见了又说没碰见，说没碰见吧又明显是个瞎话儿。尼采是不是把我们领到了门口，存心要留一个悬念？那层窗户纸马上就要捅破了嘛！所谓"高贵的虚无主义"，与其他虚无主义有何区别？酒神！酒神的步履明明是有了信念的步履，明明是在那无限围困之下的步履，围困之下却坚拒虚无的步履——这岂不是已经证明了上帝，证明了神圣，证明了生命在"永恒复返"地创造着意义吗？何虚无之有？神的事，人不知；人的事，就是在命运的围困中——也可以说是无奈地——构造并接续起意义，从而拯救了当下也拯救了永恒。所以"永恒复返"绝不是"对大地生活的全面肯定"，而仅仅是说：人不可能逃避大地生活，死都不能。至于肯定，则是指向着永恒的追寻与超越，即大地对天穹的仰望——那一曲博大的音乐从来就是充天盈地。

二〇〇七年十二月二十二日

原生态

大家争论问题，有一位，坏毛病，总要从对手群中挑出个厚道的来斥问："读过几本书呀，你就说话！"这世上有些话，似乎谁先抢到嘴里谁就占了优势，比如"您这是诡辩""您这人虚伪""你们这些知识分子呀"——不说理，先定性，置人于越反驳越要得其印证的地位，此谓"强人"。问题是，读过几本书才能说话呢？有标准没有？一百本还是一万本？厚道的人不善反诘，强人于是屡战屡"胜"。其实呢，谁心里都明白，这叫虚张声势，还叫自以为得计。孔子和老子读过几本书呢？苏格拉底和亚里士多德读过几本书呢？那年月统共也没有多少书吧。人类的发言，尤其发问，是在有书之前。先哲们先于书看见了生命的疑难，思之不解或知有不足，这才写书、读书，为的是交流而非战胜，这就叫"原生态"。原生态的持疑与解疑，原生态的写书与读书，原生态的讨论或争论，以及原生态的歌与舞。先哲们断不会因为谁能列出一份书单就信服谁。

随着原生态的歌舞被推上大雅之堂，原生态又要变味儿似的。一说原生态，想到的就是穷乡僻壤，尤其少数民族。好像只有那儿来的东西才是原生态，只要是那儿来的东西就是原生态。原生态似要由土特产公司专购专销。自认为"主流话语"的文化人，便也都寻宝般地挤上了西去的列车。这算不算政治不正确？人家的"边缘"凭啥要由你这"主流"来鉴定？"原生态"凭啥要由"现代"和"后现代"来表彰？再问：你是怎样发现了原生态的呢？根据你的"没有"，还是根据你的"曾有"和"想有"？若非曾有，便不可能认出那是什么；认不出那是什么，就不会想有；若断定咱自己不可能有，千里迢迢把它们弄来都市，莫非只看那是文明遗漏的稀罕物儿？打小没吃过的东西你不会想吃它，都市人若命定与原生态无关，大家也就不会为之感动。原生态，其实什么地方都曾有，什么时候也都能有，倒是让种种"文化"给弄乱了——此也文化，彼也文化，书读得太多倒说昏话；东也来风，西也来风，风追得太紧即近发疯。有次开会，一位青年作家担忧地问我："您这身体，还怎么去农村呢？"我说是呀，去不成了。他沉默了又沉默，终于还是忍不住说："那您以后还怎么写作？"

原生态，啥意思？原——最初的；生——生命，或对于生命的；态——态度，心态乃至神态。不能是状态。"最初的状态"容易让人想起野生物种，想起 DNA、RNA，甚至于"平等的物质"。想到"平等的物质"，倒像是一种原生态思考——要问问人压根儿是打哪儿来的，历尽艰辛又终于能到哪儿去。当然了，想没想错要另说。可要是一上来想的就是：不想当元帅的士兵就不是好士兵，没得过奖的作家就不是好作家，因而要掌握种种奖项——尤其那个顶尖的"诺奖"——的配方，比如说一要有民族特色，二要是边缘话语，三还得原生态……可这还能是原生态吗？原生态，跟"零度写作"是一码事。零度，既指向生命之初——人一落生就要有的那种处境，也指向生命终点——一直到死，人都无法脱离的那个地位。比如你以个体落生于群体时的恐慌，你以有限面对无限时的孤弱，你满怀梦想而步入现实时的谨慎，甚至是沮丧……还有对死亡的猜想，以及你终会发现，一切死亡猜想都不过是生者的一段鲜活时光。此类事项若不及问津，只怕是"上天入地求之遍"也难得原生态。这世上谜题千万，有一道值六十分，其余的分数你全拿满也还是不及格，士兵许三多给出了此题的圆满答案。

许三多和成才同出一乡，前者是原生的心态——"要好好活"，"要做有意义的事"，后者却不知跳到几度去了——"不想当元帅的士兵就不是好士兵"。几百年来，拿破仑的这句话好像成了无可置疑的真理，其实未必。比如说人，人是由脑袋瓜子和脚巴丫子等等各司其职的一个整体，要是脚巴丫子总想当脑袋瓜子，或者脑袋瓜子看不起脚巴丫子，这人一准生病。史铁生的病就是这么来的，脚巴丫子不听脑袋瓜子的，还欺骗脑袋瓜子，致使其肌肉萎缩并骨质疏松；幸好它还没犯上到去代替脑袋瓜子，否则其人必将进而痴呆。脑袋瓜子要当好脑袋瓜子，比如说爱护脚巴丫子；脚巴丫子要当好脚巴丫子，比如说要听命于脑袋瓜子，同时将真实信息——是疼，是痒，是累——反馈给脑袋瓜子，这才能活蹦乱跳的是个健康人。

可照这么说就有个问题了：元帅生下来就是元帅吗？哪个元帅不曾是士兵？那就还有一问：你是只想当元帅呢，还是自信雄才大略，能打胜仗，才想当元帅的？倘是后者，雄才中必有一才：能够号令千万士兵协同作战——仗从来是要这么打的；大略中当含一略：先让那不想当士兵的士兵回家——不懂得当好士兵的士兵，怎能当好元帅？战争中的元帅，先要看自己是个士兵。可见，许三多的质朴信奉，既适用于士兵也适用于元帅。尤当战争结束，士兵和元帅携手回乡，就都能够继续活得好了。

"好好活"并"做有意义的事"，正是不可再有删减的原生态。比如是一条河的、从发源到入海都不可须臾有失的保养。元帅不是生命的根本，元帅也有想不开跳楼的。当然了，十度、百度、千万度，于这复杂纷繁的人间都可能是必要的，但别忘记零度，别忘记生命的原生态。一个人，有八十件羊绒衫，您说这是为了上哪儿去呢？一个人，把"读了多少书"当成一件暗器，您说他还能记得自己是打哪儿来的吗？比如唱歌，"大青石上卧白云，难活莫过是人想人"——没问题，原生态！"无论是东南风还是西北风，都是我的歌"呢，黄土地上的"许三多们"恐怕从未想到过这样的炫耀，也从不需要这样的"乐观"教育。比如画画，据说凡·高并未研究过多少画作，他说"实际上我们穿越大地，我们只是经历生活""我们从遥远的地方来，到遥远的地方去……我们是地球上的朝拜者和陌生人""（这儿）隐藏了对我的很多要求"，于是他笔下的草木发出着焦灼的呼喊，动荡的天空也便响彻了应答。而模仿他的，多只是模仿了他的奇诡笔触；收藏他的，则主要看那是一件值钱的东西。又比如政治，为了人民（安居乐业）的是原生态——政治压根儿就是为了办好这件事的，但也有些仅仅是为了赢得人民，他们要办的事情好像要更多些。再比如信仰，为了使自己的灵魂得其指点和拯救的，是原生态，为了去指挥别人的，就必须得编瞎话儿、弄光环了。比如婚姻，"父母之命、媒妁之言"似乎更古老，但那是原生态吗？爱情，才是原生态。爱情，最与写作相近，因而"时尚之命、评论家之言"断不可以为写作的根据，写作的根据是你自己的迷茫和迷恋、心愿与疑难。写作所以也叫创作，是说它轻视模仿和帮腔，看重的是无中生有，也叫想象力，即生命的无限可能性。以有限的生命，眺望无限的路途，说到底，还是我们从哪儿来，要到哪儿去。回到这生命的原生态，你会发现：爱情呀，信仰呀，政治呀……以及元帅和"诺奖"呀——的根，其实都在那儿，在同一个地方，或者说在同一种对生命的态度里。它们并不都在历史里，并不都在古老的风俗中，更不会拘于一时一域。果真是人的原生态，那就只能在人的心里，无论其何许人也。

　　有个人，整理好行装，带足了干粮和水，在早春出发，据说是要去南方找他的爱人，可结果，人们却在北方深冬的旷野里发现了他的尸体。要去南方却死在了北方，这期间发生了什么没人知道。（就像海明威猜不透那头豹子到雪线以上的山顶上去究竟是要干吗。）据此可以写一部长篇小说，不去农村也可以。对那段漫长或短暂的空白，你怎么猜想都行，怎么填写也都不会再得罪谁，但大方向无非两种：一是他忘记了原本是要去哪儿，一是他的爱人已移居北方。

二〇〇八年一月二十六日

种子与果实

一粒种子，即一份计划，或一个剧本。其作者无论叫"上帝"还是叫"大爆炸"，一样都是永不可及的谜。

这剧作不断上演，不断更新着舞台、布景、灯光、道具和演员——这取决于"热力学第二原理"，即生而必死的铁律；但剧程或戏魂永远不变——正如尼采所说的：永恒复返。

种子发芽、破土，有如戏剧拉开大幕。萌芽成长，壮大，直至根深叶茂，一直充斥着躁动与挫折，譬如对风雨的抵抗；充斥着残忍甚至阴谋，譬如与另类或同类争夺雨露阳光——这是这戏剧的铺陈与展开，是计划中的开发与创造，激情澎湃有如人类历史的英雄时代。而后开花、结果，是为戏剧的高潮，雄心勃勃，捷报频传，预示着光荣与梦想的即将实现。最后果实成熟，计划成功，辉煌灿烂恰似一种文明的顶峰。

但成熟或顶峰之后呢？溃败必然开始。你能够预见溃败，但不能阻挡它。你可以找出溃败的原因，乃至延缓它的办法，却不可能改变这一方向。你见过一颗果实由灿烂而至溃败的过程，你见过一颗果实由溃败重又灿烂的实例吗？这也取决于"热力学第二原理"。

这时怎么办？这剧本，这计划，接下来的要求是什么？维护好种子，维护好未来，为下一场悲壮的戏剧做好准备。

又一粒种子，又一份计划，又一个剧本，大幕再次拉开，周而复始——此即那位永不可及者给出的：生的启示，或死的寓言。

二〇〇八年三月二十六日

乐观的根据

有位西方艺术家说：生活分为两种，一种叫作悲惨的生活，另一种叫作非常悲惨的生活。怎么办呢？他说：艺术可使我们避开后一种。东方思想更是有这样的意思：生即是苦，苦即是生。总之人只要活着，困苦就是逃不脱的。东方、西方本处同一星球，于此不谋而合当在情理之中。

那么死呢？死，能否逃脱这苦难的处境？比如说，给它来个"白茫茫大地真干净"行不？说说行，想想更行，但你信不信，其实不行？除非你能从"生"逃进"死"，从"有"进入"无"。

什么，这简单？那你就先说说怎么从"有"进入"无"吧。"无"在哪儿？"无"即没有，你可怎么进入一个没有的地方呢？好吧，就算你真的进入了，可随之那儿就不再是"无"了，而必呈现为另一种状态的"有"。所以，出生入死也就无望——"死"要么是另一种形式的"生"，要么就得是"无"，而"无"我们已经说过了是没有的。

这便是人的处境，在苦逃！问题在于：面对一条难逃之路，是歌而舞之、思而问之地走好呢，还是浑浑噩噩、骂骂咧咧地走好？

无论怎么走吧，似乎都还有着无奈的成分。是呀，即便大哲尼采的"酒神精神"，其中也可见此无奈。不过，为啥无奈你可想过？想想吧。一定还是有个企盼不肯放弃：终点。一定还是有种疑虑不能消除：走到哪儿算个头儿呢？这可真是此在生命的逻辑给我们留下的顽固遗产。其实呢，有谁看见过"头儿"吗？终点，若非无，就不能算是终点；若是无，那就还是没有的呀，兄弟！放弃你那顽固的遗产吧，或把它再扩展一步：永远的道路，难道不比走到了头儿好得多？

所以生命也分为两种：一种叫作有限的身在，一种叫作无限的行魂。聪明人已经看见了乐观的根据。

二〇〇八年四月十七日

人的价值或神的标准

有回在外吃饭，餐厅里人不多，忽一个清晰的女声传来："人的价值不就是社会价值吗？"很是突兀，也不知此前是何铺陈。环顾四周，只见不远处坐了一对中年男女，男人仪表平平，女人着装时尚却似不够协调。见我注意他们，声音于是低下去，但我的听力却随之灵敏了许多。男的接着说："不一样，我跟你说真的是不一样。"女的说："怎么不一样？"男的抽烟，呆望着飘摇的烟缕。女的慢慢咀嚼，似胸有成竹。半天，男的又说："你认为人的价值，仅仅是社会认定吗？"女的紧跟着问："那你倒是说说，还有什么？"男的反问："那你也说说，你所谓的社会价值都指什么？"这下轮到女的语塞了。很久，可能是发现有人仍在偷听，他们起身换了个座位；女的走过我身旁时不轻不重地扫了我一眼。

我当然不能跟过去，但天生的毛病——我开始在心里替那个女人问，然后帮那个男人答。那女人的问题简单说是这样：除了社会价值，莫非人还有什么单独的价值？也就是说：离开社会谈人的价值，是不是一句空话？但正如那男人所问，社会价值又是指什么呢？我想来想去，觉得只能是指社会贡献。故那女人的问题可以总结为：除了以社会贡献来衡量人的价值，不可能还有什么其他标准。是呀，人除了是社会的人，就剩下生理的人，总不会说还有个生理价值吧？

这么一绕可真是有点儿晕。不以社会贡献而论的"人的价值"，可有吗？是什么？这样一想还真是有点儿空。

那女人的声音忽又大起来："那好，你举个例子！"

举个例子？什么例子？唔，我想我可以帮帮那个男人了。

透析，听说过吗？一种疗法。比如说你得了尿毒症，要死，有种疗法叫"透析"，透了你就能活，不透你很快就死。但这疗法价格昂贵，十几年前我开始透析的时候，人分两类——有公费医疗的和没有公费医疗的，后者若非"大款"，肯定是负担不起每年十几万的透析费。这就有问题了：假定公费医疗确实体现了社会贡献，那么没有公费医疗或尚无社会贡献的人，就该死吗？我曾亲眼见一农村青年，跟着他憔悴的母亲来透了几次，就打算结账回家了。那一刻透析室里一无声息，所有的人都知道这意味着什么。那时人们都在想什么？社会贡献，还是人的价值？（谢天谢地，据说就要实行"全民医保"了，但愿它能成功。）再譬如这次汶川大地震，救人时，料也不会有谁去想，压在废墟下的人社会价值如何吧。事实上，即便在那个阶级斗争最为疯狂的年代，在人们心底，人的价值也是独立于社会价值的——雷锋在帮助陌生人时，可曾想过他的社会贡献吗？

人的价值是神定的标准，即人一落生就已被认定的价值。想来，神的标准也有上下线之分，即"下要保底"——平等的人权，"上不封顶"——理想或信仰的无限追求。所以，人除了是社会的人，并不只剩下生理的人，人还是享有人权的人、追求理想和信仰的人。

而社会价值是人定的标准，是针对人性的缺憾而设的奖惩措施，想来实为无奈之举。譬如多劳多得，根本还是名与利的鼓舞。譬如种种名或利的排行榜，就像股市大盘；据说在股市中，投资与投机皆属必要，二者协同而成一双看不见的手，推动着我们丰衣足食。其实还有第三只手，即操纵股市的人——造假象以乱规则，伺机猎取暴利；这真与弄排行榜者同心同"德"——设虚衔以惑人心，从中收获权名。

有位大慈善家说过：富人之富（也可引申到名人之名），是社会发展的副产品，独占之是不道德的行为。我理解这意思是说：社会发展不可不赖于竞争，而竞争必致人分贫富，所以竞争乃富人与穷人的合作，合作的副产品岂可归一方享有？换个角度，穷人之穷也是这合作的副产品，自然也不该由一方承担。隐隐地我们听到上帝的声音了。

或许可以这样说吧：人的价值即神的标准。社会价值是人的弱点使然。对社会价值斤斤计较或耿耿于怀，是不道德的行为。慈善事业，是以神的标准来弥补人的缺陷。而第三只手，从来就是偷儿的别名。

二〇〇八年五月二十七日

身与心

　　若把人仅仅视为肉身，余者不过其功能种种，当然就会看人生是一场偶然的戏剧，"死去原知万事空"，及时行乐最是明智之举。可不是吗，既然人曾经是、终归仍不过是一堆平等的物质，又何必去问什么意义。尤其这戏剧不单偶然，而且注定是苦难重重，又何苦对之抱以太多热情，莫如把希望寄于死后或来生———一处清静无忧的所在。这差不多是一类信仰的根源。问题是它把生命看得太过直观，多有思问者怕不会满足；比如说吧，谁知道死后会是啥样？凭什么我要相信你的描述？

　　若把人生看作精神之旅，肉身不过一具临时载体，好比一驾车马，"乘物以游心"，你还会贬低意义，轻视热情，宁愿生命仅仅是一次按部就班的生理消费吗？这是另一类信仰的起点。但这类信仰，至少有三个问题需要解决。

　　一是要证明精神的永恒，即精神并不随着肉身的死亡而告消灭，否则热情和意义便失根基。此题其实并不难解，因为证据一向都不隐蔽：人类生生死死已历多少世代，但毁灭的全是肉身，精神何曾有过须臾止息！

二是要证明，困苦之于人生，是死也难逃的宿命，否则就会助长以死来赴极乐的期冀。此题的解法也不复杂：除非死等于无，否则你逃到哪儿去也还是一种生的状态；而死若等于无呢，无的意思是不存在，你又怎能逃到一处并不存在的地方去呢？

三，于是有人要强调"我"了——我的精神，我的精神难道不会随着我的死亡而消散吗？可事实上，"我的精神"若不融入"类的精神"，就不能算是精神，而仅仅还是肉身，或某一肉身顺便携带的一点点自行封闭和断绝的消息。有谁会认为一己私欲也算得一种精神吗？比如一块瓷片，所以被珍重，是因为它与一具完整的瓷器相关，故可传达某种审美精神；倘其太过破碎，除了是块碎片跟谁也挨不上，确实它就不必热情，也无须意义，它已然是回归了清静无忧的所在。

相信人即精神之旅者，必会关心生命的意义，唯意义能够连接起部分和整体，连接起暂时与永恒。而相信人即肉身者，关心意义可不是累、抱紧热情可不是傻吗？但其行为常又乖张：只因不见意义，便说没有意义，而"没有意义"却又被强调成一种意义，甚至信仰。

我是说，这两类信仰的根源和取向大相径庭，并无取消一种的意思。譬如我，早晨一睁眼便相信后一种，晚上一上床，自然而然地也赞成前者。后一种让我满怀热情地走进生活，在寻求意义的过程中享受欢乐，而前者是最好的心理医生，或安眠曲。怎么回事？我这人太没主张，一会儿把人视为精神，一会儿又看人只是肉身？可不就这么回事！我既是我，我又是史铁生，既然身心兼备，自当各派其用。早晨一睁眼，身助心愿，心就像个孩子，驾驶着身之车只争朝夕；晚上一上床，心随身安，身就像辆破车，心再不要打扰它，只要维护它、安慰它：睡你的觉吧，万法皆空。其实呢，无论何时何地，人生之事莫非身、心两类，怕只怕弄颠倒了。比如名，实为身所有，即那史之牵挂，或那偶然车马之悲欢；"轻轻地我来了"，我跟着沾点儿光和累，"轻轻地我走"后呢，谁还管他是谁——弄得好了是某种思问之标识，弄不好唯一缕烟尘！但写作，那可是我的事，我从中成长，苦乐兼得，由个傻小子渐渐长得像个明白人了。待某日那史一闭眼走了，车毁马亡，但愿助我成长的事情仍可借另一驾车马助我成长。当然了，卸磨杀驴极不道德，故也该对那史抱以谢忱：为了我的游历和成长，哥们儿你受累了、受苦了、尽力了，多谢多谢了。还能怎样？我还嫌他生前腿也敷衍、肾也塞责，弄得我苦不堪言呢！就像民歌中唱的："灰毛驴驴地上，灰毛驴驴地下，一辈子也没坐过好车马……"

二〇〇八年六月一日

回归自然

所谓"回归自然"，到底什么意思？尤其涉及精神或心性，"自然"究竟是指怎样一种状态？是说"人一思考上帝就发笑"，唯无思无念、随遇而安才算自然吗？可人生来就有其代谢机制，又有其感知系统，既是一套生理结构，又是一种精神存在，启动一半关闭一半，难道不是违背自然，倒算回归？

"人一思考上帝就发笑"，怎么不好？设若人不思考，上帝也不发笑，这茫茫宇宙可还有什么活气儿？或者是人在思考，上帝那边毫无动静，难道不扫兴？再或者，人不思考，唯上帝独自发笑，那岂不更吓人？在我想，人一思考上帝就发笑，上帝一发笑人便继续思考，于是乎宇宙生气勃勃，一条人生路也才趣味盎然，这有多好！上帝的笑绝无恶意，那既是欣慰于人类的不屈不挠，又是对其难免的幼稚忍俊不禁。

上帝是怎样创造世界的？先是分开光明与黑暗，然后分开天地，分开日月星辰，分开植物与动物，最后分离出人……这样一步一步分开，明显是促成着观察与思考：先是廓清视野——给出相对的确定性；然后拓展时空——保证恒久的延续性；再使物种丰繁——有足够的复杂度；继而推出能够迁移的物类——使复杂保持动态；最后是人——不单能够迁移，还能够观察、思考，不单观察和思考他者，还要自我反观与反省。想来，"回归自然"绝不是说一步步再倒退回去吧。

那么，违背自然者何？真可谓千姿百态，不胜枚举。比如说，清晨，一半裸女子瑟缩于敞开的衣柜前，长吁短叹，愁眉不展，几十套衣裙中竟挑不出一件让她满意的——这如果是一幅摄影作品，标题就叫作《后现代匮乏》吧。再比如一头牛，在遥远的乡间长大，被健硕的屠夫宰割，空运海运地来城市，请衣冠楚楚的官员检疫，由四季冬装的工人冷藏，再经一灰头土脸的司机运到餐馆，便有技艺非凡的厨师把它变成佳肴，又有优雅的侍者把它送上餐桌，于鲜花美酒间听些闲话，而后"哐嚓"一声原封不动地就进了垃圾箱……这事儿我总琢磨，外星人会怎样理解——地球人就这么个玩法？还有抑郁症，古人或看那是天赋异禀吧：没人招他没人惹他也没人帮他，不会儿工夫他就能把自己弄得面目全非——面色青苍，呼吸紧促，神情恍而惚之，周身僵且硬也。检查吧，没毛病；谈谈吧，啥也懂。这对唯物主义是个打击，单凭某种"意念"就能做这么大的功。再说装修，劳心劳力的总该是为了住得更舒适吧，倒有人把家改建成了"毒气室"。还有防盗门和护窗栏，以往都是把贼人投入牢笼，怎么现在好人倒坐进了铁门和铁窗？科学发达、经济发展、文明进步，原都是为人谋幸福的，结果怎会这样？水也不够用了，空气也不可靠了，土地也板结了、沙化了，虽说处处都已机械化、电器化、信息化了，怎么人倒弄得更紧张、更焦灼、更抑郁了？若仅从结果推断动机，你肯定不会想到自虐狂吗？

也甭说哪国哪民，整个人类都像是走错了道儿，是得想想如何回归自然了。但人是在哪一步上开始背离自然的呢？

还说那句话吧——"人一思考上帝就发笑"，这是劝人不要思考，还是抱怨上帝不该发笑？是说上帝一发笑人就该闹情绪呢，还是说人一思考，上帝就得"啦啦队"似的为他叫好？人真是得不断温习上帝对约伯说过的那个意思：我创造世界的时候你在哪儿？看来人的背离自然，起因就在信仰的两路歧途：一是执迷于无苦无忧，一是妄想着全知全能。

细细想来，"无苦无忧"的极致莫过于一块无知无觉的石头，而欲"全知全能"者则难免弄些偶像出来，甚至自命为神。要做石头的就让他做石头去吧，只要不强迫别人也做石头。要做神明的可不敢就让他做了神明，他要把人人都当石头来安排。人，永远是这星球（或宇宙）的一部分，局部的无限扩张能是什么结果？癌变而已。癌，即局部不可阻挡的扩张，看样子也是想全知全能，结果办不到，却扰乱了内分泌——有点儿像生态系统——的平衡，破坏了五脏六腑——有点儿像社会结构——的和谐，最终毁灭了整体顺带也毁灭了自己。

或许，上帝正是以其笑声告诉我们何为"回归自然"吧：既知自己乃上帝全部作品之一微弱局部，永远别指望全知全能；又不可放弃思考，尤其是要思考：这一微弱的局部，如何在一条永恒的路上行走。

二〇〇八年六月五日

喜欢与爱

说真的，我并不喜欢我的家乡，可扪心而问，我的确又是爱它的。但愿前者不是罪行，后者也并非荣耀。大哲有言，"人是被抛到世界上来的"，故有权不喜欢某一处"被抛到"的地方。可我真又是多么希望家乡能变得让人喜欢呀，并为此愿付绵薄之力。

不过，我的确喜欢家乡的美食，可细想，我又真是不爱它。喜欢它，一是习惯了，二是它确实色香味俱佳。不爱它，是说我实在不想再为它做什么贡献；原因之一是它已然耗费了吾土吾民太多的财源和心力，二是它还破坏生态，甚至灭绝某些物种。

喜欢但是不爱，爱却又并不喜欢，可见喜欢与爱并不是一码事。喜欢，是看某物好甚至极好，随之而来的念头是：欲占有。爱，则多是看某物不好或还不够好，其实是盼望它好以至非常好，随之而得的激励是：愿付出。

尼采的"爱命运"也暗示了上述二者的不同。你一定喜欢你的命运吗？但无论如何你要爱它；既要以爱的态度对待你所喜欢的事物，也要以同样的态度对待你不喜欢的事物。大凡现实，总不会都让人喜欢，所以会有理想。爱是理想，是要使不好或不够好的事物好起来，便有"超人"的色彩。喜欢是满意、满足，甚至再无更高的期盼，一味地满意或满足者若非傻瓜，便是"末人"的征兆。

把喜欢当成爱，易使贪贼冒充爱者。以为爱你就不可以指责你，不能反对你，则会把爱者误认为敌人。所以，万不可将喜欢和爱强绑一处。对于高举爱旗——大到爱国，小到爱情——而一味颂扬和自吹自擂的人，凝神细看，定能见其贪图。

爱情也会有贪图吗？譬如傍大款的，哪个不自称是"爱情"？爱国者也可能有什么贪图吗？从古到今的贪官，有谁不说自己是"爱国者"？上述两类都不是爱而仅仅是喜欢，都没有"愿付出"而仅仅是"欲占有"。喜欢什么和占有什么呢？前者指向物利，后者还要美名。

爱情，追求喜欢与爱二者兼备。二者兼备实为难得的理想状态，爱情所以是一种理想。而婚姻，有互相的喜欢就行，喜欢淡去的日子则凭一纸契约来维系，故其已从理想的追求降格为法律的监管。美满家庭，一方面需要务实的家政——不容侵犯的二人体制，和柴米油盐的经济管理，倘其乱套，家庭即告落魄，遂有解体之危；另一方面又要有务虚的理想或信仰——爱情，倘其削弱、消失或从来没有，家庭即告失魂，即便维持也是同床异梦。爱国的事呢，是否与此颇为相似？

不过，爱情的理想仅仅是两个人的理想吗？压根儿就生在孤岛上的一对男女，谈什么爱情呢？最多是相依为命。孤岛上的爱情，必有大陆或人群做背景——他们或者是一心渴望回归大陆，或者原就是为躲避人群的伤害。总之，唯在人群中，或有人群为其背景，爱情才能诞生，理想才能不死。仅有男女而无人群，就像只有种子而无阳光和土地。爱情，所以是博爱的象征，是大同的火种，是于不理想的现实中一次理想的实现，是"通天塔"的一次局部成功。爱情正如艺术，是"黑夜的孩子"，是"清晨的严寒"，是"深渊上的阶梯"，是"黑暗之子，等待太阳"；爱情如此，爱国也是这样啊，堂堂人类怎可让一条条国境线给搞糊涂呢！

　　良善家庭的儿女，从小就得到这样的教育：要关爱他人，要真诚对待他人，要善解人意，要虚心向别人学习……怎么长大了，一见国、族，倒常有相反的态度在大张旗鼓？还是没看懂"喜欢"与"爱"的区别吧。不爱人，只爱国，料也只是贪图其名，更实在的目的不便猜想。爱人，所以爱国，那也就不会借贬低邻人来张扬自己了——是这么个理儿吧？

二〇〇八年六月十五日

看不见而信

科学之要在于"识"，其全部心愿都在弄清楚这个世界，把握它，甚至改造它。信仰之要在于"信"，即认为世界的神秘是人永难知尽的，一代代行走其间，必要有一份可以信赖的引领。

一位朋友跟我说起信仰，有句话令我长思，他说：佛所以比其他信仰更高明，因为佛更究竟。何为更究竟？即更清楚，更彻底。怎么讲？他说：佛已彻底弄清了这个世界的真相。说说看？但这不是能说的，甚至不是由思考得来。那是怎么弄清的呢？成佛者，靠修行修到了那儿，一览无余，亲证了一切。你修到那儿了？我当然还没有。那你是怎么知道的？佛就是这么说的。你就信了？是的，我信。

说了归齐还是个"信"哪！否则咋办？你既未亲证，又未亲证那亲证者的亲证。所以"看不见而信的人有福了"，但这是基督信仰的见地。一定要看得见才信呢，那便是科学了，或与科学殊途同归。一件事，能够重复，科学才相信它；一种猜想，能被证实，科学才承认它。那么，是否顺理成章地可以这样认为呢——更究竟，就科学而言是更高明，对信仰来说却未必？

要把世界——地球，宇宙，生命——的来龙去脉弄个底儿掉，是人类伊始就有的愿望，但一向的问题还是：弄不弄得清楚？不过，永远弄不清楚，是否也可以算终于弄清楚了呢？比如说：我们终于弄清楚了，那是永远弄不清楚的。这有点儿矫情吗？但迄今为止这是实情。这没什么意义吗？但若因此，人类信仰有了一个全新的转向呢？基督信仰便是做了这样的转向，当然不是转向无神论。人类信仰的早期，应该说，无一例外都是向那神秘的创世者祈求好处的：风调雨顺、族群兴旺、国泰民安……总之是消灾免祸，多利多福。唯十字架上的耶稣，使人类信仰迈出了全新的一步，即不再是向神祈求优惠，而是转而要求自己跟从神的引领：人要互爱。这是一次伟大的转变，从此神不再只是高高在上、冷若冰霜的创世之神了，创世之神派来了他的儿子，与人同苦，教人互爱——救世之神于是诞生了。

救世之神诞生在人的心中，圣灵从而降临人间。创世之神当然还在，当然还是一如既往地——比如说不把约伯的委屈放在心上。但我们却不能不把创世之神放在心上，为什么呢？并不是因为他的儿子来了，与人同苦，人就可以走走他的后门儿，求得优待。不，他从不干这类只有人才会干的事；神的职权包罗万象，怎能为了局部而乱了整体？直到他的儿子来了，直到耶稣被钉上了十字架，人这才明白，若非他恪尽职守、严格拒斥人的贪心，人也就不会相信他的儿子——救世之神的倡导了。所以，基督信仰并不是以弄清世界的真相为要点，而是要把一条困苦频仍的人生（真）路，转变成一条爱愿常存的人生（善）路；把一条无尽无休、颇具荒诞的人生（实）路，转变成热情浪漫、可歌可泣的人生（美）路。这是否"更究竟"呢？就看你是"看不见而信"，还是看得见才信了。

至于世界的真相，或可听听数学家的意见：部分是不可能弄清楚整体的（哥德尔）。也可以听听物理学家的意见：物理学并不能告诉我们世界是怎样的，只能告诉我们，关于这个世界我们可以怎样说（玻尔）。是呀，科学好像也不再那么物我分明，也正在转而审视自己——"识"之本身的谜团了。

人在谜团中。我们确定是这个不确定世界的一部分。可这样，生活的苦难将求救于谁？生命的荒诞将求救于谁？求救于创世之神的，你想吧，不可能不是求其优惠——或今生提取，或来世补偿。而求救于救世之神的，十字架上的启示已然明确——整体必置局部于疑难，无限必置有限于迷茫，生之困苦已定，拯救之路在哪儿就自己想吧。

所谓"基督之外无救恩"，常被受够了"顺我者昌，逆我者亡"的人们误解为某方霸权。实则不然。实际上"基督"并不单指一门宗教，而是不分国、族的灵魂拯救方略，这方略没有别的立场，唯立足于"生即是苦"的场中。因为"生即是苦"，所以请"无苦之生"来救，这也算是方略？这只能算是愿望，且已取消了拯救的前提。拯救，必是基于苦难和苦难的不可穷尽。穷尽了还谈什么拯救？穷尽了则只谈福乐，便又激发起人的贪心。所以基督的方略是：愿善美的天国降临人心。而此外的期求多是：请福乐的天堂落实我身。后者，你以为可能吗？真若可能，争先恐后，则刚好又是这豪夺迭起、巧取频出的人间了。"基督之外无救恩"其实是说：只有跟从神的爱愿者，可得救恩。此外何以为救？尤其那些冒充神的全知、指使神的全能者，细看，又与"挟天子以令诸侯"有何不同？

佛学的博大精深，确可令科学感叹一声"更究竟"，所以现代物理学常引用佛学思想。比如"唯识"一论，便与"量子"之学不谋而合，但却早出后者上千年。"量子"目光，已与传统科学的雄心渐行渐远，而与信仰的谦恭越走越近。怎么回事？要是找不到绝对的客观，势必就会转向相对的主观，于是一切探索呀、考证呀、试验和思辨呀……就都更多地指向自己，便看清了人的永恒地位：不过是整体中的局部，无限中的有限，神秘莫测之下的一知半解……呜呼，"何处是归程，长亭更短亭"，谈何究竟！真倒是应了那句话了："在改造客观世界的同时，也改造自己的主观世界。"也只有这样了。但想想，这不是目的吗？这不是目的还能有什么目的？你上了月球了，上了火星了，就算你终于探明了黑洞、捕捉到了暗物质，人就无忧无虑了？生命就告别苦难了？只怕弄清了世界的真相，却还是没弄清世界的真意。佛的更究竟，是指真相，还是指真意？成佛者的"亲证了一切"，想必正是在这流变不居的"量子世界"面前，究竟着人生的处境与人生的态度吧。若非如此，或像哥伦布亲证了新大陆那样，事情倒很容易了，凭借现代的航海技术，十天半月就让你也亲证一回。事实上，佛尤其是这样的思想：并没有一个纯客观的世界让你弄得清或弄不清，要紧的是，一个主观世界看你弄得好还是弄不好。从"弄得清或弄不清"到"弄得好还是弄不好"，已然是从"识"转向"信"了。识，凭借的是脑；信，指向的是心；倘若心性不乱，自然就会从创世之神的优惠，转向救世之神的爱愿了。

基督，并不等于基督教。故在基督教外，却完全可以是在基督之中。基不基督，切不可仿效"法利赛人"的狭窄心胸。佛门有位大菩萨——地藏，他说："我不下地狱，谁下地狱？""地狱不空，誓不成佛！"岂不与耶稣殊言同义，爱愿同归？但我猜地藏菩萨也是有点儿情绪的，对那些置地狱于不顾、一心只想自己成佛——跳出六道呀、无苦无忧呀、担心又掉回到什么地方去呀——的同事有意见。有意见而不嗔，便立行为言。立行为言恰如"因信称义"，早都把信仰定位于心，并无哪宗哪教之忌，更别说哪方与哪国了。

还有，地藏不说"地狱空时我即成佛"，而言"地狱不空"云云，窃以为意蕴深厚。所谓地狱，或心之无明，或天之不测，何时可空可灭？故那地藏其实是说：成佛一路，是人永行不尽的恒途。这菩萨绝不像他的某位"远亲"那样，故弄玄虚，说什么"本来无一物，何处染尘埃"。是呀是呀，玄思玄想要是过了头，演成话语圈套的比拼，价值虚无即告袭来——比如把"万法皆空"理解为一切都是扯淡，什么价值呀、意义呀、高尚呀、卑鄙呀……到头来全是一场空，或不过都是些同样的物质，譬如"干屎橛子"。价值既然虚无，你还谈的什么信仰！什么都是一场空，及时行乐便有理有据。既是一场空，何以"一场空"们却坐上了一把把空出来的交椅？"本来无一物"者又何苦为一套衣钵星夜出逃？物极必反处处应验。说什么都没有的，抱紧衣钵；说一切都是扯淡的，著书立说；就好比，越是计划经济就越是没有计划——好端端一条马路，挖了填，填了挖。而张扬"集体主义"的呢，就说体育吧，人数越多的项目越是玩儿完——双打不如单打，排球不及篮球，人数最多的足球慢慢就垫了底。据一位永远振振有词的教练说："这回是一定要反弹了。"股票吗？天哪，咱已然是全世界最烂的球队啦还往哪儿烂？外星人踢得比咱不如？不过，"排球不及篮球"这话得冠一个"男"字才对。进而再看，不管啥项目，男多不及女。中国男人不如女人吗？像！啥原因？索洛维耶夫说信仰也有天赋，信仰的天赋是谦卑。女人更谦卑，所以女人更知虔敬；女人不是更究竟，而是更重信念；女人踏实，心无旁骛者多，日进斗金者少；女人更近神秀的诚实——"时时勤拂拭，莫使染尘埃"。为男足挑教练挑遍了全世界，就没想到请个女人来试试？

既是信仰，佛门所重当也在"信"字，却不知怎样一来，滚滚潮流竟抬高了相反的东西。曾有国人对西人说："还是我们的佛厉害，看你们那上帝，连亲儿子的事儿都管不了。"亲儿子的啥事儿？利乎？义乎？我以为地藏菩萨应该坦率表达他的意见——他的某些同事对此是有责任的，他们许诺了太多的福乐。几千年来，基督信仰一直没有断了言说与思考，所以大师辈出，引领潮流。而佛门——尤其在中国——冷落得已经太久，一旦热起来又在那利欲的潮流中滚得面目不清。"更究竟"究竟是要究竟什么？信仰的谦卑一旦变成掌管世界的雄心，"更究竟"就离更福乐越近了——爱愿改为成功，道路换作目的，忏悔总是弄错人称，而"我不下地狱，谁下地狱"竟变成了：天堂的门票已经不多，兄弟你还不赶紧？

不过……可能……也许……大概还是我等俗人听差了？但不管怎样吧，信仰的问题，一向还如刘小枫的书中所说，"人而神，还是神而人？"即：是人升天享受神的待遇，还是圣灵降临，建天国于人的心中。这一上一下，殊见旨趣大异。

信仰的歧途，根源就在求实利而忘虚心。实利至极，莫过于上天堂；虚心所在，圣灵才可以降临。求实利者皆强大其表，忘虚心者盖脆弱其中，一旦"壮志"难酬，有幸不抑郁的，便抱一个"空"字溜进"佛门"，形同自慰；"一切都是扯淡"的思想即由之发扬光大。佛法之"空"可是这样的解法吗？其实，佛的告诫从来都不含糊：那人为的差别、荣辱才是幻景，这世间的名利、权谋才是虚妄，一副人形皮囊才是流变不居的分子、原子……但被福乐的期许惯坏的人，恰不认此为空，倒看灵魂才是虚拟，爱愿不过煽情，梦想尤其是"不打粮食"，得不到实实在在的社会承认则简直是人生失败。

　　所以你看咱那男足，上场前信誓旦旦，比赛中神不守舍，下场后永远是一句"交了学费"。这学费倒是为什么交的呢，未必明白。是巴西的艺术激情？是荷兰的游戏心态？是德国的整体配合？是非洲的个性张扬？是土耳其的坚持到底？还是——最不济的——像韩国那样玩儿命？所有这些，岂是皮毛之学？内里都有着深厚的文化积淀，或潜移默化的信仰支撑。为什么"神不守舍"？"失魂落魄"又是啥意思？还是前述那位教练的话："咱们踢球就是为了踢败外国人。"这叫体育精神吗？奥林匹克的圣火中可有这一说？失其神者，安能不落其魄！单拿一副躯壳去比赛的，早已经败了；只看赢得漂亮，却不知输也可以美丽的，早已经败了；以为神是站在国境线上，而不是立于人的心中者，早已经败了；指望场上的胜利带来场下诸多的福利者，一败涂地。这又让我想起一位俄国诗人的诗句，大意是：我们向上帝要求的只有两样，为了战胜命运，给我们信心和力量！——显然，这与求神办事相去甚远。

二〇〇八年七月十二日

"自由平等"与"终极价值"

一个"自由平等",一个"终极价值",最是容易让人糊涂的两件事——说一说似乎都明白,来回一问,又绕进糊涂里去。是呀,单从字面看,二者就有冲突——"终极"意味着"唯一",意味着"最高",可你让"唯一"去跟谁"平等"呢?而"最高"已然到顶,又如何还能"自由"?

确实如此。"自由平等"在现今大众的理解中是说:人的价值取向并无高低之分,完全是个人的自由选择,种种理想、信仰都有其平等存在的权利。而"终极价值"却是说:人的价值取向千差万别,高低难免,终有其极,所以一切善恶、美丑、正义和非正义,都有其最终或最高的判断。可真若这样,平等岂非虚置,自由不也就等于瞎说了?

但自由平等是人们热爱的东西,据说比生命和爱情还重要。这便如何是好?办法当然有:取消终极价值就是,既然它不动声色地与平等为敌,进而又成了自由的障碍。

行是行,但是得弄明白:凭什么自由平等就具如此权威?光说热爱还不够，得说说理由。理由听起来似无可非议：天赋人权，自然正确，人生来就是自由的、平等的，由不得谁来指引和操控。但是且慢。首先，这怎么听着倒像是"终极价值"在说话呢？其次，地球就像宇宙中的一粒尘埃，人不过是无限可能中的一种有限之在，因而人生来就不大自由，就有强弱之分、愚智之别，优胜劣汰曾经也是人类的处境。只不过几百年前，文明之风吹来，人才要从生理性的束缚中开辟出精神性的自由，才要推翻兽性的弱肉强食，举一面人性的平等之旗。

这面旗，是不是就比较高些呢？倘有人仍坚持弱肉强食的主张，你怎么说？还是并无高低之分、都有平等存在的权利吗？

于是问题就来了：两面敌对的旗，如何平等存在？强权（比如纳粹），能与自由平等相安无事吗？局面明显两难：倘若一切自由平等，强权也就有了存在的根据；可强权所以是强权，就在它视自己的理念为最高，要所有的人都听命于他呀！如此，是为了自由平等的无懈可击，而容忍强权呢？还是驱逐强权，而使自由平等不够完全？好像都不惬意。可麻烦到底出在哪儿呢？便有人给出了一个无奈的总结：最高真理，就是没有最高的真理。看来"最高"才是祸根。是呀，如果我们相信确有最高，则难保强权不会有一天改头换面，卷土重来。这是不是说，只有铲除最高、从众人心中消除掉最高的可能，自由平等才有牢固的保障？

瞧着吧，这就快绕糊涂了。

干吗不换个角度想呢？比如说，为什么不是因为纳粹违背了某种最高，才使人类陷入了一场灾难？为什么不是因为人们相信没有最高，才促成了强权者的肆无忌惮呢？或许有人就要说了：即便有最高，也只能是选择生活的绝对自由、价值取向的彻底平等，纳粹之流所违背的也正是这一条；其实还是那句话：最高真理就是没有最高的真理。

好了，不管怎么说，"最高"总算得到承认，尽管其面目还很模糊。

接下来的问题是：自由平等的反对者，都是直言不讳吗？迄今的强权，哪个不自称是平等的推行者，是自由的卫道士？自命最高者可行强权，标榜自由平等的，未必就不能干同样的事。可我们将据何辨别其真伪、揭露其谎言呢？也就是说，我们总得有些措施，有项原则，有条信念……总之得有个颠扑不破的真理，或无可置疑的根据，来为平等撑腰，以使自由得其捍卫吧。这才是问题之关键。要么没有这样的根据，只好任由强权去指鹿为马；要么就得有个根深据固的最高判断，令强权无论怎样改头换面都有天敌。

但明显，自由不能是自由的根据，平等不能请平等来捍卫。可这一逻辑，又是根据何在？总不会说，"不自由"和"不平等"才是其合法性根据吧？

为什么就不会呢？其实，不小心前面已经透露了这一根源——一句人人都会说而且常说的话：天赋人权，自然正确！"天赋"者何？"自然"又是啥意思？都是指那人力所不能为、人智所不能与之辩者呀——你叫它"天命"也行，你称之"神在"也可，即绝不是人的自由，也绝不能与人平等。所以说，不自由、不平等，才是自由平等的最高判断，才能为其提供合法性根据。曾有先哲说过这样的意思：护法，主要不是捍卫既定法律的严格，而是要捍卫法律本身的合法性根源，使之不容侵犯，不得篡改。于是有人贬低甚至轻蔑地说，这哪里还是什么科学，简直是神学。谁料那先哲竟欣然接受了这一命名：政治神学。是呀，人怎能捍卫得了人写的法律？

人怎能确保人定的规则不被篡改？唯在人之上，才有法律的合法性根据，才有强权的制约，才能比照出何为神命、何为人说。

如果相信，必得有一种最高判断，否则各执一词，莫衷一是，这人间难免自由到你死我活。那么，这最高判断当然就要高于人的判断；这就是为什么要请"不平等"来为平等撑腰的理由。而这最高判断，当然就不会顺着人的性子来——否则公一理，婆一理，打到衙门去又要养育贪官；这就是为什么要请"不自由"来捍卫自由的原因。这是一条神画的线：线上是神命的不可违背，线下才有人的自由平等。你反感所有的权威和命令吗？那好，您自己玩儿，无非是"真理战胜真理，子弹射中子弹"，不玩儿成冷战、热战那就怪了！凭什么这样说？凭的咱们是人，是些能力有限、心性不一而又欲望无边的家伙。所幸，尽管咱们都是人，可在这群直立行走、能说会道的哺乳动物中，真也有些明事理的家伙，或曰伟大的人，他们居然认出了神。

料必早又有人不爱听了，什么神不神的，还不都是人的巧舌如簧？强权者皆善此道，从来都好装神弄鬼！

对呀，人，才要装神弄鬼。故此，强权的天敌先就不能是人，其次还得是人不能装也不能弄的——什么呢？"名可名，非常名"，姑且称之为"神"吧；当然也可另赋其名，比如"道"。但无论何名，意思还是那个意思，即存在的最初之因，道德的最高判断。莫争，莫辩，上帝对约伯说过：我创造世界的时候你在哪儿！

请问：神在哪儿？说好听点儿，您这是开玩笑，说不好听的——您现在就是装神弄鬼！

所以嘛，人既要放弃好听的，又要放弃不好听的，然后看看——那不装不弄的神到底在哪儿。

在哪儿呢？几千年前有些伟大的人就已经看明白了，故将人力永不可及的无限之在，称为神；将不分国族的灵魂拯救方略，称为神。前者可称之为"造物主"，造物主不由分说地给人以困阻与苦难；后者则被信为"救世主"，救世主不容置疑地教人以不屈与互爱。这些伟大的人自认是受救者，担当不了最高的判断者，唯望圣灵能够降临人心。

为什么选定一个"神"字呢？一是因为，他神秘莫测地已然把人的处境安排停当；二是因为，他高不可攀到人休想与他讨价还价；三是因为，人类心中，早已先验地埋下了神命的受体，或对善爱的响应——宗教信仰的长盛不衰、历久弥坚即是证明。因而，神，意味着不容漠视，不可违背，不由分说，却又随时与人接近；这与装神弄鬼的强权，或骗吃骗喝的迷信，完全两样。

怎么两样？问题还是：如何区分！

最要紧的一点是：别让人——不管谁——从中插一杠子。神，拒绝中介，拒绝人写的"使用说明"。

那您现在的勾当算怎么回事？一切神说难道不是都由人传？那么，凭什么来辨认这是神的原著，那是人的改编？

凭的是：人说与不说，都是人躲不开的那些处境，比如生与死。凭的是：人再怎么智慧，也有其无可设问的那些事物，比如有与无。凭的是：无论谁心里都有的价值本能，比如相应于善与恶的爱与怕。

后一条缺乏证据吗？证据之一是：任何人干了坏事心里都不自在，尽管显意识可以掩盖它，甚至掩盖到只在梦里莫名其妙地显现；而相反的行为则会让人心安理得，甚至引以为荣耀。证据之二是：素不相识者，只要语言相通，都可以毫无障碍地讨论善恶，无须先做界定；否则，没有价值标准，人与人之间其实不能说话。

既如此，神不多余吗？

但是，人会掩盖罪恶、夸大光荣、模仿激情、假冒真诚……神将揭穿这一切丑行。这揭穿，即证明神在，因为这揭穿的胆识不可能不是经由信念，而信念并不都由理性推出，而是站在理性尽头的那些伟大者，凭其眺望、凭其谛听、凭其感悟……总之，是凭其茫茫无路时对人类的一份执着的热爱所揭示的。人的躯体中，或灵魂里，确如浮士德博士一般，是一场魔鬼与上帝的赌局——或是善本能得到响应，或是恶本能日趋强化。

所以拒绝中介，要每个人直接与神对话，听到神的声音。上哪儿听去呢？不是上哪儿去听的问题，而是用什么去听——用心，而不是用耳。平心静气地听，谁都听得见——心底一直都在的那些正念，望眼欲穿，跃跃欲试，只等神子来把它点燃。不是脑袋发热，是心的照亮，一切真呀、善呀、美呀、公正呀、爱愿呀……被照亮的心都能立刻认出它们。不可能认不出。那不是智力的事。你凭什么说你认不出？你说你认不出什么呢？所以你已经认出了。

我们所以在"自由平等"与"终极价值"之间常绕得糊涂，并非因为二者有着非此即彼的冲突，而是因为我们受了"中介"的诱骗——比如诱骗亚当和夏娃的那条蛇，倒把气撒到了"终极价值"身上。

有理有据地取消了最高的中介，而非最高本身，人才能不受强权之害，而使自由平等得其保障。但自由平等却是底限，仅仅是底限，一个"限"字说明它是要确保的，比如说，即便是个游手好闲的家伙，你也得让他有个活路——而这却是出自最高判断，即神命，没人可以对此讨价还价。上线则不同。上"线"而不是上"限"，是说人对善与美的追求，对神秘事物的追问，是不受限制的——人的残缺令人无权去限制，而神的无限表明神不会去限制。上线不断被超越，正是神的期待、人的希望，是一曲演奏不完也欣赏不尽的天籁之音。

所以"上线"一定是高于"底限"的，但他们不是轻蔑与被轻蔑的关系，而是存在的必然，是保持存在的动态与和谐的必要。这个必然与必要，是不可以在其任何一点上被破坏的；而破坏，从来都在两个方向上显示：一是"上线"对"底限"的轻蔑甚至打击，即精英主义的过度；二是"底限"对"上线"的抹杀甚至敌视，通常是价值虚无的泛滥。

二〇〇八年八月五日

欲在

信者境界，或可一字概括：爱。思者境界呢，三个字：为什么？

一说到爱，人生之荒诞便似得到拯救，存在之虚无也似有了反驳。但是为什么呢？为什么偏偏是爱而非其他，比如说为什么不能是恨？

若把迁延漫展的人类历史比作一部交响曲，每个人就都是一个音符；音符一个接一个地前赴后继，才有了音乐。这比喻若无不当，恨就是必遭淘汰的。恨意味着拒斥他者，是自行封闭、相互断裂的音符，结果是噪音。噪音占了上风，音乐势必中断，意义难免消解。爱却不同，爱是对他者的渴望，对意义的构筑。爱，既坦然于自己的度过，又欣然于他者的取而代之，音乐由之恒久，意义才不泯灭。

当薄弱的音符跟随了丰饶的音乐，或遥远的梦想召唤起孤单的脚步，生命便摆脱了不知所求的荒诞，存在便跳出了不知所从的虚无。所以爱是拯救，她既拯救了音符又成就了音乐，既拯救了当下又成就着永恒。再要问为什么，那就只能是问：我们为什么要音乐而不仅仅是音符？为什么要意义、要永恒而不仅仅是活在当下了？

回答是：欲在——人类要生存下去，世界要存在下去。

至此就不能再问为什么了，这是上帝的意图。所谓上帝的意图，是说，此人力所不可抗拒的处境、人智所无能更改的事实。创世之因众说纷纭，后果却是一样——不容分说地都要由人来承担。为什么要承担呢？回答还是：欲在——世界要存在下去，人类要生存下去。

至于创世之法，无论专利何属，都是两条：一是分离，即从无限的混沌中分离出鲜明的有限之在；二是感知，即人对世界的感知，或有限与无限的互证。而前者是亲和的势能——爱欲由之诞生；后者则注定了迷茫——困苦因而必然。对此也要问个为什么的话，回答可以相当严厉：否则一切都不存在；也可以比较浪漫：创造要存在下去，存在要创造下去，上帝乐此不疲，结果还是那两个字：欲在。

好吧，欲在，可这有什么意义吗？有哇！一是警告轻狂：生命是一出时时更新的戏剧，但却有其不容篡改的剧本。二是鼓舞乐观：每一个被限定的角色，都可以成就一位自由的艺术家。

爱，所以不是一件卿卿我我的小事，更不止于族群繁衍的一道必要程序。爱是受命于上帝的一份责任，是据其丰饶乐谱的一次次沉着的演奏。既要丰饶，则必水复山重、起伏跌宕，则必奇诡不羁、始料未及，或庄严沉重，或诙谐恣肆，甚至于迷茫困顿、荒诞不经……总之，丰饶的收益是驱除了寂寞，代价是困苦的永恒伴随。爱，所以又不是命运的插曲，不是装饰音，是主旋律——所有的乐段中都有她的影子，时而明朗，时而隐约，昂扬高亢或沉吟低回。

所以，尼采说伟大的人是爱命运的。爱命运才是爱的根本含义，才是爱的至高境界。并非所有的命运都会让人喜欢，但不管什么样的命运你都要以爱的态度来对待，这不单是受造者（局部或当下）对创造者（整体或永恒）的承诺，更是上帝（音乐）拯救人（音符）于魔掌（噪音）的根本方略。魔掌者何？佛家有很好的总结：贪、嗔、痴。

借助上帝的创造，魔鬼也诞生了。魔鬼必然诞生，否则神圣何为？或者竟是，为了遏制魔鬼的统治，上帝才开始其创造的吧："太初，上帝创造宇宙，大地混沌，没有秩序。怒涛澎湃的海洋被黑暗笼罩着。上帝的灵运行在水面上。上帝命令：'要有光。'光就出现。上帝看光很好，就把光和暗隔开……"上帝以其丰饶的音乐照亮了黑暗，以其鲜明的有形拓开了混沌，以其悲壮的戏剧匡正了无序。所以人不该埋怨命运。人埋怨命运，就像果实埋怨种子，就像春风埋怨寒冬、有序埋怨混沌、戏剧埋怨冲突……但照此逻辑推演下去，必致问题的不可收拾：是否光明也要喜欢黑暗，美好也要喜欢丑恶，智慧也要喜欢愚蠢……最终上帝也要喜欢魔鬼呢？麻烦了，麻烦的是这逻辑不无道理。

看来上帝应该是喜欢魔鬼的，否则他让我们喜欢存在即属无理。这推论很是诚实，而诚实，难免会引出进一步的问题——

上帝你不喜欢魔鬼，为什么要造出魔鬼？——这是对上帝的价值追问。上帝他并不喜欢魔鬼，但要创造一切就不得不放出魔鬼。——这是对上帝能力的质疑。上帝我喜不喜欢魔鬼，与你（们人类）何干？——这差不多就是上帝给约伯的回答。

听明白了吗？对人来说，这是一位冷漠的上帝。但对宇宙来说，这是一位负责任的上帝。正如对戏剧来说，这是一位明智的编导。但是对角色和演员——尤其是一个卑下的角色，或一位拙劣的演员来说，怎样呢？难道为了排遣上帝的寂寞，就得有那么多无辜的生命去忍受那么多悲惨的命运？《卡拉玛佐夫兄弟》中有一句严厉的抱怨，大意是：这戏剧的代价我们付不起！

不过约伯却非如此。听罢上帝的回答，约伯不再委屈，反而坚定了信念。约伯听懂了什么？想必就是尼采的那句话：爱命运。

爱命运，不等于喜欢命运。喜欢，意味着欲占有；爱，则是愿付出。躲避疑难的戏剧，就像酒肉朋友的闲聊，或相互吹捧的研讨会，有意煽情，无心付出。记得有人说过，"煽动家的秘诀就是表现得像其听众一样愚蠢，以便听众觉得自己像他一样聪明"。套用一下就是：煽情者的秘诀是表现得像听众一样脆弱，以便听众感觉自己像他一样多情。而付出，或疑难，却不单是角色和演员的事，也是观众的事；或者说，在生命的戏剧中并没有纯粹的观众。所以，上帝并非是让你喜欢存在，而是要你热爱存在。他也并非是喜欢魔鬼，而是以其不惧魔鬼的创世勇气，来启发人们不避疑难的爱的能力。

要紧的是，得分清上帝的三重含义，或基督信仰的"三位一体"——圣父、圣子、圣灵。圣父即创造了世界万物的那一位，故名创世主。圣子即来到人间与人同苦、教人互爱的那一位，故名救世主。圣灵呢，则是指一种时刻、一种状态——即那神圣的爱愿降临人间的时刻、落实于人之内心或监督于人之左右的状态。所以伟大的戏剧，刘小枫说，皆为圣灵降临的叙事。

说神，道主，怕又要惹人疑忌。其实呢，"名可名，非常名"，"姑且名之"罢了。比如前一位，你叫它"大爆炸"也行，谓之"太初有道"或"第一推动"也可；名者，不过为着言说之便。关键在于，无论何名，人也弄不清那创世之因到底是咋回事——比如"第一推动"是谁在推动？最初的有——比如进化的起点，是怎么有的？然而，我们处身其中的这个世界确已从无到有，那就必具其因。而这因，却是神秘无比，人类现在不能、将来也未必就能了然其究竟。于是乎，神秘使之得名为"神"，人类与之相比的无知无能的地位，使之得名为"主"。任何人，不管是有神论者还是无神论者，都会在人力无能把握的危难面前祷告一声：上帝（或老天爷）保佑吧！——那就是他。

所以创世主当然是高高在上，当然是高不可攀，唯敬畏之而不可企及的。因而他常是一副冷漠无情的面孔，正所谓"天地不仁，以万物为刍狗"，你可以向他祷告、向他申诉，但除非运气好得过分，多半是要碰壁的。约伯的经验给人启发：上帝创造了世界，却不单是为某一个人创造的，也不单是为某一类叫作"人"的生命而创造的。譬如那轰然一响瞬间成就了无限可能的"大爆炸"吧，可理会你约伯或史铁生因之会有什么难处吗？就好比球赛，唯其公允方可开展，那就只有听凭无情的规则了，再大的球星也休想求其优惠。否则神将不神，人情的"后门"一开，或育贪官，或养黑哨。

能向他诉说和讨教的是后一位：救世主。虽然他也是前一位的作品，但若没有立于迷茫之中的人的探问与呼告，他便隐身于前者而永不诞生。所以也要感谢前一位，正是他的冷漠，为人启示了一条并不能根据物（质）而是要赖于（精）神的道路；正是他的无情，迫使人去为心魂另寻救路——而这正是救世主诞生的时刻！在人孤苦无告而不断询问与呼唤之时，他以其多情脱颖于无情；在人四顾迷茫而不见归途之际，他以其爱愿，温暖了这宇宙无边的冷漠。

是呀，命途无常，我们难免会向前一位祈求好运，此人情之常，无可厚非。只要记得：真正的神恩，恰是那冷漠的物界为生命开启的善美之门，是那无限时空为精神铺筑的一条永不衰减的热情之路。

先哲有言：神不是被证实的，而是被相信的。"看不见而信的人有福了"，并不是说盲从就好，而是说再精明的理性也是有限之在，难免会在与无限的交接部触及盲区，陷入疑难，对此你必须或必然要为自己树立一个非理性的信念。比如在死亡面前，愚弱者选择颤抖——幸好这恐惧并不长久；勇猛者选择闭目——肚里咬牙，心中没底，纵身跳向混沌；而信者坦然，并劝那一躯肉身——比如史铁生——也要镇定，以便看那永恒的"欲在"将展开怎样的另段路程。

但信者中还有一路，欢欣鼓舞于即将上天堂——这也不坏，尤其是为此他们做了许多好事作为铺垫。但依思者来看，除了降临于心的圣灵或天国，哪儿有什么"无苦而极乐"的所在？不过这问题倒不太大，倘其真的抵达天堂，虽不能闻，我们也还是要向他们发出祝贺。若其终未找到那样的终点呢，则愿他们"心若在，梦就在，只不过是从头再来"。这样，料必就会合情合理地磨炼成一种信念：心与梦一直都在那丰饶的音乐中，一次次沉着的演奏即是天堂，哪有什么终点？

但问题好像还没有完：神是被相信的，可人是如何相信的，又是为什么要相信呢？欲在——最简单的回答还是这两个字。但是，为什么一定是"欲在"，就不能是"不在"或"欲不在"吗？先说"欲不在"吧——欲不在的前提是在，而真正的欲不在者早已经不在了，可你为什么还在？再说"不在"——不在者不思不问、无知无觉，对它们取一份"爱护自然"的态度也就够了，无须理睬。

二〇〇八年八月三十日

门外有问

玻尔说:"物理学并不能告诉我们世界是怎样的,只能告诉我们,关于世界我们可以怎样说。"据此当可相信,世界自有其——"是怎样的"——面目,只是我们不可能知道,即无论我们怎样观察和描述它,都注定是片面的,甚至是歪曲。而且,这片面与歪曲,并非是由于我们的观察或描述的尚不完善。

"测不准原理"也有这意思:世界原本是有准的,唯因"测"的干扰,"准"便隐藏起来。若非如此那倒怪了——如果世界压根儿就没准,又谈什么测不准呢?

可能是出此考虑,"测不准原理"被纠正为"不确定性原理",意在强调:(微观)世界的不确定性,并非是由于"测"的无能,而是由于其本身就变化无常。无常即无规律,可你是怎么知道那变化是无规律的呢?你已经把世界观测完了吗?还是说,那变化绝对地超出了人的跟踪能力,所以你摸不住它的脉搏,也就看不出它有没有规律?前者明显是不可信,后者则是说它也可能有规律。故而严峻的问题是:如果有规律,所谓"不确定性"就还是要归咎于"测",

否则问题就更要刁钻些——是谁，凭什么，有权断定人找不到的东西就等于根本没有？

或许，"意义"二字有此权力。人找不到的东西，即属对人没有意义的东西，更是人无法谈论的东西，对相信"人是万物的尺度"的实证主义者而言就等于根本没有。比如规律，也不过一种人为的尺度。

《上帝掷骰子吗》一书中说："不存在一个客观的、绝对的世界。唯一存在的，就是我们能够观测到的世界……测量行为创造了整个世界。"这让我——一个物理学的门外汉，不免深陷迷茫。

首先，"我们能够观测到的世界"一语，已然暗示了还有我们观测不及的世界，或拒绝被我们观测的世界。

那么其次，"测量行为"又怎么会"创造了整个世界"呢？最多只能说它创造了一个人的世界，即被人的观测半径所限定的世界，或是人可赖以建立意义的世界，因而它当然还是主观或相对的世界；为示区分，则不得不称那"整个世界"为"一个客观、绝对的世界"。

第三，"一个客观、绝对的世界"之确在的证明是：它并不因为我们的观测不及，就满怀善意地也不影响我们，甚至伤害我们。当然了，我们无法谈论不可知的事物，但这不等于它因此就不给我们小鞋穿。

因而你可以说，一件不可证实也不可证伪的事是没有意义的，但不能说那是根本没有的。意义，是基于人的感受而为人确立的价值取向。用柏拉图的话说，就是囿于洞穴的认识，而为洞穴生命所相信的真。用尼采的话说则是，唯限于"内部透视"或"人性投射"的世界，是我们能够谈论的。这样看，"测量行为创造了整个世界"

就不过是洞穴中的认识，所谓"整个世界"就仅仅还是个"人性投射"的世界。

所以，爱因斯坦认为上帝从来不掷骰子，在我们的"视野之外有一个广阔的世界，它独立于我们人类而存在，如同一个伟大而永恒的谜摆在我们面前，然而至少能被我们的观测和思维部分理解"[1]。

他与玻尔的争执，想必主要是因为，他不仅不信这世界是没准的，而且不信它是"测不准"的。但量子力学的屡屡胜出，证明了伟人也是人，不管上帝掷不掷骰子，人也不可能看清上帝的底牌。但看不清上帝的底牌，不等于上帝就没有底牌。你可以说，我们只能靠手中这把牌为人的生命建立意义，却不能说这便是上帝手中全部的牌。

但是别急，事情料必没这么简单。事情也许是这样的：只有我们观测可及的事物，才能影响到我们。换句话说：凡是能够影响到我们的东西，必也是我们能够观测到的东西。因而，就算洞穴之外别有天地，但它对我们既无意义，也无影响，于此前提下讨论其有与无，实属无聊之举。是呀，似乎也只有这样，才能拯救"测量行为创造了整个世界"这一思想。

可是，果真如此的话岂不等于是说：观测不及等于不受影响，观测不及等于影响不到吗？天哪，掩耳盗铃可还有什么错误呢？

错误在于，有人把"影响"完全等同于"观测"了。然而"影响"

---

[1] 引自丽贝卡·戈德斯坦《不完备性——哥德尔的证明和悖论》。

完全可以在"观测"之外，不是吗？就连都有什么在影响我们、在怎样影响我们，我们还不清楚呀！比如说人是怎么来的？太阳终于毁灭之后人会怎样？比如说我们是这个世界的主宰，还是我们被什么所主宰？如是者数不胜数，怎么就敢把"观测"等同于"影响"呢？

观测是主动的——要观测，影响是被动的——被影响，而"要观测"是否多少包含着"欲把握"一类的念头呢？很可能，正是这"欲把握"的潜意识，将"观测"与"影响"混为一谈了，这才有了"不存在一个客观、绝对的世界"和"唯一存在的，就是我们能够观测到的世界"这样的疏忽，或这样的雄心壮志。

但有一点要说明："存在"一词，若仅仅意味着被人意识到或观测到的事物，那么以上文字全算瞎说，而引导这瞎说的文字则属矫情。

开篇所引玻尔的那句话——"物理学并不能告诉我们世界是怎样的……"应该还有一种暗示：这并不影响我们宁愿对生命持一种态度。也就是说：人的精神信念，并不以弄清世界的物理真相为前提。甚至是说：精神信念的建立，必须，也必然是要以一个不明其物理真相的世界为前提。

可是，假如这样的话，还能说人找不到的东西，即属对人没有意义和人无法谈论的东西吗？还能说"人是万物的尺度"吗？

事实上我们正在谈论一些我们找（观测）不到的东西，并准备谈论它给了我们怎样的人生启示。比如，正因为弄不清一个物理世界的真相，信者才不再以物利来辨认他的神；正因为弄不清创世主的全部意图，爱者才皈依了十字架上的真。也就是说，人文精神是独立于科学主义的。实际上，人的聆听，要比人的观察与把握广阔得多。人只能看到一个"洞穴"世界的围困，却能听见一个神性世界的启示，从而那围困中便有了无限可能的道路。

人怎么可能是万物的尺度呢？人——这一有限之在，不过沧海一粟，不过是神之无限标尺中一个粗浅的刻度。孙悟空尚且跳不出如来佛祖的手心，人的测量又岂能"创造整个世界"？

科学的伟大，也许恰在于科学的无能。人曾想象天上人间，人曾向往月宫中的玉树琼楼，可待到"阿波罗"终于登月，人才明白，沧海一粟依旧是沧海一粟，我们知道的比过去更多了，疑难却并不比过去更少，幸福也不比以往更近。这便是科学的功绩。科学曾令人张狂到自信胜天，唯踏上荒凉的月球表面，人的真正智慧才被激发：世界是无限的，而人的力量永远是有限的；有限与无限之比意味着什么，则刚好证明了人的地位。

实际上，人一出生，或一经被创造，就已然面临了两种终极询问：世界是怎样的？我们该怎么办？人就是这样长大的吧——所有的孩子都会看重前一个问题，而成长着的心灵则日益倾向于后者。

我这个数学的门外汉，斗胆对哥德尔的"不完备性定理"做如下引申：任何一种认知系统都注定是不完备的，即一切人为的理论，都难于自我指证。比如法律，这一人定的规则，其合法性根据终不能是出于人自身。比如洞穴中的观察、"内部透视"或"人性投射"，皆必"只因身在此山中"而注定是"不识庐山真面目"。为什么呢？一切有限之物，必因无限的衬比，而显露自身的不完备。而无限呢，又因其自身的无边无际、无始无终，而永无完备可言。

可这岂不是说，世界上压根儿就没有完备的事物吗？或这世界本身，压根儿就是不可完备的吗？这样说下来，是否又要回到"不存在一个客观、绝对的世界"去呢？因为，在一个永不完备的世界上行走，生命的意义只好是相对的。比如一盘尚未下完的棋，你怎能判断哪一步是对、哪一步是错？这下麻烦又大了，这等于是为实证主义或经验主义开辟了通途，为道德相对主义找到了合法性根据；也就是说，并没有一种绝对的"正义"或"真理"需要"主持"或"主张"，而是随便什么主意都可以是对的，哪怕是杀人越货。

不过这是两码事。世界的不确定性，正说明它——这一创世主的作品，是人或洞穴生命所不能确定和不可把握的"一个客观、绝对的世界"。但这并不意味着，人生的意义也是不能确定和不可把握的。我们不能把握"一个客观、绝对的世界"，恰恰暗示了，我们能够把握一个主观世界，即一个有意义的、人的精神世界。或者说，我们恰恰是根据一个不能确定、不能把握的外在世界，来确定和把握我们内心世界的，这便是信仰。信仰，所以不同于科学，是不倚仗实证的。信仰，所以不能由强人来指认，就因为那是向着空冥与迷茫的祈祷，是苦弱并谦卑者要为自己寻找的心路——为灵魂制定的美好方向，为理想设计的可行性方针。

而实证主义或经验主义却说："任何想超越我们经验的企图，都会沦为彻头彻尾的胡说"，"如果一个人想不出任何可能的经验情形可以作为命题的确证……（那就）完全不具有意义……就是'伪命题'。"[1] 果真如此，人岂非仅仅是一种能对眼前处境做出反应的动物了？人有别于其他动物的智慧哪儿去了？人对终极处境的思问哪儿去了？人的想象力和创造力哪儿去了？人的艺术能力——即在平庸而荒诞的生理性生活中，开辟出无限可能的精神性生活的能力，哪

---

[1] 引自丽贝卡·戈德斯坦《不完备性——哥德尔的证明和悖论》。

儿去了？

这些能力，把我们带出仅靠反应谋生的畜类，继而把我们引向人性的发问，最终使我们沐于神性的光照。是呀，创世主的无情已然确定，人把握不了"一个客观、绝对的世界"已然确定，我们永远要在一条不完备的路上行走已然确定，因而注定了我们只可据此背景来构筑我们生命的意义。然而，存在的虚无性、生命的荒诞性、道德的相对性并没有被确定，因为在这条有限的人生路上，一种智慧触到了它的边缘，从而听见了无限的神启：要把一条困苦频仍的人生之真路，转变成一条爱愿常存的人生之善路；要把一条无尽无休、颇具荒诞的人生之实路，转变成雄关漫道、可歌可泣的人生之美路！如此，相信"唯一存在的，就是我们能够观测到的世界……测量行为创造了整个世界"就是危险的；危险在于，自以为"创造了整个世界"的人，会把幸福完全托付给改造物界的雄心，以致忽略了心灵的完善。

令我——这个数理科学门外汉——担忧的是，也许我并没把本文所引的那些大师的话听懂。但更令人担忧的是，《上帝掷骰子吗》一书中的某些思想，不幸使篡取神位的强人有了"科学"的支持。

二〇〇八年九月二十七日

理想的危险

——就《我的丁一之旅》给邹大立的回信

邹大立:

你好!

收到你的信,以及你和网友谈论《丁一》的文章。在西安玩得太累,那晚无力多聊,实在抱歉。不过,关于《丁一》还是笔谈的好。

说《丁一》写的是"欲望双刃剑",不如说是"理想双刃剑"。"欲望"本来可褒可贬,正如生命,压根儿就蕴含了美好与丑恶。而"理想"一词从来都是褒意,是人生向往,是精神追求。但理想的结果,却未必总能如其初衷。黑格尔给悲剧的定义是:相互冲突的两种精神都值得我们同情。这定义也可引申为:相互冲突的两种行径,悲喜迥异的两种结果,竟始于同样美好的理想。

丁一(或顾城)的爱情固不符常规,否则其理想色彩也就暗淡,但究其根本,难道有什么不好?然而它却导致了一场悲剧。这到底怎么回事? 在爱的理想与杀戮的结果之间,究竟有着一条怎样的路径?

　　我并不认识顾城，只是读过一些他的诗。我写《丁一》也不直接由于顾城事件，甚至到现在也不了解其全貌。但那海岛上的悲剧，自一听说我就感觉没那么简单，但也是懵然不解其意。唯随岁月迁移，或情智成长，才知其不可轻看。所以不可轻看，不单是因为一个诗人的杀人，更在于它深刻触及了爱的意义、性的本质、艺术与现实的冲突，最终引出一个永远的课题：理想的位置。可以说，人类的一切文明成就，一切争战缘由，一切光荣与堕落，都与如何摆放理想的位置根本相关。

　　爱情所以是一种理想，首先是因为，她已从生理行为脱颖而出，开始勾画着精神图景了。事实上，人类的一切精神向往，无不始于一个爱字，而两性间的爱情则是其先锋，或者样板。

　　于是丁一总有个想不通的问题：爱情，这一人皆向往并千古颂扬的美好情操，何以要限定在两人之间？换句话说：一件公认的好事，怎么倒是参与者越少越好？多一个人怎样？3 至 N 人如何？后果不言而喻。可这到底为什么，人们不是口口声声地赞美并企盼着博爱吗？

　　噢，这里面有个性的问题。性的什么问题？性的禁忌！可这不跟爱情的限制是一回事吗？问题还是：性，这一生命不可或缺的行为，何以让人如此惧怕，以至于要严加防范？曾经是为了财产继承，为了种姓兴旺，但随时代变迁，尤其是有了爱情的超越，这一层考虑早已相当淡薄，性何故依然是马虎不得？

　　可你说它马虎不得吧，它又在自由的名下多有作为，比如娱乐，比如表演，甚至艺术。然而无论怎样自由，性还是逃不脱其天赋的限制。娱乐，表演，艺术……但有个前提：得表明这仅仅是娱乐，是表演，是艺术，并没有别的事。罗兰·巴特好眼光，从中看出了"裸体之衣"①！比如裸体舞者，一无遮蔽吗？不，她穿上了一袭名为艺术的"裸体之衣"。此衣无形，却如壁垒森严；其舞无声，却宣告了一道不可跨越的隔离。

宣告，啥意思？语言呀！那灯光，那舞台，那道具……构成了参与者的共同约定，或"裸体之衣"的无声强调："这是艺术，请勿胡思乱想！"可为什么要强调呢？孩子不守纪律，老师才要强调："这不是你们家，这是课堂！"同样道理，恐怕有人还是胡思乱想，在心里说着别的话，所以才要强调："这不是你们家，这是舞台，这是剧场！"别的话，是什么话呢？又是谁在说？裸体在说，甚至是性，在悄悄地说。说什么？说什么你自己想，想不出来未必是很纯洁，更可能是太傻。

但有一事已得证明：裸体是会说话的，尤其性，在专事繁衍后的千百年中已然成长为一种语言。怎样的语言？比如是爱情的表达："这不是公共场所，这是围困中的一块自由之地（譬如孤岛），这儿赞美胡思乱想，这儿纵容胡作非为，这儿看重的是冲破一切尘世的隔离。"

当然，这语言也可以是无爱或不爱的表达。比如太过随便的性行为，不过就像聊了回闲篇，说了顿废话，与爱情毫不相干。而对性事的蓄意不恭呢，比如公开的越界，肆意地胡来……则已是一份明确的毁约声明了：既往的爱情已告终结。

所谓"冲破隔离"，冲破什么的隔离？"裸体之衣"既不蔽身，

---

① 见罗兰·巴特的《裸体舞》。

它究竟隔离了什么？心哪！这世上最为隐蔽的是心哪，最不可随便袒露、随便敞开的不是身体，是心哪！"裸体之衣"真正的强调是："我袒露了身体，却依然关闭着心。"心其实不善娱乐，心常陷于孤独。心更是不要表演，表演的是身体，心在忍受谎言。而一切真正的艺术都是心的呼喊，都是心在吟唱，或是心借助身体无奈地模仿着敞开。

何故模仿敞开？那是说：心渴望敞开，却不得不有所防范。刀枪之战需要铠甲来抵挡，心灵之战则要关闭起你的心。爱情，是孤独的心求助于他人的时刻，可他人又是怎样想呢？倾慕是否会换来鄙视？坦率是否会被视为乞求？关闭的心于是又模仿强大，模仿矜持和冷漠，甚至以攻为守……致使那真诚的心愿，不得不在假面与谎言的激流中漂泊。

这事得怨上帝，是他以分离的方法创造了世界，以致我们生来就是"人心隔肚皮"。但你不能怨上帝。有数学家说："像我们这样有局限的生物……深深的不安来自我们对一切无穷的东西完全缺乏自信。然而如果不隐含地涉及无穷，根本就不会有任何数学……"①我猜，上帝的创世必也是这样考虑的：若不分离，安得有限？若无有限，怎涉无穷？若非有限与无限的对峙，或有限对无限的观察，又怎么谈得上存在？上帝看存在是好的，事情就这样成了。我们这些有限的生物也就有事干了。我们这些被分离的家伙便欲海情天地渴望着团圆了。

但团圆之路危险丛生。人生来就有差别，社会又在制造差别；

---

① 引自丽贝卡·戈德斯坦《不完备性——哥德尔的证明和悖论》。

差别导致歧视，歧视又在复制歧视……故而每一颗心都是每一颗心的陌生之域，每一颗心都对每一颗心抱以警惕，每一颗心都在重重险境中不能敞开其梦中的伊甸。但这也正是爱的势能吧——所有的心都在相互渴望！与其说上帝造成了人心的隔离，莫如说他成就了人间的爱愿。问题是，具体到实际可怎么办？博爱尚远，就先把这理想局限于两性间的爱情吧；所以我说她是先锋，是样板。据说，以繁衍的成本计，性别实属浪费。果真如此，我们倒可对其目的做更浪漫、更优美的猜想了：那是上帝赋予情人们的一份信物，或给团圆的一项启示，给博爱的一条思路。《丁一》是说，这就像上帝给人的最后机会：在这危险系数最小的一对一关系中，人啊，你们若仍不能倾心相爱，你们就毫无希望了。

但这依然意味着冒险。所有的爱情都是一次冒险——在这假面攒动、谎言充斥的人流中，你怎么知道哪儿是你的伊甸，谁又是你的亚当或夏娃？情种丁一曾多次试探，他把性当作爱的试金石，企图辨认出那一别经世的夏娃。孰料，性完全可以仅仅是性，冒充爱、顶替爱，却不见夏娃之行踪。唉，这哪里是为了团聚的分离，这明明是加固着隔离的一次次"快餐"呀！幸好情人们都通情达理，甩下一片冷漠，各自消形于排山倒海般的人流了。

幸好吗？"通情达理"曾属赞誉之词，在如今的恋人中间尤得推崇，但于爱情这到底是喜是忧？还有"潇洒"，还有"太累"和"别傻了你"……如今的"爱情"似都已沧桑历尽、荣辱不惊了。此理想之衰微，还是理性之成熟？

丁一不愧情种，对"夏娃"念念不忘，为理想寻遍天涯，为实现他的"戏剧"而百折不挠。实现——理想之剑的危险一刃已现端倪。

戏剧，仅仅是把现实搬上舞台吗？太说不通。一切文学、艺术、戏剧，无论是对丑恶行径的夸张，还是对善美事物的彰显，究其实，都是一处理想性或可能性生活的试验场。我猜这小小环球之于上帝，也是一场实验性的戏剧吧——听那块落入红尘的"宝玉"终有何想，或看那信誓旦旦的"浮世之德"究竟是何走向。

我赞成丁一与娥对戏剧的理解：让不可能成为可能，使非现实可以实现。这才是戏剧之魅力不衰的根本，这才是虚构的合理性根据，这也才是上帝令人类独具想象力的初衷吧。艺术，实为精神追寻的前沿，故其常不顾世俗成规，也不求大面积理解。何谓"先锋派"？艺术从来都是先锋派。先锋，绝非一种行文模式，而是对精神生活之种种可能性的不屈、不尽的寻问。我以为，尼采所说的"超人"也是此意——并非法力无边、唯我独大，而是不断超越自己的凡人。丁一与娥即属先锋。他们奇想迭出，成规弃尽，在自编自演的戏剧中品尝着爱的平安——谎言激流中的相互信任；体会着性的放浪——假面围困下的自由表达；甚至模拟心灵的战争与戕害——性虐；性虐之快慰何来？先造一个残酷的现实模型，再看它轰然毁灭于戏剧的可能性中。

但丁一渐渐把戏剧与现实混为一谈。他忘了，戏剧只在约定的舞台上才能实现，而爱情终难免要走出剧场，走进心灵之战依旧如火如荼的现实中去。这有意无意的忘却，又由于萨的到来、娥的默认，以及"丹青岛"的传说，令此丁实现其理想的热望不断升温。

然而先哲有言：只要三个人，就要有政治了。[1] 两个人可以完全

---

[1] 见海因里希·迈尔（Heinrich Meier）《古今之争中的核心问题》。

是感情的事，好则百年，不好则分道扬镳，简单得很；要是再来一位呢，可就不是再添一份碗筷的事了。3人恋，仅一份"1爱2"可不行，不公平，也不安全。算起来得是"1爱2"×3。就是说，每个1都得同时爱着2，只需1/3的例外就要出事。听说，确实有过三个人的和睦婚姻，但个例只是一道脆弱的彩虹。果然先哲又有话了：政治的首要问题是分清敌我。①三个人，总是一碗水很难端平，开始都是好朋友和特好的朋友，但最终反目成仇者并不在少数。

所以就有了政治。爱情是理想，婚姻则是法律。理想是从不封顶的精神上线，法律是不可违背的行为准则。政治何为？正是为了那从不封顶的永远不要封顶，那不可违背的谁也不许违背。

爱情被限制在最小范围，已是潜在的政治。爱情虽然超越了种姓和财产的束缚，却超越不了对平安——围困中的那块自由之地——的忧虑与渴求。什么在围困？心灵因何而战？价值，或者说是价值感。但其实是价格。尤其在这商潮汹涌的时代，名与利合谋把人都送上了战场，美可以卖，丑也可以卖，人和物一律都有标价；但未必能有战胜者，其战果多为抑郁症的漫延。爱情便再次以理想的身份出面，呼唤着回归——她曾以精神的追寻从动物性中脱颖而出，现在又是她，念念不忘伊甸。当然，此乐园非彼乐园，爱情意在：使堕落的亚当、夏娃们重启心扉，推倒隔离，于一条永恒的路上——而非一座封闭的园中——再建爱的家园。

可这样，爱情的理想本质又令其不能安守现状，于是就有了进一步超越的梦想：3至N人岂不更好？——这有点儿像当年的"一大二公"。但超越法律也就可能违犯法律，理想之剑的危险一刃正在

---

① 见海因里希·迈尔（Heinrich Meier）《古今之争中的核心问题》。

这里。

危险并不在 3 至 N 人，不管多少人心心相印，都是法律管不着的；危险在于理想一旦忽略法律，政治便可能走向强权。政治的天职，恰是要摆平种种理想的位置。还是那位先哲的意思：所谓护法，绝不只是维护既定法律的严格，更根本的是，要维护其合法性根源不受侵犯——即人写的法律，务必要符合神的意旨，正所谓"天赋人权"！[①] 比如生存的权利、追求幸福的权利，便是天赋或神定的人权。凭什么这样说？凭的是：这是终极答案，谁也不能再问它一个"为什么"。比如你问我干吗要写作，咱慢慢探讨；可你若问我干吗要活着，最好的结果就是我陪你去医院。要活着，已是终极答案，是人的天赋品质，即所谓的"自然正确"，故其是神定的权利。再比如，你问我为什么不革命？我说我害怕。你问我为什么害怕？我说我不想让一群人打我，然后说我是叛徒，或者把我杀掉。你还要问为什么吗？那我告诉你：我不是英雄也不想当什么英雄，这合法，而您已在违法的边缘。

丁一就是这样走到了违法的边缘（顾城已经走进去了）。丁一的理想不可谓不美好，且有幸遇到了志同道合的娥，以及萨。萨对那理想一直是若惧若盼，丁一极尽劝诱亦属正当。娥虽对那理想极尽赞美，却基于现实的考虑而中途变卦，对此丁一不能容忍。如是不能容忍的极端后果，一是毁灭自己，一是毁灭对方，当然最后也就毁灭了理想本身。我不想让丁一走顾城的老路，不想让接近这一路口的人都走那条老路。丁一或可出家？但总有些"无可奈何花落去"的味道；被迫逃上树的和主动爬上树的，所见风景必不相同。我只

---

① 见海因里希·迈尔（Heinrich Meier）《古今之争中的核心问题》。

希望丁一的灵魂飞升得更高更远，终于看清那理想中埋藏的危险。

理想的危险，即理想的推行！既是理想，既是美好和非常美好的理想，你不想它扩大吗？不想扩大的其实算不上理想。但推行却可以毁灭理想。所以，理想于其诞生一刻已然种下了危险。那扩大的欲望，会从劝诱渐至威逼，会从宣扬渐至强迫，譬如唯我独大的宣扬已然就是强权了。但这丁一，理想障目不见现实，使理想成为现实的热望拿住了他。他的失望化作怒火，指向了娥，指向了萨，甚至指向了秦汉、商周和所有的人——你们这些庸人，你们这些理想的叛徒！他就差说这句话了。

人有此一种理想的权利，也有彼一种理想的权利，否则就不叫理想的权利。人有坚持理想的权利，也有放弃理想和改变理想的权利，否则还是没有理想的权利。然而，权利的平等，并不能抹杀价值的高低。还是那句话：前者是不可违背的现实规则，后者是不可封顶的精神追寻；二者并行不悖，或和谐相处，正是政治的职责。

叛徒，最是理想暴力的牺牲品，但究其根本，是政治的失责。但似乎，人们从未（或很少）关注叛徒的处境。叛徒，我倒以为多是良善之人，既具正义感，又有一颗向爱之心；正义感使之不忘匹夫之责，向爱之心则令其不忍连累无辜。能够指责叛徒的只有两件事：一怕苦，二怕死。但这不是人权吗？正义者缘何正义？不就是要铲除那些给人以苦、送人以死的暴政或恐怖之徒吗？为此，正义者不怕苦也不怕死，自当名垂千古；但若以正义为据，逼人以死，或让人一辈子生不如死，岂非绝大的讽刺！

骂一声叛徒多么容易，甚至是一件多么划算的事。我猜，人人都对叛徒的成因不闻不问，对叛徒的处境视而不见，却又都对叛徒嗤之以鼻、拒之千里，乃为同一件事情的两面。怎么个同一件事呢？即人人都有成为叛徒的潜质！这让人想起"文革"中的暴力，究其实，打人者多是为了表现忠勇，而所以要表现忠勇，不过是不想做那挨打的人。

《动物世界》中有句片头语："有一天，当所有的动物都冲出牢笼，走向它们远古的栖居地，那一天便是野生动物的节日。"这差不多也是叛徒的心声吧。叛徒，最是可以验证政治是否正确，法律是否偏离了它的合法性根据，以及理想是否摆错了位置，或一个社会是否精神正常的试剂。

（注意：这里的叛徒，绝不包括旨在升官发财的出卖。）

我绝没有提倡放弃理想的意思。放弃理想，人将怎样？莫非也像野生动物，走向远古的栖息地？莫说这好或不好，只问这行与不行吧。

"姑父"的愿望着实诱人——退回到铸成大错之前的时空中去，让一切重新开始，但这只是无奈的安慰。据说，爱因斯坦的狭义相对论已然"摒弃了绝对时间概念，取而代之的是每一位观察者所特有的时空概念，以至于宇宙空间内'现在'的概念再也没有任何意义"[1]。但"现在"对于人——每一位观察者——却是有意义的，或其实，恰是意义造就了现在、过去和未来，从而造就了时间。所以倒退不得（比如退回到"康乾盛世"或"君主立宪"去），人在一条永恒行进的路途上，意义是其坐标；设若没有意义，你说"当下"是多久？在许多科幻作品中，人驾驶着超光速飞船回到了过去，并试

---

[1] 引自《新发现》所载之《科学的极限》。

图改造过去，依我看这是不可能的。倘若真有那样的运载工具，我们或可重新观察过去，却不可能参与其中。为什么？因为"时间"是由"意义"造就的，"过去"是被"往事"选定的，倘能参与，就又成了现在——以一种新的意义，选定了目前这新的时间。

"一切都是可能的，但我在这儿。""丹青岛"上那位女子看懂了人的处境：所谓命运，即无穷的可能性中你只能实现一种，无限的路途之中你只能展开一条——譬如叛徒，譬如烈士或英雄、敌人或庸人……时间果然残忍，但尽管如此，奇迹或魔术也非一条拯救之路。

动物的牢笼是有形的阻挡，人的牢笼是无形的隔离。有形阻挡的摧毁可期于人性之良善，无形隔离的消除却要仰仗神的光照——单靠人的正义就怕会走向强权。理想的位置正与艺术相近吧，即人性的渴望与神性的引领。善与美，切不可强力推行，否则直接变成恶与丑。艺术不可以没有，正如梦想不可以没有，而戏剧正是"不可能的可能，不现实的实现"，就让它缭绕于梦中，驻扎于理性吧。但谁来把握这尺度呢？就看人有没有这样的智慧了。

愿丁一长进。愿"姑父"们在艺术的时空中得到安慰。

即颂

大安！

史铁生
二〇〇八年十一月十五日

诚实与善思

我来此史（铁生）眼看就是一个花甲了。这些年我们携手同舟，也曾在种种先锋身后紧跟，也曾在种种伟大脚下膜拜，更是在种种天才与博学的旋涡中惊悚不已。生性本就愚钝，再经此激流暗涌，早期症状是找不着北，到了晚期这才相信，诚实与善思乃人之首要。

良家子弟，从小都被教以谦逊、恭敬——"三人行必有我师""满招损，谦受益"以及"骄兵必败"，等等，却不知怎么，越是长大成人倒越是少了教养——单说一个我、你、他或还古韵稍存，若加上个"们"字，便都气吞山河得要命。远而儒雅些的比如"问苍茫大地谁主沉浮？我们，我们，我们！"近且直白的则是"你们有什么资格指责我们！"

你们，他们，为啥就不能指责我们？我们没错，还是我们注定是没错的？倘人家说得对又当如何？即便不全对，咱不是还有一句尤显传统美德的"无则加勉"吗？就算全不对，你有你的申辩权、反驳权，怎么就说人家没资格？人均一脑一嘴，欲剥夺者倒错得更加危险。

古有"五十步笑百步"之嘲，今却有百步笑五十步且面无愧色者在，譬如阿Q的讥笑小D或王胡。不过，百步就没有笑五十步的权利吗？当然不是，但有愧色就好，就更具说服力。其实五十步也足够愧之有色了，甚至一步、半步就该有，或叫见微知著，或叫防患于未然。据说，"耻辱"二字虽多并用，实则耻辱大相径庭。"知耻而后勇"——"耻"是愧于自身之不足；"辱"却相反，是恨的酵母——"仇恨入心要发芽"。

电影《教父》中的老教父，给他儿子有句话："不要恨，恨会使你失去判断。"此一黑道家训，实为放之诸道而皆宜。无论什么事，怨恨一占上风，目光立刻短浅，行为必趋逞强。为什么呢？被愤怒拿捏着，让所恨的事物牵着走，哪还会有"知己知彼"的冷静！

比如今天，欲取"西方中心"而代之者，正风起云涌。其实呢，中不中心的也不由谁说了算。常听到这样的话："我们中国其实是最棒的！""他们西方有啥了不起！""你们美国算什么！"类似的话——我才是最棒的，他有啥了不起，你算个什么——若是让孩子说了，必遭有教养的家长痛斥，或令负责任的老师去反省；怎么从个人换到国族，心情就会大变呢？看来，理性常不是本性的对手。一团本性的怒火尚可被理性控制，怒火一多，牵连成片，便能把整座森林都烧成怨恨，把诚实与善思都烧死在里面。老实说，我倒宁愿有一天，不管世人论及什么，是褒是贬，或对或错，都拿中国说事；那样，"中心"的方位自然而然就会有变化了。此前莫如细听那老教父的潜台词：若要不失判断，先不能让情绪乱了自己，所谓知己知彼，诚实是第一位的。

何谓诚实？见谁都一倾私密而后快吗？当然不能，也不必。诚实就像忏悔，根本是对准自己的。某些不光明、不漂亮、不好意思的事，或可对外隐瞒到底，却不能跟自己变戏法儿，一忽悠就看它没了。所以人要有独处的时间，以利反思、默问和自省。据说有人发明了一种药，人吃了精神百倍，夜以继日地"大干快上"也不觉困倦和疲劳，而且无损健康。但发明者一定是忘记了黑夜的妙用，那正是人自我面对或独问苍天的时候。那史写过一首小诗，拿来倒也凑趣——

　　黑夜有一肚子话要说 / 清晨却忘个干净 / 白昼疯狂扫荡 / 喷洒农药似的 / 喷洒光明。于是 / 犹豫变得剽悍 / 心肠变得坚硬 / 祈祷指向宝座 / 语言显露凶光…… / 今晚我想坐到天明 / 坐到月影消失 / 坐到星光熄灭 / 从万籁俱寂一直坐到 / 人声泛起。看看 / 白昼到底是怎样 / 开始发疯……

够不够得上诗另当别论。但黑夜的坦诚，确乎常被白昼的喧嚣所颠覆，正如天真的孩子，长大了却沾染一身"立场"。"立场"与"观点"和"看法"相近，原只意味着表达或陈述，后不知怎样一弄，竟成权柄，竟至要挟。"你什么观点？""你对此事怎么看？"——多么平和的问句，让人想起洒满阳光的课堂。若换成"你是什么立场？""你到底站在哪一边？"——便怎么听都像威胁，令人不由得望望四周与身后。我听见那史沉默中的回应——对前者是力求详述，认真倾听，反复思考；对后者呢，客气的是"咱只求把问题搞搞清楚"，混账些的就容易惹事了："孙子哎，你丫管着吗！"不过呢，话粗理不粗，就事论事，有理说理，调查我立场干吗？要不要填写出身呢？"立场"一词，因"文革"而留下"战斗队"式的后遗症。不过，很可能其原初的创意就不够慎重——人除了站在地球上还能站在哪儿呢？故其明显是指一些人为勾画过的区域——国族、村镇，乃至帮帮派派。当然了，人家问的是思想——你的思想，立于何场？人类之场，博爱之场——但真要这么说，众多目光就会看你是没正经。那该怎么说呢？思想，难道不是大于国族或帮派？否则难道不是狭隘？思想的辽阔当属无边，此人类之一大荣耀；而思想的限制，盖出于自我。不是吗？思想只能是自己的思与想，即便有什么信奉，也是自思自想之后的选择。又因为自我的局限，思想所以是生于交流，死于捆绑——不管是自觉，还是被迫。一旦族同、党同、派同纷纷伐异，弃他山之石，灭异端之思，结果只能是阉割了思想，谋杀了交流。故"立场"一经唱响，我撒腿（当然是轮椅）就跑，深知那儿马上就没有诚实了。

诚实，或已包含了善思。善美之思不可能不始于诚实，起点若就闹鬼，那蝴蝶的翅膀就不知会扇动出什么了。而不思不想者又很难弄懂诚实的重要，君不见欺人者常自欺？君不见傻瓜总好挑起拇指拍胸脯？诚实与善思构成良性循环，反之则在恨与傻的怪圈里振振有词。

索洛维约夫在《爱的意义》中说：做什么事都有天赋，信仰的天赋是什么呢？是谦卑。那么，善思的源头便是诚实。

比如问：你是怎样选择了你的信仰的？若回答说"没怎么想，随大溜儿呗"，这信仰就值得担忧，没准儿恰就是常说的迷信。碰巧了这迷信不干坏事，那算你运气好，但既是盲从，就难保总能碰得那么巧。或者是，看这信仰能带来好处，所以投其门下？好处，没问题，但世上的好处总分两种：一是净化心灵，开启智慧；一种则更像投资，或做成个乱世的班头。所以，真正的信仰，不可不经由妥善的思考。

又比如问：人为什么要有信仰呢？不思者不予理会，未思者未免一惊，而善思者嘴上不说，心里也有回答：与这无边的存在相比，人真是太过渺小，凭此人智，绝难为生命规划出一条善美之路。而这，既是出于谦卑而收获的诚实，又是由于诚实而达到的谦卑。

所以我更倾向于认为，诚实与善思是互为因果的。小通科技者常信人定胜天，而大科学家中却多见有神论者，何故？就因为，前者是"身在此山中"，而后者已然走出群山，问及天际了。电视上曾见一幕闹剧：一位自称深谙科学的人物，请来一位据说精通"意念移物"的大师，一个说一个练。会练的指定桌上一支笔，佯做发功状，吸引住众人的视线，同时不动声色地嘘一口气，笔便随之滚动。会说的立刻予以揭穿："大家注意，他的嘴可没闲着！"会练的就配合着再来一回。会说的于是宣布胜利："明白了吧？这不是骗术是什么！"对呀，是骗术，可你是骗术就证明人家也是骗术？你是气儿吹的，人家就也得是？照此逻辑，小偷之所得为啥不能叫工资呢？幸好，科学已然证明了意念也具能量，是可以做功的！教训之一：不善思，也可以导致不诚实。教训之二：一个不诚实的，大可以忽悠一群不善思的。

那么诚实之后，善思，还需要什么独具的能力吗？当然。音乐家有精准的辨音力，美术家有非凡的辨色力，美食家有其更丰富的味觉受体，善思者则善于把问题分开更多层面。乱着层面的探讨难免会南辕北辙，最终弄成一锅糨糊。比如，你可以在种种不同的社会制度中辨其优劣，却不可以以佛祖的慈悲来要求任何政府。你可以让"范跑跑"跟雷锋比境界，却不能让其中任何一位去跟耶稣基督论高低。再比如跳高：张三在第一个高度（一米二零）上三次失败，李四也是在第一个高度（一米九零）上三次失败，你可以说他们一样都没成绩，却不能笼统地说二位并无差别。又比如高考：A 校有一百个被清华或北大录取，只一个名落孙山；B 校有一个考上了清华或北大，却有一百个没考上大学。如果有人说这两所学校其实一样，都有上了清华、北大的，也都有被拒大学门外的，你会觉得此人心智正常吗？倘此时又有人义正词严地问：难道，教育的优劣只靠升学率来判断吗？——好了，我们就有一个头脑混乱的鲜活范例了。

乱了层面，甚至会使人情绪化到不识好歹。比如，人称黄河是我们的母亲河，而后载歌载舞地赞美她，这心情谁都理解，但曾经黄水泛滥、而今几度断流的黄河真还是那么美吗？你一准儿能听到这样的回答：在我们眼里她永远是最美的！理由呢是"儿不嫌母丑，狗不嫌家贫"。这就明显是昏话了，人有思想，凭啥跟狗比？再说了，"嫌"并不必然与"弃"相跟，嫌而不弃倒是爱的证明。喜欢，更可能激起对现成美物的占有欲，爱则意味着付出——让不美好的事物美好起来。母亲的美丑，没有谁比儿女更清楚，唯有那派"皇帝新衣"般的氛围让人不敢实话实说。麻烦的是外人来了，一瞧："哟，这家儿的老太太是怎么了？"儿女们再嘴硬，怕也要暗自神伤吧。但这才是爱了！不过，一味吃老子、喝老子的家伙们，也都是口口声声地"爱"；听说有个词叫"爱国贼"，料其不是空穴来风。

据说，女人三十岁以前要是丑，那怨遗传，三十岁以后还丑就得怨自己了——美，更在于风度。何为风度？诚实、坦荡、谦恭、智慧等等融为一体，而后流露的深远消息。不过你发现没有，这诸多品质中，诚实仍属首要？风度不像态度，态度可以弄假，风度只能流露。风度就像幽默，是装不来的，一装就不是流露而是暴露

了——心里藏半点儿鬼，也会把眼神儿弄得离奇。可你看，罗丹的
"思想者"，屈身弓背，却神情高贵；米洛的"维纳斯"，赤身断臂，
却优雅端庄。那岂是临时的装点，那是锤炼千年的精神熔铸！倘有
一天，黄河上激流澎湃，碧波千里，男人看她风情万种，女人看他
风度翩翩！两岸儿女还要处心积虑地为她辩护吗？可能倒要挑剔
了——美，哪有个止境？那时候，人们或许就能听懂一位哲人的话
了：我们要维护我们的文化，但这文化的核心是，总能看到自身的
问题。

　　有件事常让我诧异：为什么有人会担心写作的枯竭？有谁把人
间的疑难全部看清，并一一处置停当了吗？真若这样，写作就真是
多余；若非如此，写作又怎么会枯竭呢？正是一条无始无终的人生
路引得人要写作，正因为这路上疑难遍布，写作才有了根由，不是
吗？所以，枯竭的忧虑，当与其初始的蝴蝶相关。有位年纪不轻的
朋友到处诉苦："写作是我生命的需要，可我已经来不及了。"这就
奇怪，可有什么离开它就不能活的事（比如呼吸），会来不及吗？我
便回想自己那只初始的蝴蝶。我说过：我的写作先是为谋生，再是
为价值实现，而后却看见了生命的荒诞，荒诞就够了吗？所以一直
混迹在写作这条路上。现在我常暗自庆幸：我的写作若停止在荒诞
之前，料必早就枯竭了；不知是哪位仙人指路，教我谋生懂够，尤
其不使价值与价格挂钩，而后我那只平庸的蝴蝶才扇动起荒诞的翅
膀。荒诞，即见生命的疑难识之不尽、思之不竭；若要从中寻出条
路来，只怕是有始而无终，怎么倒会"来不及"呢？
　　可我自己也有过"来不及"的担忧。在那只蝴蝶起飞之后不久，
焦灼便告袭来，走在街上也神不守舍地搜索题材，睡进梦里也颠三

倒四地构思小说；瞧人家满山遍野地奔跑尚且担心着枯竭，便想：我这连直立行走的特征也已丢失的人又凭什么？看人家智慧兼而长寿，壮健并且博识，就急：凭我这体格儿，这愚钝，这孤陋寡闻，会有什么结果等着我？可写作这东西偏又是急不出来的。心中惶恐，驱车地坛，扑面而来的是一片郁郁苍苍的寂静，是一派无人问津的空荒……"而雨，知道何时到来／草木恪守神约／于意志之外／从南到北绿遍荒原。"心便清醒了些：不是说重过程而轻结果吗？不是说，暂且拖欠下死神的追债，好歹先把这生命的来因去果看看清楚吗？你确认你要这样干吗？那就干吧，没人能告诉你结果。是呀，结果！最是它能让人四顾昏眩，忘记零度。

人写的历史往往并不可靠，上帝给人的位置却是"天不变，道亦不变"，所以要不断地回望零度。零度，最能让人的诚实——你看那走出伊甸的亚当和夏娃，目光中悲喜交加。零度，最是逼人的善思——你看那眺望人间的男人和女人，心中兼着惊恐与渴盼。每一个人的出生，或人的每一次出生，都在重演这样的零度——也许人的生死相继就是为了成全这样的回归吧？只是这回归，越来越快地就被时尚吞没。但就算虚伪的舞台已比比皆是，好的演员，也要看护好伊甸门前的初衷。否则，虚构只图悬念，夸张只为噱头，戏剧的特权都拿去恭维现实，散场之后你瞧吧，一群群全是笑罢去睡的观众。所以诚实不等于写实，诚实天空地阔，虽然剧场中常会死寂无声。而彻底的写实主义，你可主的是什么义？倒更像屈从现状的换一种说辞。

戏剧多在夜晚出演，这事值得玩味。只为凑观众的闲暇吗？莫如说是"陌生化"，开宗明义的"间离"：请先寄存起白昼的娇宠或昏迷，进入这夜晚的清醒与诚实，进入一向被冷落的另种思绪——

　　但你要听，以孩子的惊奇／或老人一样的从命／以放弃的心情／从夕光听到夜静。／在另外的地方／以不合要求的姿势／听星光全是灯火，遍野行魂／白昼的昏迷在黑夜哭醒。

尤其千百年前，人坐在露天剧场，四周寂暗围拢、头顶星光照耀，心复童真，便易看清那现实边缘亮起的神光，抑或鬼气。燠热悄然散去，软风抚摸肌肤，至燥气全无时，人已随那荒歌梦语忘情于天地……可以相信，其时上演的绝不止台上的一出戏，千万种台下的思绪其实都已出场，条条心流扶摇漫展，交叠穿缠，连接起相距万里的故土乡情，连接起时差千年的前世今生，或早已是魂赴乌有之域（譬如《去年在马里昂巴》）……那才叫魂牵梦绕，那才是"一切皆有可能"。可能之路断于白昼的谎言与假面，趋真之心便在黑夜里哭醒。

　　"我们是相互交叉的／一个个宇宙／我们是分裂的／同一个神""生命之花在黑夜里开放／在星光的隙间，千遍万遍／讲述爱的寓言""梦的花粉飞扬，在黎明／结出希望"……

写作，所以是始于诚实的思问，是面对空冥的祈祷，或就是以笔墨代替香火的修行。修行有什么秘诀神功吗？秘诀仍在诚实——不打诳语，神功还是善思——思之极处的别有洞天，人称"悟性"。

　　读书也是一样，不要多，要诚实；不在乎多，在乎善思。孩提之时，多被教导说，要养成爱读书的好习惯；近老之时才知，若非善思，这习惯实在也算不得太好。读而不思，自然省得出去惹事，但易养成夸夸其谈的毛病，说了一大片话而后不知所云。国人似乎更看重满腹经书，但有奇思异想，却多摇头——对未知之物宁可认其没有，对不懂之事总好斥为胡说。现在思想开放，常听人笑某些"知识分子"是"知道分子"；虽褒贬明确，却似乎位置颠倒。"道可道，非常道""君子爱财，取之有道""大道废，有仁义；智慧出，有大伪"，读书所求莫过知此"道"也。而知也知之，识也识之，偏不入道者，真是"白瞎了你这个人儿"。

我写过一种人的坏毛病，大家讨论问题，他总要挑出个厚道的对手来斥问："读过几本书呀，你就说话！"可问题是，读过几本书才能说话呢？有个标准没有？其实厚道的人心里都明白，这叫虚张声势。孔子和老子读过几本书呢？苏格拉底和亚里士多德读过几本书呢？那年月，书的数量本就有限吧。人类的发言，尤其发问，当在有书之前。先哲们先于书看见了生命的疑难，思之不解或知有不足，这才写书、读书、教书和解书，为的是交流——现在的话就是双赢——而非战胜。

读了一点儿刘小枫先生的书，才知道一件事：古圣贤们早有一门"隐微写作"的功夫，即刻意把某些思想写得艰涩难懂。这可是玩的什么花活？一点儿不花，就为把那些读而不思的人挡在门外，以免其自误误人。对肯于思考的人呢，则更利于他们自己去思去想，纳不过闷儿来的自动出局，读懂了的就不会乱解经文。可见，思考不仅是先于读书，而且是重于读书。"带着问题学"总还是对的，唯不必"立竿见影"。

于是我又弄懂了一件事：知识分子所以常令人厌倦，就因其自命博知，隔行隔山的也总好插个嘴。事事关心本不是坏品质，但最好是多思多问，万不可粗知浅尝就去插上一番结论，而后推广成立场让人去捍卫。不说别人，单那史就常让我尴尬，一个找不到工作只好去写小说的家伙，还啥都不服气；可就我所知，几十年来的社会重大事件，没有一回他能判断对的。这很添乱。其实所有的事，先哲们几乎都想过了，孰料又被些自以为是的人给缠瞎。可换个角度想，让这些好读书却又不善思想的人咋办呢，请勿插嘴？这恐怕很难，也很违背人权。几千年的路，说真的也是难免走瞎，幸好"江山代有才人出"，他们的工作就是把一团团乱麻择开，令我等迷途知返。返向哪里？柏拉图说要"爱智慧"，苏格拉底说"我唯一的知识就是我的无知"，而上帝说"我是道路"。有一天那史忽有所悟，揪住我说：嗨，像你我这样的庸常之辈，莫如以诚实之心先去看懂常识。

常识？比如说什么事？

就说眼下这一场拍卖风波吧。那对"鼠首""兔首"往那儿一摆，你先说说这是谁的耻辱？

倒要请教。

是掠夺者的耻辱呀！那东西摆在哪儿也是掠夺者的罪证，不是吗？

毫无疑问。

可怎么大家异口同声，都说是被掠夺者的耻辱呢？

这还是一百多年前的愚昧观念在作怪。那时候弱肉强食，公理不明，掠夺者耀武扬威，被掠夺者反倒自认耻辱。

可是今天，文明时代，谁还会这样认为呢？

是呀，是呀。文明，看掠夺才是耻辱。

那么欺骗呢？文明，看欺骗是什么？

…………

哈，你心虚了，你既想站在那位赢得拍品又不肯付钱者的立场上，却又明知那是欺骗！以欺骗反抗掠夺，不料却跟掠夺一起步入愚昧。

可那东西本来就是我们的，我们有权要求他们还回来！

但不是骗回来。不还，说明有人宁愿保留耻辱。可您这一骗，尚不知国宝回不回得来，耻辱，肯定是让您又给弄回来了。

嗯……行吧，至少可以算逻辑严密。还有什么事呢？

还有就是当前这场经济危机。所谓"刺激消费"，我真是看不懂。人有消费之需，这才要工作，要就业，此一因果顺序总不能颠倒过来吧？总不会说，人是为了"汗滴禾下土"，才去食那"粒粒盘中餐"的吧？总不会是说，种种消费，原是为了"锄禾日当午"，为了"出没风波里"，为了"心忧炭贱愿天寒"吧？倘此逻辑不错，消费又何苦请谁来刺激呢？需要的总归是需要，用不着谁来拉动；不需要的就是不需要，刻意拉动只会造成浪费。莫非闲来无事，只好去"伐薪烧炭南山中"，不弄到"两鬓苍苍十指黑"就不踏实？可"赤日炎炎似火烧"，"公子王孙"咋就知道"把扇摇"呢？

好吧好吧，你这个写小说的又来插经济一嘴了！

这毛病，请问到底是出在哪里？

这个嘛……诚实地说，俺也不知道。

您不是口口声声地"诚实与善思"吗？请就此事教我。

那就接着往下问吧，任何关节上都别自己忽悠自己，不要坚定立场，而要坚定诚实，就这样一直问下去，直至问无可问……

二〇〇八年年末

图书在版编目（CIP）数据

放下与执着：插图版/史铁生著.—长沙：湖南文艺出版社，2016.12
（2023.11重印）
ISBN 978-7-5404-7843-8

Ⅰ.①放… Ⅱ.①史… Ⅲ.①随笔—作品集—中国—当代

Ⅳ.①I267.1

中国版本图书馆CIP数据核字（2016）第261494号

上架建议：名家经典/当代随笔

FANGXIA YU ZHIZHUO：CHATU BAN

放下与执着：插图版

作　　者：史铁生
出 版 人：陈新文
责任编辑：薛　健　刘诗哲
监　　制：于向勇
策划编辑：楚　静
营销编辑：王　凤
内文插图：吴冠中
版式设计：潘雪琴
封面设计：仙　境　李　洁
出版发行：湖南文艺出版社
　　　　　（长沙市雨花区东二环一段508号　邮编：410014）
网　　址：www.hnwy.net
印　　刷：三河市天润建兴印务有限公司
经　　销：新华书店
开　　本：875mm×1230mm　1/32
字　　数：220千字
印　　张：9
版　　次：2016年12月第1版
印　　次：2023年11月第9次印刷
书　　号：ISBN 978-7-5404-7843-8
定　　价：55.00元

若有质量问题，请致电质量监督电话：010-59096394
团购电话：010-59320018